BERNHARD SPRING

MÄNNERBLUES

BERNHARD SPRING

MÄNNERBLUES

Ein Till-Thamm-Krimi

2014

www.mitteldeutscherverlag.de

Gesamtherstellung: Mitteldeutscher Verlag, Halle (Saale)

ISBN 978-3-95462-299-3

Printed in the EU

SONNTAG

„Und wenn wir einfach liegen bleiben?"

Anja sah ihn verständnislos an. Dass seine Finger auf ihrem Hintern spazieren gingen, bemerkte sie überhaupt nicht.

„Regelmäßig, hat die Hebamme gesagt", erinnerte sie Thamm in denselben belehrenden Ton, den auch die Geburtshelferin draufhatte. „Benni braucht seinen Rhythmus, weißt du doch."

Gott, wie Thamm dieses blöde Weib hasste! Diese verfluchte Hebamme hatte eine Art an sich, die ihn jedes Mal ganz rasend machte – und er wusste nicht einmal genau, wie sie das eigentlich fertigbrachte. Stolzierte einfach an ihm vorbei, als ob er Luft wäre, schaute auch sonst nicht nach links oder rechts, fragte kaum nach dem Baby – immer nur nach Anja. Der reinste Kaffeeklatsch! Und dann faselte sie was von Zeitlassen und „wieder Frau werden" und „in sich hineinhören" und machte aus der ganzen Sache mit dem Kind den puren Geschlechterkampf. Anja solle sich da nicht reinreden lassen, als Mutter fühle sie eh von Natur aus viel mehr, als Thamm als Vater verstehen könne. Solche Sprüche ließ dieses Weib vom Stapel!

Und hinterher bekam Anja noch irgend so ein Kügelchen unter die Zunge gelegt, die Hebamme ließ noch ein paar andere von der Sorte wegen Bennis Dreimonatskoliken da – und stolzierte dann genauso verbiestert wieder an Thamm vorbei, wie sie gekommen war, wobei sie sich gerade so einen eiskalten Gruß zwischen den Zähnen rauspresste.

Dummes Miststück – zum Glück kam sie jetzt nicht mehr.

Aber dass Anja plötzlich an diesen ganzen homöopathischen Mist glaubte und auch sonst alles nachplapperte, was diese scheiß Hebamme ihr ins Ohr gesetzt hatte, das irritierte Thamm schon. Irgendwie war Anja nicht mehr dieselbe, seit das Baby da war.

„Meinst du wirklich, Benni kriegt das mit, wenn er mal eine Viertelstunde später die Flasche bekommt?", versuchte es Thamm wieder. Er hatte im Augenblick noch keine Lust auf den ganzen Zirkus, der hier neuerdings in vierstündigem Rhythmus abgefeiert wurde und vor dem es kein Entrinnen gab.

Je näher seine Finger Anjas Gürtelschnalle kamen, umso vorsichtiger tasteten sie sich heran.

„Ja, klar", maulte Anja leicht gereizt, „da machen wir hier mal eine Ausnahme und da mal eine – und dann können wir's gleich vergessen." Wie nebenbei fegte sie Thamms Hand von ihrer Hose und setzte sich auf.

Na toll, dachte Thamm angesäuert, der Mittagschlaf war jetzt also endgültig vorbei.

Aber Anja kam nicht weiter als bis zum Rand vom Sofa. Dort beugte sie sich nach vorn, stützte den Kopf in die Hände und fuhr sich immer wieder massierend über die Stirn.

„Ist dir wieder schwummrig?", fragte Thamm besorgt.

„Das geht einfach nicht weg", murmelte Anja. „Dieses blöde Eisen!"

„Soll ich dir Pflaumensaft holen?", bot er sich sofort an, aber Anja schüttelte energisch den Kopf. „Ich kann das Zeug nicht mehr sehen. Dann lieber Eisenmangel!"

Mühsam versuchte sie, sich aufzurichten, und atmete tief durch. „Was soll's", meinte sie schließlich und sah sich nach Thamm um. Ein schmales Lächeln rann über ihre Lippen.

Thamm griff es sofort auf und schlängelte sich an sie heran. „Vielleicht sollten wir das mit dem Aufstehen lieber ganz langsam angehen, hm?" Sein Grinsen wurde breiter. „Lass dich doch noch ein bisschen von mir verwöhnen. Du musst auch gar nichts machen …" Wieder suchten seine Finger ihren Weg unter Anjas Bluse, doch diesmal bemerkte sie den kaum kaschierten Annäherungsversuch sofort.

„Och Till!", rief sie genervt aus und stand nun doch auf. „Kannst du nicht einmal aufhören damit? Nur mal zwei Monate, Till, ist das zu viel verlangt? Zwei Monate!"
Wütend ging sie durch das Wohnzimmer, über den Flur und in die Küche. Thamm warf sich frustriert auf das Sofa zurück. Was jetzt folgte, kannte er bereits auswendig. Erst ließ Anja das Rollo über der Spüle runter, damit auch ja niemand was sehen könnte – als ob irgendwer aus heiterem Himmel in ihrer Einfahrt stünde! – so weit hatte diese blöde Hebamme sie schon gebracht. Dann holte sie die Saugvorrichtung aus dem Schrank, steckte den Schlauch an die beiden Flaschen, wobei immer wieder ein resignierter Blick auf die zweite Flasche fiel, die als Überlauf diente und doch nie etwas abbekam, geschweige denn voll wurde. Und zum Schluss schaltete sie die ganze Apparatur schweren Herzens ein, der Motor heulte auf und Anja schob sich beschämt und irgendwie doch auch gleichgültig den Sauger an die Brust.
So saß sie dann an dieser Melkmaschine aus der Apotheke: nicht zehn Minuten, wie es die Ärztin gesagt hatte, sondern fünfzehn, zwanzig. Die Milch tropfte zögerlich in die erste Flasche. Mit etwas Glück kam sie auf kümmerliche dreißig Milliliter.
Am Anfang hatte Thamm bei dieser niederschmetternden Prozedur noch zugucken dürfen. Dann aber wollte Anja ihn nicht mehr dabeihaben und hatte die Küche zur Tabuzone erklärt, solange die Melkmaschine im Einsatz war. War es ihr unangenehm, wenn er sie so sah, wie eine Kuh angestöpselt, die Brustwarze in einen albernen Gummitrichter gesogen? Oder schämte sie sich am Ende wegen dem bisschen Milch, das trotz überzogener Zeit nur herausgekommen war und doch nie reichte? Bennie sog es glatt in einem Zug weg.
Thamm hatte aufgehört, sich danach zu fragen. Wenn Anja beim Arzt war, fütterte er Benni nur mit Kunstmilch. Ganz ohne Stress. Und Benni ging's davon nicht schlechter. Der steckte das ganz lo-

cker weg – ganz der Papa. Aber wenn Anja im Haus war – und das war sie nun einmal fast immer – dann musste es diese dämliche Melkerei sein, dann musste sie sich quälen und zum Schluss dann doch enttäuscht zum Milchpulver greifen.
Warum sie sich so fertig machte, verstand Thamm nicht. Wenn sie ihn da wenigstens rauslassen würde – aber oben wollte sie es ja nicht machen, damit Benni von dem Lärm der Pumpe nicht aufwachte. Also molk sie sich in der Küche, der Motor surrte durch das halbe Erdgeschoss und Thamm ärgerte sich jedes Mal, weil Anja die Viertelstunde doch auch bei ihm auf der Couch hätte bleiben können, statt sich dann doch wieder für nichts so fertigzumachen.
„*Nur* zwei Monate", knurrte er verächtlich und stand nun auch vom Sofa auf. Was wusste Anja schon davon!

Wenigstens hier hatte sich nichts verändert: Sein Arbeitszimmer hatte sie ihm nicht abspenstig zu machen versucht. Hier war die Welt noch in Ordnung.
Thamm ließ sich ächzend in seinen Schreibtischsessel fallen. Nicht, dass er seinen Sohn nicht leiden könnte, das war es nicht. Aber dieser kleine Scheißer hatte es in den paar Wochen, die er nun schon hier war, geschafft, das ganze Haus in Beschlag zu nehmen. Im Bad thronte die Wickelauflage über der Wanne, in der Küche standen seine Medikamente und Nuckelflaschen rum, im Haus-Wirtschaftsraum stank es nach seinen Windeln – egal, wie oft Thamm den Müll rausbrachte. Sogar im Schlafzimmer machte sich Benni breit, denn jedes Mal, wenn er nur mal eben leise nieste oder im Schlaf vor sich hinbrummelte, schoss Anja wie vom Teufel geritten quer über den Flur an seine Wiege, holte den kleinen Wurm, der ja doch immer irgendwie noch mehr schlief als wirklich wach war, raus und zu sich ins Bett. Dort machte sich Benni dann ordentlich breit, denn aus irgendeinem unerfindlichen

Grund drehte er sich jede Nacht quer und kiekste Thamm seine kleinen, aber festen Füße in den Rücken. Und wenn er den Jungen dann doch mal nicht zu spüren bekam, konnte Thamm erst recht nicht schlafen, weil ihn unterbewusst die Angst wachhielt, sich aus Versehen auf den Knirps zu legen. Ein Albtraum!
Thamm schaltete den Computer an und lauschte auf das vertraute Rattern der Lüftung, während das Gerät hochfuhr. Wie lange hatte er nicht mehr gespielt? Sein Garten sah bestimmt total verwildert aus, denn seit er in der erweiterten Version unterwegs war, blieb die Ernte nicht einfach so auf dem Bildschirm stehen - nach einer gewissen Zeit verfaulte sie und die Beete wucherten zu. Es würde ihn einiges kosten, seinen Garten wieder in Schuss zu bekommen. Und tatsächlich - kaum war das Logo von Gartengaenger.de verschwunden, zeigte sich ein struppiger Rasen, vor dem ein kleines Männchen aufgeregt herumhüpfte. Die Kürbisse, die Thamm Ende April am Zaun beim Komposthaufen gesetzt hatte, ließen sich noch vage erahnen zwischen dem Unkraut, der Rest seiner Ernte aber war schon verloren. Wie befürchtet - und die Bauernbank gab ihm den nötigen Kredit nur zu echt miesen Konditionen. Verdammtes Spiel, ging es Thamm durch den Kopf, während er fiktive Schulden aufnahm und so teure Dublonen zahlte, um seinen Gartenzwerg die Beete vom Gras befreien zu lassen. Die Kürbisse musste Thamm anschließend weit unter ihrem Preis auf dem Markt verramschen - Brechbohnen und Avocados waren gerade gefragt. Zum Schluss blieb kaum viel mehr übrig als für ein paar Möhren und Tomaten, mit denen Thamm gerade einmal ein kleines Beet voll bekam. Also das ganze Spiel noch einmal von vor - er war wieder als Grünschnabel eingestuft worden. Schöne Scheiße!
Thamm fuhr entnervt den Computer runter und trat an das Fenster. Die Hecke kam nicht ganz so, wie er sich das erhofft hatte. Vielleicht war ja Rindenmulch wirklich eine Lösung. Wer hatte ihm das empfohlen? Es wollte ihm nicht einfallen. Aber Thamm

verschwendete auch kaum großartig einen Gedanken daran. Wenn er in seinen Garten sah – den echten vor dem Haus –, dann sah er überall irgendwelche Ecken und Kanten, an denen noch etwas zu machen war. Die Borde an der Sitzecke saß locker, Ameisen hatten sich im Sandkasten eingenistet, die Tür vom Schuppen klemmte oben – die mickrigen Hecken stellten da nur eins von vielen und nun wirklich nicht das dringendste Problem dar. Wenn er nur mal die Zeit für all den Kleinkram hätte, der noch zu machen war ... Wenn er überhaupt erst einmal die Lust dazu aufbringen könnte ...

Jetzt hörte er, wie die Tür zur Terrasse unter ihm geöffnet wurde. Er sah Anja, wie sie mit einem kleinen Tablett über das Gras schritt und den Gartentisch eindeckte: zwei Tassen, Teller, eine Kanne Kaffee, ein Kuchenpaket wurden ausgepackt. Den Zucker hatte sie schon wieder vergessen, ätzte Thamm in Gedanken und ärgerte sich, dass ihr das neuerdings immer öfter passierte – und dass er sich überhaupt über so eine Kleinigkeit aufregte. Es ist Sonntag, verdammt, dachte er, mach dich mal locker.

Anja verschwand wieder im Haus und keine Minute später hörte er sie auch schon nach ihm rufen. Thamm antwortete, bewegte sich aber keinen Zentimeter vom Fensterbrett weg. Und tatsächlich: Da kam Anja wieder zum Vorschein, diesmal mit der Babyschale beladen, die sie neben der Sitzecke abstellte. Dann besah sie sich den Jungen, der wohl wieder schlief, denn er blieb ohne jede Regung. So ganz zufrieden schien Anja nicht zu sein. Sie versuchte, den Sonnenschirm so zu schwenken, dass Benni im Schatten schlafen könnte, aber die Halterung klemmte – noch so eine Baustelle, dachte Thamm. Anja sah sich etwas ratlos im Garten um. Vielleicht wartete sie auch auf ihn, dass er jetzt genau in diesem Moment käme und ihr beispringen könnte. Aber Thamm konnte sich einfach nicht losreißen, noch nicht.

Anja schien eine Lösung für ihr Problem gefunden zu haben. Sie griff sich die Babyschale und marschierte damit zur Hollywoodschaukel, stellte Benni auf die Polster und zog die Sonnenblende ein Stück vor, gerade so weit, dass Benni vollständig im Schatten lag. Dann besah sie sich ihr Werk. Die Schaukel war unter ihrem Gezerre etwas in Bewegung geraten, die Sitzfläche mitsamt der Babyschale schwankte leicht hin und her. Anja besah sich das Ganze, schätzte die Wahrscheinlichkeit ab, ob Benni irgendwie im Gras landen könnte – und ließ ihn schließlich da schaukeln.

Thamm wusste, dass die Babyschale breiter als die Hollywoodschaukel war. Er wusste, dass Benni, wenn er zappelnd aufwachte, ordentlich Bewegung machen konnte. Andere Mütter würden ihr Kind deshalb vielleicht nicht gerade auf eine Schaukel stellen. Thamm liebte Anja in diesem Moment dafür, dass sie nicht so eine war.

„Sag mal, wohnt da eigentlich noch jemand?"

Thamm deutete mit der Kuchengabel über die Straße. Anja blickte ihr nach und schüttelte dann den Kopf.

„Nee, den hat die Frau verlassen", sagte sie nur, dann lehnte sie sich wieder weit zurück in ihren Liegestuhl.

„Und er?", wollte Thamm wissen.

„Keine Ahnung. Den hab ich schon seit Wochen nicht mehr gesehen."

„Aha", machte Thamm und klang dabei so interessiert, dass Anja verblüfft aufsah. Unter der vor die Stirn gehaltenen Hand blinzelte sie neugierig in seine Richtung. „Sag mal, weißt du überhaupt, wer da gewohnt hat?"

Thamm sah sie überrascht an. „Ich kann doch mal fragen, was sich so in der Nachbarschaft tut, oder?"

Ihr spöttisches Grinsen irritierte ihn.

„Was denn?", fragte er gereizt, aber Anja winkte nur ab. „Ich hab nichts gesagt."

Wieder vertiefte sich Thamm in sein Stück Kuchen. Anja hob ein Magazin vom Boden auf und blätterte lustlos darin rum. Irgendwann warf sie es resigniert wieder von sich. „Lesen ist echt die Härte", seufzte sie.

„Verschwimmt immer noch alles?", fragte Thamm nach. „Die hätten dir gleich hinterher eine Blutkonserve geben müssen. Mindestens."

Anja richtete sich energisch auf. „Das weiß ich auch, aber jetzt ist es nun mal halt so", fauchte sie ihn dabei an.

„Ich mein ja nur", trat Thamm nach diesem unerwarteten Anschiss vorsichtig den Rückzug an. In den letzten Wochen ging Anja auf die kleinste Vorlage ab wie Schmidts Katze. Fast hatte Thamm den Eindruck, dass sie absichtlich alles in den falschen Hals bekam. Und so sehr er sich auch am Riemen zu reißen versuchte – nicht immer konnte er so ganz auf ihren angekratzten Zustand Rücksicht nehmen und den Kürzeren ziehen. Und so murmelte er auch jetzt trotzig: „Ich dachte ja nur, du als Krankenschwester …" Mehr brauchte er gar nicht zu sagen. Anja, die sich gerade erst ihre Kaffeetasse vom Tisch geholt hatte, stellte sie krachend wieder zurück. „Entschuldigung, aber lieg du doch mal da rum und press vier Stunden lang ein Baby aus dir raus", fuhr sie ihn wütend an. „Ich wette, da denkst du nicht drüber nach, ob die Kolleginnen alles richtig machen und dass du jetzt eigentlich noch eine Transfusion bräuchtest."

Thamm bemerkte sofort, dass er schon zu weit gegangen war. Blitzschnell versuchte er, zurückzurudern. „Ich mein ja nur …", druckste er vor sich hin – wieder! –, aber dadurch verlor Anja kaum an Fahrt. „Du hast ja auch gut reden. Aber ich durfte das alles ganz alleine ausstehen. Wo warst du denn, bitte schön, als die Wehen einsetzten, hm? Und dann, im Kreissaal?"

„Moment mal", warf Thamm ein, nun doch ein wenig aufgebracht. „Wir hatten uns vorher noch nicht festgelegt, ob ich mit reingehe."

„Das hatte sich ja dann auch erübrigt", knurrte Anja. „Der Herr Kriminalkommissar - entschuldige, Kriminal*haupt*kommissar - musste ja unbedingt auf Verbrecherjagd."
„Wir standen kurz vorm Abschluss des Falls …"
„Ach, und Stefan hätte das nicht alleine hinbekommen? Du und dein elender Ehrgeiz!"
Verärgert griff sich Anja nun doch ihre Kaffeetasse und zog sich wieder in ihren Stuhl zurück. Thamm aber konnte nicht einfach so weiteressen.
„Dass wir immer streiten müssen neuerdings", sagte er betreten.
„Liegt das etwa an mir?", gab Anja bissig zurück. Aber dann fing sie sich endlich wieder und kam runter. „Ach Till …", meinte sie so süß, dass Thamm ihr einfach nicht widerstehen konnte, „komm doch mal her." Sie stellte die Tasse weg und schlang ihre Arme um ihn, der nur allzu gern darin versank. „Das sind diese blöden Hormone", flüsterte sie ihm ins Ohr. „Aber das renkt sich bald wieder ein, versprochen."
Thamm seufzte schwer an ihren Hals. Wenn er ihr doch nur glauben könnte! In diesem Augenblick kam er sich so einsam vor, mit der kränkelnden Anja, mit dem schlafenden Benni und sonst nichts an diesem endlosen, leeren Sonntagnachmittag.
„Das wird schon wieder", meinte Anja nun und klang dabei so ungewohnt sanft und mütterlich, dass Thamm unwillkürlich an den einen Abend denken musste, an dem ihm Anja angeboten hatte, ihre Milch zu probieren. Er war schon vorher ganz fasziniert von dem Gedanken gewesen und hatte sich nun, wo Anja es auch noch vorgeschlagen hatte, entsprechend begeistert an ihre Brust gelegt und seinen Mund in Stellung gebracht. Aber schon als er ihre Brustwarze mit den Lippen umschlungen hatte, war da so ein komisches Gefühl in ihm aufgestiegen. Und die paar Tropfen Milch, die Anja gerade so übrig hatte, hatten einfach nur zum Kotzen geschmeckt. Thamm hatte mit einem Mal kapiert, dass Anja

nun nie wieder dieselbe werden würde. Sie war immer noch seine Freundin, klar, er war immer noch scharf auf sie – aber sie war eben auch Mutter und ihr Körper hatte nun an allen Enden eine konkrete Funktion, war nicht mehr nur die Spielwiese, als die er manche Region bisher aufgefasst hatte.
Entzaubert und trotzdem zauberhaft, dachte Thamm nun etwas melancholisch und fragte sich, ob es umgekehrt genauso wäre; ob Anja ihn auch eines Tages mit anderen Augen entdecken würde. Vielleicht wenn er irgendwann mal mit dem ersten Blasenproblem zum Urologen müsste und dann aufgedeckt würde, dass sein Schwanz auch nicht unverwundbar war. Sicherlich würde ihn Anja dann immer noch in den Mund nehmen, aber vielleicht würde sie die ganze Sache dann etwas praktischer angehen und noch mehr Krankenschwester nach Hause bringen. Und ins Bett!
Wie war Thamm nur auf dieses Thema gekommen? Verwundert über sich selbst, kroch er unter Anjas Armen vor und setzte sich zurück auf seinen Liegestuhl. Etwas beunruhigt fuhr er sich durchs Haar. „Vielleicht sollten wir mal wieder Stefan und Jette einladen“, schlug er vor, weil er den Eindruck hatte, ein Thema wechseln zu müssen, und nahm sich geistesabwesend noch ein zweites Stück Kuchen.
„Wen sonst?“, neckte ihn Anja ohne jeden Vorwurf. „Aber vielleicht nicht gerade Morgen, da … oh!“
Benni meldete sich mit einem kleinen Schrei aus seinen Träumen zurück. Anja setzte schon zum Sprung aus ihrem Stuhl an, aber Thamm winkte ab. „Bleib ruhig sitzen“, meinte er, und Anja beobachtete erstaunt, wie sich Thamm in Richtung Hollywoodschaukel begab.
„Er hat bestimmt eingemacht“, rief sie ihm hinterher. „Riech mal hinten dran.“
Thamm warf einen prüfenden Blick in die Babyschale. „Ach was“, gab Thamm zurück, „der schläft ja noch halb.“

„Dann schaukle ihn mal ein bisschen, dann pennt er wieder ein."
Als ob Thamm diesen Hinweis gebraucht hätte! Er kannte seinen Jungen doch mindestens genauso gut wie Anja. Also nahm er den Griff und ließ Benni knapp über das Gras baumeln, hin und her. Der Junge blinzelte kurz in die Sonne, so als müsste er sich vor dem Weiterschlafen erst noch versichern, wer sich da eigentlich an ihm zu schaffen machte, dann schloss er auch schon wieder die Augen.
Ein paar Minuten noch, dachte Thamm, dann hat sich das auch schon wieder. Aber so lästig, wie er sich das vorgestellt hatte, war diese Schaukelei gar nicht. Endlich kam mal ein bisschen Bewegung in seine Arme, in seinen Körper - die Lethargie dieses lahmen Nachmittags verschwand langsam aus seinen Knochen. Und Thamm fiel plötzlich ein, wie er sich noch mehr Luft verschaffen könnte.
„Du, ich dreh mal kurz ne Runde durchs Viertel, ja?"
Anja sah ihn wieder so überrascht an. „Schläft er noch nicht?", fragte sie ungläubig.
„Nee, nur mal so", meinte Thamm.
„Na, wenn du unbedingt willst ...", meinte Anja bloß und zuckte mit den Schultern. Und Thamm steckte die Babyschale auf den fahrbaren Untersatz, schob das etwas sperrige Gerät die Einfahrt runter und bog in die Junkerstraße ein. Links standen die Fertigteilhäuser, rechts auch, alle hatten sie eine Garage, manche ein Vordach dazu, andere Solarzellen auf dem Dach - das Fliegerstädtchen sah in allen seinen Straßen gleich aus, überall gab es denselben scheiß prosperierenden Mittelstand samt Steingarten zu sehen. Und Thamm war es somit scheißegal, in welche Richtung es gehen sollte.

Benni schlief.
Thamm döste vor sich hin.

Die Luft hing bleiern über der Siedlung. Könnte noch gewittern, dachte Thamm und besah sich prüfend den milchig weißen Himmel.
Das Kind sah nicht gerade wie er aus. Überhaupt fand Thamm an dem Jungen nicht die geringste Ähnlichkeit mit irgendwem. Benni war ganz eigenartig, ganz für sich. Viel gab es noch nicht mit ihm zu machen, er konnte ja nicht mal sitzen oder auch nur den Kopf halten. Und den kleinen Wurm zu wickeln, zu baden und rumzutragen, wenn er schrie oder pupsen musste und nicht konnte – das waren ja eher so Funktionsaufgaben, das hatte ja nichts mit Spaß zu tun. Zumindest fühlte Thamm nichts besonders Erhebendes dabei. Aber wenn er mit Benni allein war und ihm irgendwas zuraunen konnte, als wäre er schon älter und ein guter Kumpel – dann war es cool, den ollen Hosenscheißer um sich zu haben.
„Ach, der Herr Thamm“, kreischte ihn da plötzlich eine etwas zu hoch gelagerte Stimme aus seinen Gedanken.
Thamm fuhr zusammen. Was um alles in der Welt …
„Das ist ja schön, dass ich Sie mal sehe. Und dann auch gleich mit dem Sohnemann. Na ja, unter der Woche bleibt Ihnen ja bestimmt nicht viel Zeit.“
Eine für Thamms Geschmack etwas zu pummelig geratene Frau trat mit einem Satz aus der Hecke, stellte sich direkt neben Thamm auf und beugte sich tief über den Kinderwagen, um einen Blick hineinzuwerfen. „Ich darf doch mal?“, fragte sie, noch bevor Thamm reagieren konnte, und dann kam nur noch ein „Och, ist der niedlich“ und „Sind sie nicht süß, wenn sie schlafen?“ aus dieser Frau geseufzt, und Thamm fragte sich resigniert, warum ausgerechnet er das Pech hatte, so einer bescheuerten Vorstadtschnepfe in die Arme zu laufen.
„Also, Herr Thamm!“, stieß sie plötzlich empört aus, kaum dass

sie wieder aus dem Kinderwagen aufgetaucht war. „Sie glauben ja gar nicht, wie froh ich bin, Sie zu sehen. Es ist einfach furchtbar!"
Thamm versuchte verzweifelt, sich an die Frau zu erinnern, aber umsonst. Je mehr er drüber nachdachte, umso sicherer wurde er sich, dass er diese Schrapnelle noch nie zuvor gesehen hatte. Was ihr vertrauliches Getue für ihn noch belämmerter werden ließ. Aber was hatte Anja gesagt? „Wir müssen hier noch ne Weile wohnen …" Und so quetschte sich Thamm ein möglichst nettes „Aha?" raus und machte ein erstauntes, möglichst nicht allzu spöttisches Gesicht.
„Ach Gott!", entfuhr es der Frau und mit der Rechten griff sie sich an die Brust. „Glauben Sie ja nicht, dass ich Sie belästigen will!"
Zu spät, dachte Thamm und verkniff sich nun doch ein ironisches Grinsen. So allmählich ahnte er, worauf das hier hinauslaufen würde.
„Und ich dachte ja, die Leute würden von sich aus aufhören", fuhr die Frau in einem jammernden Ton fort. „Immerhin, wo Sie doch bei der Polizei sind." Also doch, dachte er. Die Frau mit der Hand beim Herzen merkte nichts von Thamms verbissenem Gesichtsausdruck. Oder passte er am Ende zu ihrem Thema?
„Ein Lärm, sag ich Ihnen!", empörte sie sich nun. „Diese jungen Leute in der Fieselerstraße, gleich da hinten …" Sie bemühte sich, um die Straßenecke zu zeigen, was ihr nicht gerade sonderlich gut gelang. „Furchtbar, sage ich Ihnen. Und da sag ich zu meinem Mann – der muss ja auch früh raus – da sag ich also, ja der Herr Thamm, wenn der da mal nur kurz ein Auge drauf werfen würde, dann wär da aber Ruhe!"
Und mit einem Mal war da wirklich Ruhe. Die Frau hatte sich ausgequatscht und erwartete nun mit hoffnungsvollem Blick eine Reaktion von ihrem Herrn Thamm. Und der war nun aber alles andere als gnädig gestimmt. Erst erschreckte ihn das Weib zu Tode,

dann gaffte sie völlig ungeniert in den Wagen rein – und hinterher machte sie ihn einfach mal schräg von der Seite an, von wegen Hauptsache irgendein Polizist! Und noch am Sonntag! Thamm zwang sich zu einem übersüßen Grinsen.
„Es tut mir wirklich leid", setzte er an, „aber das ist dann wohl eher ein Fall für die Schutzpolizei. Da müssten Sie mal auf die Wache ..."
„Ja, aber kennen Sie denn da keinen? Das kann doch nicht so weitergehen!", fiel ihm die Frau aufgeregt ins Wort. Aber Thamm schüttelte nur den Kopf.
„Leider kann ich da nichts machen. Da müssten die jungen Leute aus der Fieselerstraße Sie schon umbringen. Aber dann wäre ich sofort für Sie da. Einen schönen Sonntag noch."
Und damit ließ Thamm die verdutzte Frau stehen. Die plötzliche Bewegung des Kinderwagens rüttelte Benni nun endgültig aus dem Schlaf.
„Siehst du", sagte Thamm zu ihm, „ich hab's dir doch gesagt: Wir sind hier die einzigen Normalen."

Benni atmete gleichmäßig. Nichts deutete darauf hin, dass er in nächster Zeit aufschrecken oder nach Milch schreien könnte. Und auch Anja konnte zur Ruhe kommen, denn nachts setzte sie den vierstündigen Rhythmus, der tagsüber galt, aus. Nachts galten andere Spielregeln.
„Schläfst du schon?", fragte Thamm leise in das Dunkel des Schlafzimmers hinein. Draußen ging der Regen monoton plätschernd nieder, prasselte auf das Dach, von weit entfernt donnerte es, ohne wirklich laut herüberzuschallen. Thamm horchte zu Anja rüber – eine Antwort blieb aus.
Aber was heißt das schon, dachte er und tastete sich vorsichtig über die Matratze. In diesem Moment kam ihm das Bett elend breit vor. Und sie lag ausgerechnet am äußersten Ende! Er hatte aber auch ein Glück heute!

„Hey, schläfst du schon?“, fragte er wieder, als er sie endlich erreicht hatte. Aber auch jetzt gab sie keinen Mucks von sich. Thamm hob ihre Decke an und kroch darunter. Ihre Oberschenkel strahlten eine unglaubliche Wärme aus. Aber trotzdem schmiegte sich Thamm langsam an sie, an ihren Hintern, ihren Rücken. Und noch immer rührte sich Anja keinen Zentimeter. So fest kann doch gar keiner schlafen, wunderte sich Thamm.
Wie aus Versehen legte er seine Hand auf ihr Bein, genau dahin, wo das Nachthemd aufhörte. Wieder nichts, keine Bewegung. Anja schlief tief und fest.
Jetzt kam es darauf an, nichts zu überstürzen. Sie hatten es schon oft gemacht, ohne dass beide vorher wach waren. Und selbst dann - es war ja nicht so, dass sie sich gegenseitig kurz vorher noch irgendwelche Einverständniserklärungen überreichen würden! Und wenn er sich geschickt anstellte und sie ganz langsam und gemächlich aus ihrem Schlaf holte, dann würde sie nichts dagegen einzuwenden haben. Dann würde der kleine Überfall rückwirkend abgesegnet werden und alles wäre in bester Ordnung.
Trotzdem war Thamm etwas mulmig zumute. Es hatte schon oft geklappt, okay. Aber eben nicht immer. Und dann konnte Anja auch austicken, und zwar vom Feinsten, wahrscheinlich sogar zu Recht, denn auf die Nette war das ja nun nicht gerade. Außerdem - wollte er wirklich so den Einstand nach Bennis Geburt feiern? Aber vielleicht war es ja genau so die richtige Art, vielleicht musste es beim ersten Mal danach einfach so halb von selbst ablaufen und dann war der Knoten geplatzt.
Scheiße, du denkst zu viel, ermahnte sich Thamm und seufzte unterdrückt auf. Dann aber ging er es an, schob seine Hand unter ihr Nachthemd und ließ sie wie von allein nach oben gleiten. Nicht zu leicht, dass es kitzelte, nicht zu fest, dass sie gleich aufwachte. Einfach so eben. Den Daumen nicht zu sehr in die Mitte, da geht

sie gleich an die Decke, dachte er, die Fingerkuppen nicht zu weit nach außen, das kitzelt wieder. Gott, ein Stress! Er hatte den Kopf zu voll, war nicht locker. Wie sollte das was werden?

Aber Thamm wollte es jetzt wissen, der verdammte Knoten sollte endlich platzen. Gordischer Knoten, dachte er, einfach zerkloppen und Ruhe ist.

Mit einer sicheren Bewegung seiner Hand schob er ihr linkes Bein nach vorn, sodass sie zur Hälfte auf dem Bauch lag, das eine Bein gestreckt, das andere leicht angewinkelt. Der schwerste Teil war getan. Nun hieß es, sich allmählich ranzupirschen. Wieder fuhr er ihr mit der Hand über den Schenkel, erreichte den Po, fühlte das Höschen und tastete nun ganz sanft an dem Stoffbund entlang. Es konnten nur noch Millimeter sein …

Genau in diesem Moment tauchte ein flackernder Blitz, der direkt vor dem Schlafzimmerfenster niederzugehen schien, den Raum in ein so grelles Licht, dass Anja kurz davon geblendet wurde und zusammenfuhr. Instinktiv schlug sie Thamms Hand zwischen ihren Beinen weg. Und war bei all dem noch nicht einmal richtig wach geworden.

So eine Scheiße, dachte Thamm verärgert. Dieser verdammte Blitz hatte ihn restlos aus dem Konzept gebracht. Und was nun? Alles auf Neustart – oder sollte er nach Anjas Abwehr lieber keinen zweiten Versuch unternehmen? Thamm zermarterte sich das Hirn, wie um alles in der Welt er sein beschissenes Sexualleben wieder zum Laufen bringen könnte und ob heute Nacht der geeignete Moment dafür war – da dröhnte der Donner schier ohrenbetäubend durch den Regen. Der enorme Knall hatte nur den Bruchteil einer Sekunde angehalten – Anja hatte diesmal überhaupt nicht reagiert, aber nebenan machte sich nun Benni bemerkbar. War ja klar – auch das noch, ächzte Thamm und ließ sich nach hinten in die Kissen fallen.

Als hätte jemand bei Anja irgendeinen Schalter umgelegt, war sie schon bei Bennis erstem Schluchzen hellwach. Sie setzte sich hin, hielt kurz inne, um den Schwindel in sich niederzukämpfen, dann stand sie auf und bahnte sich ihren Weg durch das dunkle Schlafzimmer. „Ich komm ja schon", murmelte sie dabei, „ist ja alles gut, Mama kommt ja schon."

„Soll ich ne Milch machen?", bot sich Thamm an, als sie mit Benni auf dem Arm zurück ins Zimmer kam.

„Ich glaube nicht", meinte Anja, schon wieder müde. „Ich lass ihn kurz nuckeln und dann war's das bestimmt auch schon wieder."

Und so lüpfte Anja ihr Nachthemd, legte den Kleinen an und schaukelte ihn so lange mit ihrem Oberkörper, bis sie zur Seite wegsackte und er wieder einschlief. Keine fünf Minuten dauerte es, bis Bennis Atem leise und regelmäßig zu hören war.

„Siehst du", flüsterte Anja und rieb sich die Augen. Thamm war sich nicht sicher, ob sich da gerade eine zweite Chance anbot. Ach, scheiß drauf, dachte er und versuchte es. „Sag mal, wo du eben wach bist …", fing er zögernd an.

„Spinnst du?", zischte Anja. „Benni liegt hier direkt neben mir. Bei dir hackt's wohl?"

„Du kannst ja zu mir rüberkommen", hielt Thamm an seinem Vorschlag fest. „Wir können ja auch leise machen."

„Na klar", fuhr ihn Anja halblaut an. „Hast du auch noch was anderes im Kopf? Ich hab den ganzen Tag das Kind, bin selbst kaum richtig auf den Beinen – Ist es da zu viel verlangt, wenigstens mal *eine* Nacht durchzuschlafen, ohne dass Benni mal aufwacht oder du mir am Hintern rumfummelst?"

„Och Mann ey!", maulte Thamm, weil ihm nichts Besseres einfiel, und warf sich frustriert auf die Seite. Sie hatte ja recht, das war ihm auch klar, aber musste sie das so raushängen – und ihn wie einen Notgeilen aussehen lassen? Wenn sie ihm unbedingt schon wieder einen Korb geben musste, könnte sie dabei ja auch mal ein bisschen Rücksicht auf seine Gefühle nehmen.

„Ich mein es ernst, Till!“ Anja ließ sich offensichtlich nicht von seiner Trotzgeste beeindrucken. „Ich schaff das alles nicht mehr. Das Haus sieht aus wie Sau, das Kind, du, ich – ich schaff das echt nicht mehr.“
Anjas Stimme klang mit einem Mal beinah weinerlich, dass Thamm sich erschrocken zu ihr umdrehte.
„Heißt das, du willst diese Hebamme wiederhaben?“, fragte er angepisst.
„Nein“, wehrte Anja leicht verärgert ab. „Ich hoffe ja, dass es schon besser wird, wenn meine Mutter Morgen kommt.“
„Den einen Tag?“, fragte Thamm ungläubig, „der soll's bringen?“
Stille. Thamm fragte sich, ob er Anja seine Meinung zu hart an den Kopf geworfen hatte. Ihr Schweigen verunsicherte ihn. Dass sie doch immer wieder am längeren Hebel saß, ärgerte er sich und noch mehr darüber, dass er jetzt seine Hand an ihren Nacken legte und sie zärtlich streichelte. Schon wieder eingeknickt, dachte er und verfluchte insgeheim seine Weichheit.
„Ich hab Mama gefragt, ob sie nicht die ganze Woche bleiben kann“, sagte Anja plötzlich in die Stille rein. Thamms Hand in ihrem Nacken erstarrte. Deshalb hatte sie so rumgedruckst und gezögert. Das hatte gar nichts mit ihm zu tun – sie, sie hatte was auf dem Kerbholz! Thamm war wie vor den Kopf gestoßen. „Wann?“, fragte er bloß.
„Als du mit Benni draußen – das ist doch jetzt egal.“ Anja hatte ihre alte Sicherheit zurückgewonnen. „Du gehst die ganze Woche auf Arbeit und bist fein raus. Und ich hab hier alles am Hals. Ich kann nicht einfach weg.“ Thamm traute seinen Ohren nicht. Was glaubte denn Anja, was er den ganzen Tag machte?
„Ich brauche einfach ein bisschen Hilfe, was ist denn schon dabei? Das soll doch nur vorübergehend sein.“
Thamm atmete tief durch.
„Und wo soll sie in der Zeit übernachten?“

Die Antwort kam prompt. „Na, wir haben doch dein Arbeitszimmer." Das war's! Sein letzter Rückzugsort, die letzte kleine Ecke im ganzen Haus, die er noch für sich allein hatte, sollte er jetzt auch noch verlieren - und ausgerechnet an seine Schwiegermutter!
„Ich finde das nicht gut", knurrte er patzig. „Deine Mutter ist auch nicht mehr die Jüngste, die geht hier die Wände hoch. In einer Pension hätte sie Abstand, da könnte sie sich zurückziehen, wenn's ihr hier zu viel ..."
„Jetzt hör aber mal auf!", fuhr ihn Anja verärgert an. „Seit wann machst du dir denn Sorgen um meine Mutter? Und überhaupt, so weit kommt's noch, dass ich meine eigene Mutter in eine Pension stopfe! Du wirst doch mal die paar Tage mit ihr auskommen. Und auf dein heiliges Arbeitszimmer verzichten können, oder? Und was regst du dich eigentlich so auf? Du bist doch eh fast den ganzen Tag im Büro."
Die Standpauke hatte sich ordentlich gewaschen. Nicht nur Thamm hatte es die Sprache verschlagen, auch Benni schluchzte leise im Traum.
„Und jetzt ist Schluss", beendete Anja ihre Tirade abrupt, noch bevor Thamm sich irgendwie fangen und weitermaulen konnte. Die Vertreibung aus dem Paradies - jetzt war sie perfekt, dachte er verbittert.

Am Telefon war Wolff.
„Die Zentrale hat gerade bei mir angerufen."
„Und?", fragte Thamm verschlafen.
„Ich dachte, du willst vielleicht mitkommen. Hab ich euch geweckt?"
Thamm atmete tief durch. Irgendwo entfernt hinter sich hörte er Anja die Treppe hochgehen. Jetzt hatte sie Benni doch noch Milch gemacht, der Junge war anders nicht mehr zu bändigen, nachdem er nun zum zweiten Mal aus dem Schlaf gerissen worden war.

„Ach“, machte Thamm resigniert, und dann: „Um was geht’s denn?“
„Ganz großes Kino, versprech ich dir“, lachte Wolff ins Telefon, „wird dir ganz sicher gefallen. Ist am Bahnhofsplatz.“
„Wo genau?“
Wieder dieses Lachen. Wie konnte der um die Uhrzeit schon so gut drauf sein? „Siehst du dann schon. Bis gleich.“ Und aufgehängt. Thamm stand im stockdusteren Wohnzimmer, nur in Shorts, das Telefon in der Hand und kam sich ziemlich verarscht vor. Schöner Kollege, dachte er, kann immer noch nicht richtig telefonieren.
Langsam trottete er in den Flur. Dort oben wollte er jetzt lieber mal nicht stören. Anja würde ihm wieder eine Gardinenpredigt halten, die alte Leier: Wann holst du endlich mal einen zweiten Apparat für das Schlafzimmer – warum stellst du das Telefon nachts nicht aus – oder wenigstens auf Vibration?
Aber seine Klamotten lagen noch oben. Thamm überlegte nur kurz, dann ging er in den Haus-Wirtschaftsraum und stieg in seine ausgebeulte Gartenhose. Das alte Hemd, das er zuletzt zum Schuppenstreichen getragen hatte, war auch noch da. Es roch leicht, aber wer sollte das schon merken, mitten in der Nacht. Thamm knöpfte es zu und ging zurück in den Flur und ein paar Stufen die Treppe rauf. „Ich muss noch mal los“, flüsterte er die Rest des Wegs hoch bis zum Schlafzimmer. Dort oben regte sich nichts, keine Antwort, nicht mal ein Räuspern. Anja schlief vielleicht schon wieder, dann war es nicht schlimm, wenn er jetzt ging. Und wenn nicht – dann hatte das auch noch Zeit bis später, dachte Thamm, schlüpfte in die abgewetzten Gartenlatschen – ohne Socken würde er ja doch nur so eklig in seine Turnschuhe schwitzen – und schloss vorsichtig die Haustür auf.
Auch den alten Nissan ließ er möglichst leise unter dem Vordach vor und aus der Einfahrt rollen. Langsam fuhr er durch die

Junkerstraße, bog an dem Haus auf der Ecke, das jetzt leer stand, in die Alte Lauchstädter Straße ein und brauste nun mit ordentlichem Tempo in Richtung Innenstadt.

„Scheiße", fluchte Thamm vor sich hin, als er jetzt erst bemerkte, dass es inzwischen wie aus Kübeln schüttete. Über die Straßen zogen dichte Regenschleier, wie in dünnen Wänden über seine Windschutzscheibe gepeitscht. Unter den Lichtkegeln der Laternen flimmerte es silbrig, über den Asphalt glänzte das hochspritzende Wasser weiß auf – und Thamm hatte keinen Schirm dabei, war ja typisch! Wegen diesem beschissenen Carport, dachte er verstimmt. Anja wollte ja unbedingt, dass es bis zum Haus reicht, damit die Sonne und der Regen … Und das hatte Thamm jetzt davon! Aber es war zu spät, um noch mal umzukehren. Außerdem würde ihm Anja ordentlich den Arsch aufreißen, wenn er nach dieser Aktion mit dem Telefon, das er erst durchs halbe Wohnzimmer hatte suchen müssen, auch noch den Haus-Wirtschaftsraum wegen einem Regenschirm auf den Kopf stellen würde. Mitten in der Nacht.

Als er an der Bundesstraße hielt, kramte er unter dem Beifahrersitz rum. Vielleicht hatte Anja ja dort einen von diesen kurzen Dingern liegen lassen. Aber außer dem Autoatlas und einer Menge formloser Krümel konnte er nichts ertasten. Dann eben nicht, dachte Thamm angesäuert und setzte mit aufheulendem Motor über die Kreuzung.

Über die Bebel-Straße kam er in die Lauchstädter und weiter musste er gar nicht. Der Rauch, das vibrierende rote Lodern in dem nachtblauen Himmel war nicht zu übersehen. Scheiße, brannte etwa der Bahnhof? Aber nein, der lag ja weiter links. Auch der Busbahnhof konnte das nicht sein – oder etwa doch?

Thamm parkte den Wagen am Straßenrand, direkt bei den Gleisen, und ging durch die Unterführung. Bis hierher war der Gestank noch nicht gekommen, hier roch es wie immer einfach nur nach Pisse und Penner. Thamm sah zu, dass er diesen gekachelten

Tunnel schleunigst hinter sich bekam, nahm die Treppe am anderen Ende mit wenigen Sätzen – und erstarrte.
„Ach du meine Fresse“, stieß er fassungslos hervor.
„Ja, nicht wahr?“, hörte er jemand neben sich sagen. „Sieht man auch nicht alle Tage.“
Thamm wandte sich um. Ein Feuerwehrmann, der auf das Feuer glotzte und sich dabei einen abgrinste. „Bei uns in Lochau brennt vielleicht mal der Acker oder wir haben eine Ölspur. Aber so was hier, das ist doch mal ne Nummer.“
„Und was machen Sie hier?“, fragte Thamm. Langsam tastete er sich an seine Dienstzeit heran, der Polizist kam allmählich in ihm hoch.
„Na was wohl? Ich warte auf den Schlauchtrupp, die wollen hier noch eine Verbindung legen. Aber der Hydrant ist total verrottet, schauen Sie sich das mal an.“ Der Mann deutete auf einen kleinen Metalldeckel am Straßenrand. „Die holen mal schnell irgendwas zum Freikratzen.“
„Und Sie?“, fragte Thamm nach.
„Sehen Sie doch“, trumpfte der Kerl auf. „Ich pass auf die Schläuche dort auf.“ Wieder ein Wink nach hinten, wo ein paar von den roten Rollen lagen. Alles klar, dachte Thamm, einer von der ganz cleveren Sorte.
„Na, und Sie?“, fragte mit einem Mal der Feuerwehrmann, wahrscheinlich durch Thamms Nachfragen hellhörig geworden. „Wie kommen Sie eigentlich durch die Absperrung?“
Thamm ging nicht darauf ein. „Wer leitet den Einsatz?“, fragte er stattdessen ungerührt.
„Sie müssen zurück hinter die Absperrung“, beharrte der Typ und baute seine schmächtige Hühnerbrust vor Thamm auf. „Das hier ist nur für die Rettungsdienste.“
„Ich habe nach der Einsatzleitung gefragt“, erinnerte Thamm gereizt.

„Da kann ja jeder kommen", beharrte der andere. „Los, gehen Sie wieder zurück hinter die Absperrung!" Damit kam er noch einen Schritt näher an Thamm. Macht hier wohl kraft seiner Wassersuppe einen auf Autorität, schoss es Thamm freudig durch den Kopf, aber nicht mit mir, Freundchen. Mit einer ruppigen Vorwärtsbewegung wamste er dem verdutzten Feuerwehrmann seine Brust vor die Jacke und drängte ihn zurück.

„Pass mal auf, du halbe Portion", knurrte Thamm zwischen den zusammengepressten Zähnen raus. „Entweder du bringst mich jetzt zur Einsatzleitung oder ich nehme dich an Ort und Stelle mit. Wegen Ermittlungsbehinderungen. Wenigstens ein Tag Arrest. Was sagst du dazu, Kumpel?"

Der Kumpel sagte nichts. Wortlos wies er auf den Bahnhofsvorplatz. „Aber ich muss doch hier auf die Schläuche aufpassen", stammelte er verdattert. Thamm winkte ab und ließ den Kerl einfach stehen.

Der Bahnhof glich der reinsten Hölle. Die Linienbusse, die Taxen – alle standen kreuz und quer, nur möglichst weit weg von den Flammen, die an der Ecke zur Magistrale zwischen den Häuserblöcken wüteten. Dicke Rauchschwaden hingen über dem Platz, der kaum einzusehen war, trotz der Beleuchtung von all den Einsatzwagen. Sirenen schwollen an, fielen ineinander und klangen ab, Uniformierte brüllten Kommandos durch die Dunkelheit, Schläuche wurden in das Dunkel gereicht. Es stank widerlich nach verbranntem Gummi, nach Benzin und altem Öl, geschmolzener Plastik. Von der Magistrale her dröhnte immer wieder das Geheule vom Martinshorn, Scheinwerfer warfen ihre gleißenden Lichtkegel über die Häuserzeile und blendeten Thamm. Was da genau brannte, war kaum zu sehen vor lauter Rauch und Flammen, nur der beißende Gestank ließ es erahnen. Mülltonnen, ein paar Autos, die Balkone an den Häusern vielleicht auch schon.

Thamm bahnte sich einen Weg über den Busbahnhof, ließ ein

paar Sanitäter durch und machte in all dem Chaos endlich auch ein paar von seinen Jungs aus. Er wollte gerade auf sie zugehen, da packte ihn jemand an der Schulter. Na toll, dachte Thamm, als er sich umdrehte, noch so ein Spacko. Dieser Feuerwehrmann sah aber nicht gerade so aus, als würde er viel Spaß verstehen. „Hey Sie", brüllte er Thamm durch all den Lärm hindurch an, „sehen Sie zu, dass Sie Land gewinnen. Sie haben hier nichts verloren."
Dem stand der Sinn ganz eindeutig nicht nach Spielchen, also rückte Thamm gleich mit der Sprache raus. „Ich bin von der Polizei. Ich muss zur Einsatzleitung."
Der Mann sah Thamm verständnislos an. Das mit Holzlack verschmierte Hemd, die abgerissene Hose – Thamm kapierte allmählich, warum ihm hier niemand den Kommissar abnahm.
„Bringen Sie mich dorthin, dann werden Sie schon sehen! Kommissar Wolff, ich muss zu Kommissar Stefan Wolff, ja?"
Ein abschätzender Blick traf Thamm, dann aber knickte der Mann ein. „Okay", sagte er und nahm die Hand von Thamms Schulter. „Sie müssen dort rüber."
„Danke", meinte Thamm, obwohl er den Weg auch so gefunden hätte. Jetzt waren es nur noch ein paar Schritte. Da sah er schon Wolff mit ernstem Blick, den Rücken durchgedrückt – nanu, so förmlich heute, wunderte sich Thamm – und sah auch schon den Anlass dafür.
„Ah, da sind Sie ja endlich!", rief der Staatsanwalt, sowie er Thamm erblickte.
„Was heißt hier endlich?", gab Thamm zurück, „es brennt ja noch."
„Jaja, so ist unser lieber Herr Thamm, immer zu einem Scherz aufgelegt." Der angeblich so lustige Thamm kam aus dem Staunen nicht mehr raus. Wieso säuselte sich denn das Chefchen so einen ab? Und überhaupt: Was machte der hier überhaupt? Bekam doch sonst auch nicht den Arsch hoch.
„Auf jeden Fall ist es schön, dass Sie es einrichten konnten", fuhr

das Chefchen im freundlichsten Plauderton fort. „Ich möchte Ihnen jemand vorstellen. Das hier“ – er wies auf den Mann zu seiner Rechten – „das hier ist Herr Möllering, ein Kollege vom Bundeskriminalamt, ja.“ Misstrauisch ergriff Thamm die ihm dargebotene Hand.

„Und das hier“, meinte das Chefchen nun ebenso überschwänglich und deutet auf Thamm, erkannte aber plötzlich die Heimwerkerkleidung, in der sein Aushänge-Kommissar rumlief, und sein Lächeln gerann auf der Stelle zu einer albernen Larve. „Das hier“, setzte er wesentlich nüchterner fort, „ist Herr Thamm, unser fähigster Mann.“

Thamm nickte Möllering kurz zu. „Na dann – auf gute Zusammenarbeit!“, lächelte der verhalten. Thamm grinste genauso falsch zurück, dann wandte er sich an den Staatsanwalt. „Was macht denn einer vom BKA hier?“, raunte er ihn zu.

„Das ist ganz einfach“, meinte das Chefchen. „Sie leiten den Fall und arbeiten Ihre Ergebnisse Herrn Möllering zu.“

„Ich mache was?“, fragte Thamm verdutzt.

„Sie haben schon verstanden, ja?“, hüstelte das Chefchen. „Wenn Sie mich jetzt entschuldigen wollen ... mein lieber Herr Möllering!“

Und schon schwänzelte der Staatsanwalt wieder um den Mann vom BKA. Thamm sah diesem komischen Turteltanz hinterher. War er wirklich schon wach oder träumte er das alles?

„Du hättest mich ja auch mal vorwarnen können!“, knurrte Thamm vor sich hin.

„Kaffee?“, fragte Wolff unbeeindruckt und hielt ihm einen Pappbecher hin. „Zum Glück sind die Jungs vom DRK auf Zack, sonst stünden wir jetzt ganz schön auf dem Trockenen.“

„Ich mein's ernst!“, rief Thamm zerknirscht und griff widerwillig trotzdem nach dem Becher.

Wolff setzte sich neben ihn auf die Bank zwischen Bahnhofsgebäude und Blumenbeet. „Was sollte ich denn machen?“, fing er an. „Reinhardt hat ganz explizit gesagt, ich soll die Klappe drüber halten, dass hier jemand vom BKA rumrennt. Er wollte es dir selber sagen.“

„Na schönen Dank auch!“

„Kannst du laut sagen“, stimmte ihm Wolff zu und nahm einen großen Schluck von dem Kaffee. Auch Thamm wagte sich an das Zeug heran, das genauso bitter schmeckte, wie er es vermutet hatte. „Guck dir mal unsere Leute an“, meinte Wolff schließlich spöttisch. „Die gackern da wie die aufgescheuchten Hühner am Wagen rum, nur weil mal so ein Typ aus Wiesbaden hier aufschlägt.“

„Und den kriegen wir vor die Nase gesetzt. Kannst du mir mal verraten, warum ein BKA-Mann sich hier einfach so breitmacht?“, empörte sich Thamm. „Ich meine, kann der sich überhaupt so ohne Weiteres durch die ganze Hierarchie fräsen?“

Wolff zuckte mit den Schultern. „Tja, von oben nach unten geht das sicherlich leichter als umgedreht. Und wenn er dann noch Schützenhilfe vom Chefchen kriegt …“

„Und was will der eigentlich hier? Hab ich was verpasst?“ Thamm sprang auf und warf den halb vollen Kaffeebecher energisch zwischen die Stiefmütterchen. Wolff lachte ironisch auf. „Sehr schön, ich dachte schon, du fragst nie. Siehst du da hinten den Brand?“

Thamm verdrehte die Augen. „Ach nee! Und?“

„In einem der Wagen wurde eine Leiche gefunden.“

„Meine Fresse!“, entfuhr es Thamm.

„Genau das“, pflichtete ihm Wolff amüsiert bei.

Bis jetzt hatte Thamm an einen recht harmlosen Fall geglaubt. Brandstiftung vielleicht. Ein paar Jungs kokeln im Hinterhof oder irgend so ein seniler alter Sack hatte immer noch nicht begriffen, dass die heiße Asche nicht in die Mülltonne kommt. Das Übliche halt. Nur dass die Sache hier ein bisschen außer Kontrolle geraten

war, das Feuer um sich gegriffen hatte. Ein Fall eher für die Spurensicherung als für die Kriminalpolizei.
Aber eine Leiche änderte alles.
„Was wissen wir schon?", fragte Thamm ruhig. Nun war er ganz bei der Sache, nun zählte nur noch der Fall.
„Nichts", gab Wolff trocken zurück. „Irgendein Feuerwehrmann hat in einem der brennenden Wagen die Leiche gesehen und uns verständigt. Aber die Stelle ist noch nicht gesichert, das muss erst noch weiträumiger gelöscht werden. Krause steht schon seit einer guten halben Stunde ganz vorn in der ersten Reihe. Kann es anscheinend gar nicht erwarten, den armen Kerl auf seinen Tisch zu bekommen. Und, was sagst du dazu?"
„Hm", machte Thamm nur und verlor sich über den Anblick des farbig erleuchteten Dachs vom Busbahnhof in seinen Gedanken. Ein bisschen Normalität inmitten des wilden Chaos hier unten, dachte er, die unabänderliche Sturheit der Betriebsmaschinerie. Ein Grinsen flog über seinen Mund.
„Ja, und was machen wir nun?", hakte Wolff nach. „Mach mal nen Spruch!"
Thamm sah sich verdutzt um. Wolff hatte es ja selbst gesagt, dass zuerst die Jungs von der Feuerwehr ihre Arbeit erledigen mussten, bevor sie da rankonnten. „Tja, was! Ich würde sagen, erst mal nichts", meinte er harmlos.
„Das ist aber nicht gerade viel", hörte er da eine feixende Stimme hinter sich. Möllering - der hatte Thamm gerade noch gefehlt. Mit betont lässigen Schritten kam er auf die beiden Kommissare zu. „Ich habe den Staatsanwalt eben zu seinem Wagen begleitet und er hat gemeint, ich solle Ihnen beiden noch einmal klarmachen, wie hier die Kompetenzen gelagert sind. Also frage ich Sie lieber noch mal, bevor irgendwelche Missverständnisse auftreten: Kann ich mich auf Sie verlassen?"
Thamm warf ihm einen vernichtenden Blick zu. „Ich tue hier nur

meine Arbeit", meinte er trocken. Für einen Moment maßen sich die Männer schweigend, beide ihre Geringschätzigkeit für den anderen kaum verbergend, dann fiel Möllering in ein unverbindliches Lächeln zurück. „Okay, dann mal ran an den Speck. Oder besser gesagt: ran an die Leiche! Wir sehen uns!"
Damit schlenderte er genauso elastisch, wie er gekommen war, zurück zum Parkplatz und verschwand in irgendeinem Auto.
„Und was nun?", fragte Wolff.
„Ja, was denn!", brüllte Thamm ihn an. „Hast du doch gehört, wir sollen an die Leiche." Und wütend bahnte er sich einen Weg durch die herumwuselnden Leute, einen verärgerten Wolff im Schlepptau.
Bei den ersten abgebrannten Autos wartete Krause, umgeben von den Jungs von der Spurensicherung, mit denen er vertraut plauderte. Inzwischen tat es Thamm ein bisschen leid, dass er Wolff so dermaßen angepflaumt hatte. Okay, er hatte ziemlich blöd gefragt, aber die ganze Nerverei war ja nicht seine Schuld, Wolff wurde ja genauso rumgeschubst von diesem Möllering wie er auch.
„Da seid ihr ja", begrüßte sie Krause freudig. „In einer Viertelstunde können wir ran, sagt der Oberhäuptling von der Feuerwehr."
„Sag das dem Pappsack da drüben", meinte Thamm versöhnlich und nickte zu Wolff rüber, „der ist heute besonders schwer von Kapisch."
„Blödian", knallte ihm Wolff in demselben gutmütigen Ton an den Latz. Und grinste dabei, wie Thamm zufrieden feststellte. Alles wieder eingerenkt.
„Na ihr seid ja gut drauf!", goutierte Krause diesen kurzen Schlagabtausch. „Wenn ich mal eben eure Aufmerksamkeit auf das Corpus Delicti lenken dürfte ... So weit ich das bislang von hier aus einsehen konnte, befindet sich der oder die Tote auf dem Fahrersitz. Was mir etwas merkwürdig vorkommt, ist, dass die Leiche so schön aufrecht sitzt. Normalerweise kommt bei so ei-

nem Brand irgendwann der Airbag raus. Der hätte sie dann eigentlich zur Seite drücken müssen. Seht ihr?"
Krause deutete auf einen der Wagen so ziemlich in der Mitte der Brandstelle. Aber so sehr sich Thamm auch bemühte, in all dem Qualm und umherflirrenden Licht konnte er nicht erkennen, wie es in dem Auto aussah. Um Krauses Einblick stand es wohl auch nicht besser, denn nun beendete er seine Ausführungen mit einer wegwerfenden Handbewegung. „Aber vielleicht ist der Airbag auch gar nicht gekommen, wer weiß", meinte er nur.
Thamm aber hatte genug vom Warten. Ohne auf irgendeine Erlaubnis zu warten, marschierte er auf den ausgebrannten Wagen zu. Dort holte er tief Luft und warf dann endlich einen ersten Blick hinein. Und atmete erleichtert aus. Irgendwie hatte Thamm es viel härter erwartet. Aber da war kein Blut, keine wirr ins Leere glotzenden Augen, nichts. Nur eine völlig verkohlte Leiche. Wenn nicht noch die letzten Fetzen von Kleidung an ihr kleben würden, hätte man sie glatt für ein Stück verbranntes Holz halten können. Ja, dachte Thamm, die Arme, der Brustkorb, sogar der Kopf – nichts hatte mehr die vertraute Form, nichts löste in ihm den gewohnten Brechreiz aus, der ihn sonst beim Anblick von Toten so zuverlässig überkam. Das Unterbewusstsein hielt das, was sich ihm da bot, viel eher für das Überbleibsel von einem Lagerfeuer.
Aber dann kapierte es doch langsam. Die unter der aufgelösten Haut hervorgetretenen Zähne, das versengte Haar hinter dem krustigen Ohr, der widerwärtige Gestank von verbranntem Fleisch. Und da war es auch schon, wie bestellt. Mühselig hielt sich Thamm den Ärmel vor die Nase und inhalierte tief den Geruch von Holzlack und abgestandenen Männerschweiß. Sofort fühlte er sich an einen Baumarkt erinnert, sein Magen beruhigte sich, er konnte wieder klar denken. Eine Leiche also, stellte er für sich fest.
„Aber anfassen würde ich den nicht", hörte er Krause dicht hinter sich sagen. „Der dürfte noch ein paar Grad über der Außentem-

peratur haben. Ah, da haben wir ja auch schon die Erklärung!"
Thamm fühlte sich beiseitegeschoben – was ihm nicht gerade ungelegen kam – und beobachtete nun Krause, wie er einen Kugelschreiber aus seiner Hemdtasche fingerte und vorsichtig in den Halsbereich der Leiche kiekste. „Ein Seil. Unser Freund hier wurde also angeschnallt. Seht ihr? Deshalb konnte ihn der Airbag nicht auf die Seite hauen."
Thamm nickte, ohne hinzusehen. Baumarkt, dachte er, ein Stück Holzkohle, Baumarkt. Wolff hingegen beugte sich fast bis an Krauses Kugelschreibermine heran. „Krass. Und sonst so?", fragte er. Da aber nahm Krause schon sein Schreibgerät von der Leiche und klemmte es zurück an sein Hemd. „Mit deiner Erlaubnis werde ich unseren Freund hier erst mal zu Tisch in meine Pathologie bitten, dann mehr."
Krause wandte sich von Wolff ab und war für die Kommissare nicht mehr zu haben, fortan hatte er nur noch Augen für die Leiche.
Wolff tapste etwas missmutig neben Thamm aus dem verbrannten Dreck, der das ganze Areal überzog. Die Feuerwehr hatte den Brand inzwischen in den Griff bekommen, es dampfte nur noch aus den Autowracks und aus der Dielung der Balkone. Die Morgenröte breitete sich zögerlich über der Silhouette der Stadt aus.
„Also haben wir erst mal noch nichts", konstatierte Wolff niedergeschlagen. „Hat sich ja voll gelohnt."
„Bedank dich bei Möllering, der hat uns zu der Leiche geschickt", meinte Thamm. „Und genau das macht die Sache so spannend."
Wolff sah seinen Partner fragend an.
„Na ja, Möllering muss doch klar gewesen sein, dass von dem Toten noch nicht viel zu haben ist. Aber trotzdem bestand er darauf, dass wir uns der Sache gleich annehmen und das alles natürlich nach dem üblichen Prinzip: Wer hat wen weshalb umgebracht? Und über diese Routine könnten wir ja dann ganz gut die im Moment viel interessanteren Fragen aus den Augen verlieren."

„Die da wären?"
„Warum interessiert sich ein BKA-Mann für eine Brandleiche in Merseburg? Wieso ist der Kerl aus der Zentrale in Wiesbaden schneller vor Ort als wir? Oder anders: Warum war der schon in der Stadt, bevor der Brand losging? Warum bringt er nicht seine eigenen Leute mit, sondern lässt uns die Drecksarbeit machen?"
„Du meinst, da will uns jemand für sein Spielchen einspannen?", fragte Wolff und klang dabei alles andere als begeistert. Thamm zuckte mit den Schultern.
„Ich meine, dass uns das Chefchen auf jeden Fall erst mal eine Erklärung schuldet."

MONTAG

Am Frühstückstisch herrschte eisiges Schweigen, nur das Knacken der frisch aufgebackenen Brötchen war zu hören. Thamm hätte gern mit Anja geredet, einfach nur, um sie wissen zu lassen, dass von seiner Seite aus eigentlich alles klar war. Aber nach den drei Stunden Schlaf, die er nach dem Einsatz noch abbekommen hatte, kriegte er jetzt echt nicht die Gusche auf. Da half auch kein Kaffee.
„Hast du deine Klamotten wenigstens gleich in den Wäschekorb gehauen?", fragte Anja nun.
„Klar."
Ein Grummeln von ihr, auf das er lieber nicht einging.
„Du hättest echt mal noch schnell duschen können. Das ganze Schlafzimmer stinkt jetzt nach Rauch."
Sie wollte es aber auch wirklich wissen, dachte Thamm gereizt.
„Das hätte ich machen können, Schatz", meinte er mit sarkastischer Liebenswürdigkeit. „Aber dann wärst du vielleicht noch

mal aufgewacht und das wollte ich doch nicht – *Schatz*. Und außerdem war ich hundemüde und wollte einfach nur in die Federn, okay?“

Wieder ein Schweigen. Thamm schnitt ruppig ein zweites Brötchen auf, Anja sah an ihm vorbei zum Fenster hinaus. Aber gerade diese Gleichgültigkeit machte ihn fertig, auch wenn sie nur gespielt war. Im Grunde wussten sie doch, woran sie miteinander waren. Warum konnten sie das nicht einfach rauslassen?

„Am Bahnhof gab's einen Großbrand“, erzählte Thamm und kam sich selten dämlich vor. Aber wie sollte er sonst mit Anja ins Gespräch kommen? Ihm fiel keine bessere Alternative ein.

„Einen Toten haben wir jetzt auch, und das BKA am Hals. Also gleich mal zum Wochenanfang das volle Programm.“

Thamm wartete auf eine Reaktion, doch Anja hielt den Blick gesenkt, während sie ihr Brötchen bestrich, sodass er nicht schlau aus ihr werden konnte. Endlich raffte sie sich auf.

„Benni hat in der letzten Nacht noch mal eingemacht“, sagte sie tonlos. „Das volle Programm, auch bei mir. An der Windel vorbei und das rechte Bein runter. Der Strampler war durch und sein Schlafsack auch.“

Thamm bemühte sich, sein Brötchen mit Appetit zu essen, doch je langsamer er es zerkaute, desto mulmiger wurde ihm. Solche Themen konnten echt nur Krankenschwestern zum Frühstück bringen.

„Und“, fragte Anja nun und sah ihn gelangweilt an, „interessiert dich das?“

Was kam jetzt, dachte Thamm gespannt. Abschätzend kniff er die Augen zusammen. „Hm“, machte er langsam. „Um ehrlich zu sein, nicht unbedingt.“

„Siehst du“, sagte Anja, und die süße Freundlichkeit ihrer Stimme kam ihm irgendwie vertraut vor, „und genauso wenig interessiert mich dein Kram.“

„Boah“, entfuhr es Thamm überrascht - und musste kichern. „Mann, hast du den gut ausgespielt“, prustete er hervor. Anja verzog nun auch das Gesicht zu einem Grinsen. Dann warf sie ihm das Küchentuch rüber. „Das ist für all die Gemeinheiten, die du gestern Nacht vom Stapel gelassen hast!“

„Du!“, drohte Thamm scherzhaft und stand auf.

„Nein!“, kreischte Anja und kugelte sich zusammen, doch es half ihr nichts. Thamm hatte sie schon gepackt und hochgehoben und trug sie jetzt wie eine gemachte Beute auf seine Seite vom Tisch. Dort hielt er sie auf seinen Schoß fest, da konnte sie ihn noch so sehr boxen, wie sie wollte. Zum Schluss fiel sie ihm lachend an den Hals, er aber schob sie mit dem Kopf nach vorn und gab ihr einen langen Kuss. „Du bist echt unmöglich“, rief sie aus, als sie sich losgemacht hatte, und versetzte ihm einem leichten Klaps auf die Schulter.

„Und du?“, fragte er empört, während sie sich ihr Brötchen angelte.

„Ich bin immer lieb“, meinte Anja und sah ihn von oben herab an. „Oder kannst du dich etwa beklagen?“

„Na hör mal“, maulte Thamm. „Was war das eben mit Gemeinheiten von letzter Nacht? Ich kann mich an nichts erinnern.“

„Na dann pass mal auf, Sportsfreund“, drohte Anja, schob seinen Teller weg und setzte sich auf den Tisch, ihm gegenüber. „Zuerst einmal“ - sie hielt ihm ihren Daumen hin - „magst du meine Mutter nicht.“

„Das ist ein alter Hut und nicht erst von letzter Nacht!“, wehrte Thamm ab, was Anja böse auflachen ließ.

„Und dann“ - und dabei zückte sie ihren Zeigefinger - „wolltest du sie in eine Pension stecken!“

„Und da war ich noch nett“, wandte Thamm ein, „wo doch das ‚Kleeblatt‘ gleich um die Ecke ist.“

Anja stieß aufgebracht mit dem Fuß nach ihm. „Ins Altersheim?

Unglaublich! Aber warte nur, Freundchen, du kriegst noch die gerechte Strafe."

„Glaube ich auch", lachte Thamm übermütig. „Und ich wette, sie kommt irgendwann jetzt den Vormittag mit dem Zug, richtig?"

„Komplett falsch", triumphierte Anja. „Mama hat heute noch einen Arzttermin und kommt erst später. Und rate mal, wer sie nach Feierabend vom Bahnhof abholen darf?"

Thamm verzog leidend das Gesicht. „Das war ein ganz und gar unlauterer Tiefschlag", klagte er wehleidig und griff sich seine Tasse, als könnte der zuckrige Kaffee die Vorstellung an seine nahende Schwiegermutter versüßen.

„Glaub mir, Mama freut sich genauso sehr auf dich wie umgedreht", sagte Anja lapidar. „Sie kann es dir nur nicht so richtig zeigen, weil du ihr einen Enkel gemacht hast und deshalb einen riesigen Stein bei ihr im Brett hast – und das wird sie dir nie verzeihen. Aber mal im Ernst: Schaffst du das heute Nachmittag? Der Zug kommt kurz vor halb vier."

„Dann bin ich pünktlich um vier am Bahnhof", meinte Thamm und lächelte sich dabei einen ab.

„Quatschkopp!", sagte Anja liebevoll und rutschte vom Tisch runter, ehe Thamm sie packen konnte. „Jetzt ist aber mal Schluss mit dem ganzen Rumgemehre!", legte sie sich ihren Kommandoton an. „Ich will wenigstens noch mal durch alle Zimmer saugen, bevor Mama kommt, und die Bäder machen. Und du musst doch auch mal langsam in die Spur, oder? Überstunden sind heute nicht drin, sag das Stefan gleich, nicht dass es dann wieder heißt, es ging nicht anders. Oder sag es Jette, die hat noch am ehesten den Durchblick in eurem Saftladen."

„Hey, hey, hey Frau Ullrich, das grenzt ja fast schon an Beamtenbeleidigung, was Sie hier von sich geben", rief Thamm, aber es half nichts. Anja nahm ihm die Kaffeetasse ab und drängte ihn aus der Küche. Sogar als er sich im Flur nach den Schuhen bückte, schups-

te sie ihn leicht fort. „Du kehrst mich ja regelrecht raus“, stellte Thamm verblüfft fest.
„Ordnung muss sein“, meinte Anja streng und öffnete ihm schon mal die Tür. „Ach herrje!“, rief sie da betroffen aus, „guck dir das mal an!“
Thamm war sofort an der Tür ...
„Die schönen Blumen!“
Das konnte echt nur von einer Frau kommen, dachte Thamm. Für einen Moment hatte er schon sonst was gedacht, aber Blumen ... Blumen!
„Ach Mann, dieser blöde Platzregen hat alle Blüten zerhauen. Jetzt hab ich die alle umsonst gesetzt, die ganze Hausseite ist im Arsch.“
„Kommen die nicht nächstes Jahr noch mal?“, versuchte Thamm zu trösten.
„Woher soll ich das wissen?“, fragte Anja. „Und was ist bis dahin? Ach, die Woche fängt ja super an.“
„Wem sagst du das“, stimmte ihr Thamm zu. „Ich starte heute mit deiner Mutter in den Feierabend.“
„Und tschüss“, seufzte Anja, die den Kopf noch voller Blumen zu haben schien, sodass jetzt kein Platz mehr für Thamm und ihre Mama war, und warf die Tür hinter sich ins Schloss.
„Zum Glück haben wir einen Jungen und nicht auch noch eine Tochter – drei Weiber von der Sorte, das wäre echt der Kracher“, murmelte Thamm vor sich hin und betrachtete die Blumen. Wie man sich über so ein bisschen Grünzeug so dermaßen aufregen konnte, war ihm absolut nicht einleuchtend. Geranien, Primeln, Orchideen? Er hatte absolut keine Ahnung von diesem Gemüse. Aber gerade, als er zu seinem Rad gehen wollte, stach ihm etwas ins Auge. Irgendetwas stimmte mit den Blumen nicht. Die Blütenköpfe lagen zwar in einem heillosen Durcheinander über die ganze Breitseite verteilt, aber die Hälse – ja, das war’s, was Thamms Aufmerksamkeit erregt hatte! Die Hälse waren akkurat geteilt

worden. Das war eindeutig nicht vom Regen gekommen, da hatte jemand nachgeholfen, das waren Schnittkanten! Aber wer sollte so was machen?
Sicher irgend so ein Rotzer aus der Nachbarschaft, dachte Thamm. Was hatte die Schrapnelle von gestern gesagt? Die jungen Leute aus der Fieselerstraße. Nachdenklich machte er ein paar Schritte durch das Blumenbeet, damit die Hälse nun wirklich so aussahen, als ob Wind und Wetter sie umgehauen hätten. Nichts sollte Anja unnötig aufregen.

Jette ließ die Zeitung auf ihren Schoß fallen.
„Du brauchst gar nichts zu sagen, ich weiß schon Bescheid."
Thamm sah sie staunend an. „Doch nicht etwa aus der Zeitung, oder doch?"
Sofort bildeten sich kleine Fältchen auf Jettes Stirn. „Aber nicht die ‚Landpostille'! Vielleicht Morgen."
„Wohl eher übermorgen, immer das Neuste", warf Wolff belustigt ein.
„Nein, es lief im Radio rauf und runter auf der Herfahrt. Großbrand in Merseburg, unglaublicher Sachschaden. Und der Hammer: eine Leiche in einem der abgefackelten Autos. Ich war also bestens informiert, noch bevor ich Stefan eingesackt habe. Und dann wusste ich es ganz sicher: Heute wird so ein richtig beschissener Tag."
Thamm nickte verständnisvoll. „Hat er es also inzwischen geschafft, ja? Geht er dir auch langsam auf die Nerven?"
„Wie witzig", meinte Wolff leicht gereizt, aber Jette lachte nur auf.
„Klang das so, als wär Stefan gemeint?", fragte sie in die Runde.
„Na, guten Morgen", meinte Wolff mit Nachdruck.
„Hey, das war nicht so … ich meinte die Arbeit, ist doch klar. Ihr habt einen neuen Fall und ich hab wieder die übliche Rennerei. Und ein kaputtes Auto. Und das alles gleich am Montag."

„Dein Auto ist hinüber?", hakte Thamm nach.
Stefan sprang ein. „Ich würde ja sagen, es ist die Bremsflüssigkeit. Oder so was in der Richtung. Egal, irgendeine Flüssigkeit läuft jedenfalls aus und die Kiste springt nicht mehr an."
„Drei Meter vor der Wache. Zum Glück hatte ich Stefan dabei, der hat mir die olle Kiste an den Straßenrand geschoben. Die von der Werkstatt schicken einen rum, aber nicht vor zwei", ergänzte Jette. „Was ganz gut passt, da kann er mich gleich auch mit abschleppen – nicht so, wie ihr denkt. Nicht, dass jetzt wieder was falsch ankommt."
„Und wie kommst du zurück?", fragte Thamm, an Wolff gewandt.
Der zuckte mit den Schultern. „Taxi?"
„Quatsch, ich nehm dich mit. Aber wir müssen pünktlich hier raus und noch einen kleinen Umweg machen."
„Von mir aus", meinte Wolff. „Und damit sind wir auch gleich beim Stichwort, Arbeit. Wir haben gerade eben schon mal so grob die Lage sondiert, rumtelefoniert – du weißt schon, das Übliche. Aber es sieht alles noch recht verhalten aus. Jette hatte vor zwei Minuten die Spusi dran, aber die meinten, die Autos müssten erst richtig auskühlen, bevor da groß was zu machen sei. Nur so viel: Bislang sieht's eher mau aus mit Indizien. Wir brauchen uns also keine allzu großen Hoffnungen aus dieser Richtung machen."
„Klar", meinte Thamm, das hatte er sich schon in der Nacht so einigermaßen gedacht. Von daher haute ihn jetzt diese Absage nicht sonderlich um. Wäre ja auch ein Wunder gewesen, wenn sich nach diesem Brand noch irgendwelche verwertbaren Spuren an den Wagen finden lassen würden. Aber zumindest die Identität des Toten sollte doch drin sein. „Und sonst?", fragte er Jette, die ja immerhin den besten Überblick über die hier zusammenlaufenden Infos hatte. Und als hätte die Sekretärin nur darauf gewartet, stieß sie sich schwungvoll von ihrem Schreibtisch ab und rollte auf dem Drehstuhl quer durch das kleine Büro zu der Aktenablage im

Regal. Mit einem dünnen Dossier kam sie gleichermaßen voller Elan zurückgeschwebt. „Hier ist alles drin", erklärte sie und überreichte Thamm den Ordner mit großer Geste. Neugierig schlug er ihn auf.

„Aber … der ist ja leer!", bemerkte er überrascht.

„Ja, was hast du denn gedacht?", konterte Jette schnippisch. „Ich kann doch nicht vier, fünf Stunden danach schon eine komplette Akte zusammenhaben. Und noch eine halbe Stunde nach Dienstbeginn. Ein bisschen müsstet ihr Jungs dann doch selber machen. Und ihr könnt gleich damit anfangen. Krause bittet euch zu Tisch. Wann, ist egal, meint er, der Bericht sei auf jeden Fall schon fertig."

„Genau, das wär's noch gewesen, was ich dir noch zu sagen hatte", stimmte Wolff ihr schnell zu. Mit einem Ruck löste er sich von dem Schrank, an den gelehnt er gestanden hatte. „Soll ich das schon mal in Angriff nehmen?"

Thamm sah seinen Partner prüfend an. Warum so enthusiastisch? Eine nette Geste oder ein Putschversuch? Aus Wolffs harmlosem Gesicht wurde er nicht schlau. Okay, Thamm tat sich ein bisschen schwer damit, in Krauses Katakomben zu steigen – und was ihn heute da erwartete, darauf hatte er ja schon vor Kurzem einen ersten Blick werfen können – aber das war noch lange kein Grund, ihm das Zepter aus der Hand zu nehmen und hier den Arbeitswütigen zu markieren.

„Nee, lass mal", meinte Thamm kurz angebunden. „Das machen wir lieber zu zweit."

„Ganz wie du willst", gab sich Wolff zufrieden.

„Ja", setzte Thamm nach. Noch gab er hier den Ton an. Einen Augenblick lang trommelte er nachdenklich auf die leere Akte, dann gab er sie Jette wieder zurück. „Also schön", sagte er langsam, „dann statten wir dem Kellergeist gleich mal einen Besuch ab. Und du, Jette … wir bräuchten den Einsatzbericht von der Feuerwehr und aus dem Archiv eine Zusammenstellung zu ähnlichen

Fällen im Landkreis und … hm … ja, doch, das Ganze auch aus dem Burgenlandkreis, dem Leipziger Raum und was so auf der thüringischen Seite angrenzt."
„Na schönen Dank auch", seufzte Jette, „über die Landesgrenzen faxen und sich durch deren Zuständigkeiten betteln – ich sag's ja: Heute wird ein richtig beschissener Tag."
„Wem sagst du das", murmelte Thamm vor sich hin. „Aber was soll's. Kommst du, Stefan?"
Wolff machte sich nun endgültig los von der Schrankwand und folgte Thamm auf den Flur.
„Hey, Herr Kommissar, ich wollte dich vorhin wirklich nicht ausbooten …", brach er das Schweigen, als sie schon die Treppe runter zum Erdgeschoss hinter sich gebracht hatten. Aber Thamms Ärger war längst verflogen. „Schon gut", sagte er nur. In Gedanken war er schon bei Krause unter Tage, bei dieser schwarz verstümmelten Leiche. Ein hoffentlich kurzes Gespräch, dann noch schnell den Bericht für die Akte abgreifen und die Sache war gegessen. Mit etwas Glück war das in einer halben Stunde locker erledigt und dann ginge es schwungvoll weiter in den Fall – da kam Thamm plötzlich eine Idee.
„Warte mal kurz", rief er Wolff zu, „ich komme gleich zurück."
Als er das Sekretariat erreicht hatte, zog er die Tür hinter sich ins Schloss. Jette sah verwundert auf, denn dass hier jemand ihr Büro verschloss, kam eher selten vor.
„Nanu?", fragte sie, „was vergessen?"
„Ja, eine Kleinigkeit. Und nicht ganz …" Thamm suchte nach dem passenden Wort. „Sagen wir: nicht ganz … auf dem Dienstweg. Hier strolcht so ein Typ vom BKA durchs Haus, Möllering heißt er. Versuch doch mal, über den etwas rauszubekommen. Aber unauffällig, ja?"
„Einer vom BKA? Na toll! Und wie soll ich das anstellen?", fragte Jette perplex.

Das wusste Thamm auch nicht so richtig, aber das musste er ja Jette nicht noch auf die Nase binden. „Dir wird schon was einfallen“, meinte er nur und trat wieder raus auf den Flur, wo irgendwo am anderen Ende hinter der Treppe Wolff auf halbem Weg in Richtung Pathologie auf ihn wartete.

Krause hielt die Atemschutzmasken schon bereit.
„Die helfen zwar auch nicht viel, ist aber immer noch besser als ohne“, erklärte er unbekümmert. „Wenn ihr schon mal ein Schwein geschlachtet habt, dann wisst ihr ja, wie bestialisch die versengten Borsten stinken können – und hier ist noch ein bisschen mehr draufgegangen. Und wenn nicht, dann bekommt ihr jetzt gleich eine komprimierte Geruchsprobe davon. Also immer hereinspaziert in die gute Stube.“
Mit diesen Worten machte Krause einen Schritt zur Seite und gab endlich die Tür frei für die beiden Kommissare, die er nun in seinen unterirdischen Seziersaal führte.
„Ganz ehrlich, so einen knusprigen Kollegen hatte ich lange nicht mehr auf dem Tisch“, setzte er dabei seinen Monolog fort. „Das letzte Mal ist bestimmt schon mehr als zehn Jahre her, ein Unfall auf der A 9. Hässliche Sache. Hat genauso gestunken wie der hier, war aber bei Weitem nicht so verkohlt. Ich persönlich ziehe ja Wasserleichen vor. Die beiden aus dem letzten Sommer waren nicht schlecht. Die stinken zwar auch, aber doch ein bisschen angenehmer. Wie ein ganz modriges Rasierwasser. Komisch, das erinnert mich jedes Mal an früher. Weiß nur nicht, warum eigentlich. Hat aber was, auf jeden Fall. Aber na ja, meine Herren“, dozierte Krause munter weiter, „es ist wohl nicht an uns zu beeinflussen, wer hier wie auf den Tisch kommt.“
Damit zog er unvermittelt das grüne Laken von der Pritsche und betrachtete einen Moment lang in aller Ruhe und beinah schon

liebevoll den toten, entstellten Körper, der nun zum Vorschein gekommen war.
„Ich hol euch mal den Bericht“, sagte Krause dann, und im Vorbeigehen zu Thamm: „Durch den Mund atmen, da riecht es am wenigsten.“
Tatsächlich war Thamm ziemlich flau um den Magen. Aber selbst Wolff, der sich doch noch am Autowrack so übermütig an die Leiche geschmissen hatte, wirkte jetzt und hier wesentlich zurückhaltender. Lag wohl an dem grellen Neonlicht, dachte Thamm, das die gesamte Verstümmelung, die das Feuer angerichtet hatte, um einiges klarer herausstellte, als es das bisschen Nachtbeleuchtung geschafft hatte. Und dann noch der widerwärtige Gestank, der mit voller Härte durch das bisschen Mull der Atemmaske drang. Draußen am Bahnhof hatte er sich noch über das ganze weite Areal verteilen können, war tausendfach mit allen möglichen anderen Gerüchen vermischt und abgeschwächt worden. Aber hier, im geschlossenen Raum, kam er voll zur Geltung. Die ganze Luft war verpestet, es roch nach nichts anderem mehr als nach verbranntem Fleisch.
„Na dann mal los“, meinte Krause, als er mit dem Bericht in der Hand zurück von seiner Schreibtischecke kam. „Mal sehen, was haben wir denn da? Wisst ihr, der andere Vorteil von Wasserleichen ist, dass die viele überschüssige Feuchtigkeit den Körper aufschwemmt. Dadurch wird alles ein bisschen größer – wie bei einem Gummibärchen, das über Nacht in ein Wasserglas gelegt wird. Bei einer Brandleiche dagegen verschnurtzelt so ziemlich alles, drinnen und draußen. Und dementsprechend schwerer lässt sich der Körper eben untersuchen.“
Kam der denn gar nicht zu Potte, fragte sich Thamm voller Selbstmitleid. Krause erging sich in lauter überflüssiger Fachsimpelei, was nicht gerade dazu beitrug, dass es hier mal vorwärtsging. Und

Thamm endlich wieder abziehen konnte – er musste dieses sinnlose Geplänkel abkürzen.
„Und der Tote – ist also an den Verbrennungen gestorben?", fiel er Krause unverblümt ins Wort. Der Pathologe dankte es ihm mit einem giftigen Blick.
„Wahrscheinlich", meinte er angesäuert.
„Was soll das heißen?", schaltete sich nun auch Wolff in das Gespräch ein.
„Darauf wollte ich ja die ganze Zeit hinaus", grummelte Krause verstimmt und pochte ohne jede Hemmungen auf den schwarzen Brustkorb der Leiche. „Die Lunge hier sagt, dass er noch geatmet hat, als der Brand anfing. Spricht für eine Verbrennung oder eben Vergiftung durch die Rauchentwicklung – also auf jeden Fall für das Feuer als primäre Todesursache. Die Pumpe aber" – Krause klopfte nicht weniger hart auf eine andere Stelle der Leiche, ein Stück weiter oben – „die sagt mir gar nichts."
Er genoss die verständnislosen Blicke der Kommissare. Thamm durchschaute das Zögern des Pathologen zuerst. „Soll heißen?", forderte er ungeduldig.
„Soll heißen, die könnte entweder durchgehalten haben bis zuletzt oder noch auf dem letzten Drücker schlappgemacht haben. Dann wäre der Brand nur die sekundäre Todesursache, die eigentliche dann ein Infarkt oder so was in der Preisklasse. Also kurzum Herzversagen. Eine kleine Fußnote für den Bericht, was aber am Endergebnis nichts ändert. Der Kerl ist so und so verbrannt. Mehr lässt sich dazu nicht sagen."
Nun trat Wolff doch mal einen Schritt näher an den Toten heran. „Gestern hast du was von Fesseln gesagt", erinnerte er Krause. „Wie sieht es denn damit aus?"
„Bestens", ging der sofort darauf ein. „Rückstände von solchen Fasern fanden sich bei der eingehenderen Untersuchung nicht nur am Hals, sondern auch an beiden Handgelenken. Siehst du?"

Krause bog einen der Arme und hielt ihn Wolff vors Gesicht. „Schon gut", rief dieser und wich zurück. „Ich glaub's dir ja."
„Du hast danach gefragt und ich hab's dir halt nur zeigen wollen", meinte der Pathologe lapidar. „Insgesamt sieht es also so aus, als ob unser Freund hier am Autositz fixiert wurde. Eigentlich gar nicht mal so dumm – so konnte der oder die Täter sichergehen, dass das Opfer schön sitzen blieb, ohne dass jemand dabeibleiben musste und vielleicht noch Verdacht auf sich lenkte."
„Das ist ja alles ganz schön und gut", meldete sich nun Thamm aus dem Hintergrund zu Wort. Ihm stank es gewaltig, wenn sich der Pathologe am Ermitteln versuchte. Da brauchte Krause immer mal wieder eine Klatsche, damit er sich nicht vergaß. „Aber warum das Seil um den Hals? Bist du dir sicher, dass er nicht erdrosselt wurde?"
Krause schüttelte heftig den Kopf. „Unmöglich, der Kehlkopf ist vollkommen intakt. Bis auf die Brandsache. Soll ich's dir zeigen?"
Mit einem bitteren Lächeln wehrte Thamm die Offerte ab.
„Vielleicht lässt sich das ganz einfach erklären", vermittelte Wolff. „Das Opfer hätte sich andernfalls nur nach vorn auf das Lenkrad lehnen müssen, um die Hupe zu drücken und damit Aufmerksamkeit auf sich zu lenken. Das wusste der Täter zu verhindern."
„Leuchtet ein", gab Thamm zu. Aber das machte den Kohl auch nicht gerade speckig. Bis jetzt war an der Leiche nicht sonderlich viel dran, er spürte noch nicht die Herausforderung. Kritischen Blicks ging er nun auch ein Stück weit auf die Pritsche zu. „Willst du uns noch irgendwas sagen, Ötzi?", murmelte er vor sich hin, und dann lauter, an Krause gewandt: „Gibt es sonst noch was?"
Der Pathologe nickte emsig. „Dazu müssen wir ihn aber erst mal umdrehen, wenigstens auf die Seite. Fasst du mal mit an?"
„Wenn du mir Handschuhe gibst!"
„Ach Till, hast du dich vielleicht memmig!", ächzte Krause. „Der ist so verkokelt, da trauen sich auf Wochen keine Bakterien ran."

Aber Thamm blieb dabei und so schob Krause kopfschüttelnd über diese ihm anscheinend völlig fremden Berührungsängste ab, um gleich darauf mit vier labberigen Handschuhen zurückzukommen. „Gleich noch welche für die andere Mimose", seufzte er und drückte auch Wolff ein Paar in die Hand. „Sonst noch irgendwelche Wünsche?"
„Du wolltest uns was zeigen", mahnte ihn Thamm sanft. Krause war aber auch alles andere als bei der Sache. Wurde langsam alt, dachte der Kommissar und beäugte aufmerksam den grauen Schimmer, der von Mal zu Mal immer deutlicher über Krauses Haar lag.
„Also los", forderte der nun, legte den Bericht aus der Hand, packte den Toten an der Schulter, und Thamm, der mit Wolff einen kurzen Blick wechselte, aus dem ihm nicht gerade hellauf Begeisterung entgegenschlug, schnappte sich die braunschwarzen Knie und begleitete Krauses Bewegung.
„Hier auf dem Rücken", dozierte Krause schon wieder und verwies auf mehrere Stellen zwischen den einzelnen Rippen, die deutlich unter der gegerbten Haut durchdrückten, an denen Thamm aber nichts weiter erkennen konnte, „hier sind ein paar Unregelmäßigkeiten, die sich nicht mit dem Verbrennen der Hautoberfläche erklären lassen. Zuerst habe ich sie, zugegeben, glatt übersehen, so unscheinbar sind sie. Aber einmal gesichtet, waren sie dann doch ziemlich eindeutig: Striemen und Risse, die dem Toten vor seinem Ableben beigefügt wurden."
„Du meinst, wie von Schlägen?", fragte Thamm mit wachsendem Interesse.
„Ich persönlich dachte als Erstes an Peitschenhiebe, aber so ganz passte das nicht", antwortete Krause. „Bis ich dann auf ein Messer als wahrscheinlichste Tatwaffe kam. Wie gesagt, alles unter Vorbehalt, die Haut hat sich durch die hohen Temperaturen völlig deformiert."

„Wie bitte?", kam nun Wolff dazu. „Striemen und Risse von einem Messer? Wären da nicht eher Stiche zu sehen?"
„Kommt drauf an", konterte Krause. „Wenn du nicht zustichst, sondern mit der vollen Breitseite draufhaust, dann nicht. Dann eher Striemen."
„Und was macht dich dann so sicher, dass es wirklich ein Messer war – und nicht etwa doch deine Peitsche?", bohrte Wolff nach.
„Ganz einfach", zuckte Krause gelassen mit den Schultern. „Zum einen sind Messer wesentlich verbreiteter als Peitschen. Und zum anderen hat unser Opfer definitiv mit einem Messer Bekanntschaft gemacht, an einer anderen Stelle, und deshalb liegt doch die Vermutung nahe, dass er auch am Rücken …"
„Und das sind dann auch einwandfreie Stiche oder wie kommst du da auf ein Messer?", wollte Thamm wissen.
„Eher ein Schnitt", gab Krause seelenruhig zurück. „Ihm wurde die Zunge abgetrennt."
Thamm erstarrte. Er glaubte, sich verhört zu haben.
„Ihm wurde *was*?"
„Die Zunge abgetrennt", wiederholte Krause. „Medizinisch: lingua. Wie heißt es bei Horaz? ‚Favete linguis!' – Hütet eure Zungen …" Er lachte herzlich auf. „Das bekommt hier eine ganz wörtliche Bedeutung."
Thamm stand noch immer neben sich. Abwechselnd starrte er auf die Leiche, die er immer noch mit weit ausgestreckten Armen an den Knien in Seitenlage hielt, und zu Krause. Allmählich rutschte der Groschen.
„Und damit kommst du uns erst jetzt?", rief er gereizt aus. Aber Krause blieb unbeeindruckt. „Mir ist hier alles gleich wichtig, ja? Wir tasten uns vom Gesamteindruck her ran und kommen anschließend auf die Details zu sprechen. So wird eine Leiche analysiert. Und außerdem hat niemand was von Eiltempo gesagt, oder?"

Fassungslos und seine Wut über diesen Kleingeist von Wissenschaftler nur mühsam unterdrückend schaute Thamm zu, wie Krause nun den toten Körper zurück auf den Rücken absacken ließ. Anschließend widmete er sich ganz dem Kopfbereich, griff mit beiden Händen in den Mund und spreizte die Kiefer auseinander, dass es knackte. „Das sind nur ein paar verkürzte Sehnen, alles ganz normal", erklärte Krause. „Will jemand mal reinschauen?"

Thamm verzichtete und auch Wolff lehnte kopfschüttelnd ab.

„Na gut, dann halt nicht", sagte Krause und ließ von dem Toten ab. „Ist eh nicht viel zu sehen. Aber, und das ist die Hauptsache, die Zunge fehlt. Irrtum ausgeschlossen. So stark kann die gar nicht verbrennen. Und erst recht nicht so geschliffen gleichmäßig. Die wurde entfernt. Und zwar vor Eintreten des Todes."

„Sonst noch was?", hakte Thamm nach.

„Nix", meinte Krause jovial. „Und wenn keine weiteren Fragen mehr sind, dann ist unsere Rundfahrt durch den menschlichen Körper damit für diesmal auch schon wieder vorbei", erklärte er abschließend und überreichte Thamm seinen Bericht.

„Wird so ganz allmählich wunderlich, liegt bestimmt an der Luft da unten", versuchte Wolff zu scherzen, als sie den Seziersaal endlich verlassen hatten. Thamm nickte. „Und am Alter – jetzt brauch ich erst mal einen Kaffee."

In ihrem gemeinsamen Büro ließ sich Wolff schwer auf seinen Schreibtischstuhl fallen. Für einen Moment blieb er so zurückgelehnt und in Gedanken versunken in dieser Haltung, dann aber schnellte er vor an die Tischplatte und schaltete den Computer ein.

Thamm war weit entfernt davon. Genauso penibel wie gleichgültig strich er die Notizen zu ihrem letzten Fall durch, die er auf seine Schreibtischunterlage gekritzelt hatte. Und die inzwischen

längst an Bedeutung verloren hatten und jetzt bloß nicht ablenkten sollten. Hier und da entdeckte er zwischen den flüchtig hingeworfenen Wortgruppen und Nummern eine kleine Zeichnung, eine Schmiererei, über die er immer noch schmunzeln konnte, bevor er auch sie mit ruhiger Hand übermalte.
„Was machst du?“, fragte Wolff nach einer Weile und riss Thamm damit unsanft aus seinen Gedanken.
„Nichts“, meinte der, „ein bisschen nachdenken. Und selbst?“
„Ich lege schon mal ein vorläufiges Arbeitsprotokoll an.“
Wie vorbildlich, dachte Thamm nicht ohne Sarkasmus. Die Polizeidirektion steckte Wolff noch immer tief in den Knochen, auch nach einem Jahr in der Praxis, da ließ sich nichts machen. Oder war Wolff am Ende wirklich so überkorrekt, so mit Leib und Seele Aktenmensch?
Seufzend legte Thamm den Stift beiseite und stand auf. Ohne Kaffee konnte er nicht klar denken. Und ausgerechnet heute musste Jette die letzte Ladung mit ihrer Kollegin verbraten! Wo sie die Huber nicht mal ausstehen konnte. Und wie sie dann geguckt hatte, als Thamm sie gebeten hatte, doch mal schnell ein neues Päckchen zu besorgen. Kaufland war doch gleich um die Ecke.
Jette hatte ihn erst ungläubig angegrinst und das Ganze für einen schlechten Scherz gehalten. Dann hatte sie protestiert – aber dass mit der Cafeteria konnte sie ja nun wirklich nicht ernst gemeint haben. „Willst du mich vergiften? Da kriegen mich keine zehn Pferde rein!“, hatte Thamm entsetzt ausgerufen – und Jette hatte einsehen müssen, dass an Kaufland kein Weg vorbeiführte.
Und nun war sie immer noch nicht zurück, dachte Thamm sehnsüchtig. Da stand er nun ohne Kaffee da und bekam seinen Kopf nicht unter Kontrolle. Und was sich in der Zwischenzeit im Sekretariat getan hatte, als Wolff und er bei Krause gewesen waren, wusste auch niemand. Nur Jette. Aber die war ja gerade nicht verfügbar. Warum hatte sie aber auch nicht schon am Freitag dran

gedacht, für Nachschub zu sorgen, als sie zum letzten Mal für das Team Kaffee aufgesetzt hatte, wunderte sich Thamm.
Die Hände in die Taschen geboxt, schlenderte er unruhig durch das Zimmer. Am Fenster warf er einen kurzen Blick auf die Hallesche Straße, auf der sich wie gewöhnlich nichts sonderlich Spektakuläres tat. In seiner Verzweiflung griff Thamm zu der Gießkanne im Fensterbrett und betröpfelte langsam die Zimmerpflanzen, die Wolff hier angesiedelt hatte – und die Thamm eigentlich für völlig überflüssig hielt. Vom ersten Tag an setzte er auf ihr baldiges Vertrocknen. Aber nicht heute, heute goss er vor sich hin, weil er sonst nichts mit sich anzufangen wusste.
„Bei den Begonien nur einen Schluck, die brauchen nicht so viel", gab Wolff durch, ohne von seinem Bildschirm aufzusehen. Sofort stellte Thamm die Kanne wieder weg. Warum hatte er sich auf diesen Blumenscheiß überhaupt eingelassen, dachte er verdutzt und räusperte sich verlegen.
„Okay, ich würde vorschlagen, wir fangen schon mal an", meinte er anschließend, „auch ohne Jette." Und ohne Kaffee, dachte er wehmütig.
„Ich hab dir gesagt, wegen mir bräuchte sie nicht unbedingt zu gehen", erinnerte ihn Wolff, als wäre Thamm ganz allein an der Verzögerung schuld.
„Ja, aber du fandest es doch auch schade, heute keine zweite Tasse zu haben, oder?", konterte Thamm. „Und ein paar Sachen kriegen wir für den Anfang doch auch ganz gut ohne Jette hin … Ich denke, wir fangen mit dem Täterprofil an."
Wolff rückte ein Stück von seinem Rechner ab und brachte sich in Stellung. „Männlich", begann er aufzuzählen, da unterbrach ihn Thamm auch schon.
„Warum?"
„Ich nehme mal stark an, dass sich eine Zunge nicht so ohne Wei-

teres abschneiden lässt. Die nötige Kraft dafür dürfte am ehesten ein Mann haben."
„Bist du sicher?" Thamm sah ihn fragend an. „Ist das nicht nur eine Frage des Messers?"
„Also schön", seufzte Wolff gelangweilt. „Dann eben ganz platt. Keine fünf Prozent aller Verbrechen werden von Frauen begangen", ratterte er die auch Thamm bekannte Statistik runter. „Wenn also nicht gerade bei Müller in der Gotthardstraße ein Nagellackentferner geklaut wird, bin ich zunächst einmal immer für einen männlichen Täter."
„Guter Hinweis", spöttelte Thamm und begann, in unregelmäßigen Kreisen durch das Büro zu tigern. „Haben wir es mit einem oder mit mehreren Tätern zu tun?"
„Tja", machte Wolff skeptisch. „die Frage würde ich vorerst noch zurückstellen. Je individueller und skurriler das Vorgehen, umso wahrscheinlicher ist es ein Einzeltäter. Aber eine abgeschnittene Zunge könnte auch eine Art Ritual sein. Und damit alles andere als einmalig."
Thamm zog die Stirn in Falten. „Ein Ritual kann nur eine Handlung sein, nicht ein Objekt. Das Herausschneiden der Zunge wäre also in diesem Fall das Ritual, die abgeschnittene Zunge selbst nur ein Symbol, das auf etwas anderes verweist."
„Klugscheißer", kommentierte Wolff Thamms Pedanterie.
„Ja", gestand Thamm nachdenklich. Dabei unterbrach er seine Runden. „Aber wenn es ein Ritual ist - wer versteht es, wer praktiziert es? Und wenn die Zunge ein Symbol ist - oder vielleicht auch der zungenlose Mund - wofür steht das?"
„Bin ich Moses?", spielte Wolff den Ball an Thamm zurück und klemmte sich stattdessen wieder hinter seinen Rechner. „Jetzt bist du mal dran!", forderte er seinen Partner auf.
Thamm nickte langsam - Wolff hatte wohl was dagegen, dass er

ihm seine schönen Ansätze zerredete – und nahm seine Runden wieder auf. „Ohne Zunge kann man nicht sprechen, kann sich nicht mitteilen, nichts weitergeben, nichts verraten", dachte er laut für sich nach. „Aber das ist es nicht."

„Warum?", fragte nun Wolff.

„Wenn unser Toter nichts mehr ausplaudern sollte, wäre das mit der Zunge völlig unnötig gewesen. Er verbrannte ja eh kurz danach. Und wenn er für andere zur Warnung als Verräter gekennzeichnet werden sollte, hätte er nicht verbrannt werden dürfen. Weil sich dadurch die Botschaft ja nicht mehr erkennen ließe. Sogar Krause hatte seine Schwierigkeiten damit, die fehlende Zunge zu bemerken."

Wolff verschränkte die Arme vor der Brust. „Und was hat es deiner Meinung nach dann mit der abgetrennten Zunge auf sich?"

„Vielleicht …" Thamm zögerte. „Vielleicht wollte der Täter ja gar nicht eine Eigenschaft des Opfers herausstellen, sondern hat etwas von sich auf den Toten projiziert. Etwas, was beide Seiten miteinander verbindet, was sie beide verstehen, nur für sie zwei bestimmt war und auch nur für diesen einen kurzen Moment zu existieren brauchte. Bevor es dann mit dem Toten in Flammen aufging …"

Nun steckte er endgültig fest. Das Grundproblem blieb: Auf die Zunge konnte er sich einfach keinen Reim machen. Und Wolff schien auch nicht gerade von Thamms steiler Theorie überzeugt zu sein. Er schaute mit zusammengekniffenem Mund auf den Rechner und schob die Maus ein paarmal ziellos herum.

„Also vielleicht doch irgendwie ein Ritual, das Ganze", fasste er schließlich zusammen, und wesentlich begeisterter: „Ich mach mal eine Notiz für Jette, dass sie sich mal über solche Praktiken schlaumacht."

Das kurze Geklapper der Tastatur beruhigte Thamm und machte ihm Mut. Es ging voran, auch wenn es nicht so aussah.

„Aber egal, was es mit dem Ritual auf sich hat: Das Opfer wurde nicht zufällig ausgesucht, das war eine Angelegenheit zwischen Leuten, die sich kannten", meinte Thamm nun. „Einen Serientäter können wir also mit fast an Sicherheit grenzender Wahrscheinlichkeit ausschließen." Thamm warf einen prüfenden Blick zu Wolff rüber. Schloss er sich seiner Meinung an? Fehlanzeige. „Das sehe ich nicht so", konterte Wolff. „Ein Ritualmord kann auch an x-beliebigen Menschen ausgeübt werden, dafür braucht es keine Verbindung zwischen Täter und Opfer."

„Nein, nein, nein", beharrte Thamm. „Wenn der Täter etwas von dem Opfer nimmt, hast du recht, dann muss da vorher keine Beziehung sein. Aber wenn er dem Opfer etwas gibt, dann schon."

Wolff spielte schon wieder an der Maus rum. „Entschuldige, aber das kapier ich nicht", gestand er frei heraus.

„Unser Täter hat die Zunge nicht entfernt, weil er sie für sich haben wollte, weil sie ihm etwas bedeutet hätte. Er hat das gemacht, weil er mit dieser Handlung seinem Opfer etwas gesagt hat. Er hat ihm was gegeben, eine Botschaft. Und die richtete er an jemand ganz Konkretes, klar?"

„Eine gewagte These", meinte Wolff. „Und das Blöde daran ist, du könntest recht haben. Frag mich nicht warum, aber irgendwie klingt es überzeugend. Vollkommen abstrus, aber überzeugend. So ein Mist!" Eilig tippte er auf seiner Tastatur herum. „Das heißt aber auch, wir müssen zuerst das private Umfeld unseres Toten auf den Kopf stellen", bemerkte er dabei.

„Genau das", stimmte ihm Thamm zu.

„Und Jette hat die Akten zu den anderen Großbränden in der Region umsonst rausgesucht."

„Richtig."

In diesem Moment ging die Bürotür auf und Jette steckte ihren Kopf rein. „Was habt ihr wieder mit mir?", fragte sie misstrauisch.

„Nur ein Lob nach dem anderen", grinste ihr Wolff flüchtig entgegen, dann wandte er sich wieder seinem Computer zu.

„Wer's glaubt", grummelte Jette und nahm den Kopf wieder aus der Tür. „Ich setze nur schnell den Kaffee an, dann können wir loslegen", hörten Thamm und Wolff sie vom Flur her rufen, dann warf der Durchzug die Tür ins Schloss.
„Welche Möglichkeiten haben wir eigentlich zur Identifizierung?", fragte Wolff und hielt schon mal die Finger einsatzbereit über die Tastatur.
„Scheiße!", entfuhr es Thamm unwillkürlich. „Das haben wir bei Krause gar nicht abgecheckt. Fängt ja gut an! Ein Zahnabgleich müsste doch noch zu machen sein, trotz allem, oder? Schau mal nach, steht was in seinem Schriebs dazu?"

Wolff arbeitete sich noch durch Krauses nicht gerade wortkargen und mit allerhand Fachbegriffen gespickten Bericht, als Jette mit drei Tassen Kaffee, auf einem Ordner balanciert, das Büro zum zweiten Mal enterte. Ihre Mitbringsel stellte sie auf Thamms Schreibtisch ab, dann ging sie daran, die Tassen zu verteilen. „Hoffentlich verbrühst du dich dran", raunte sie Thamm zu, als sie zuletzt bei ihm angelangt war. Hatte sie also doch ein bisschen angekratzt, dachte er, dass sie zum Einkaufen geschickt worden war. Aber Jette ließ sich weiter nichts anmerken.
„Und, wo steckt ihr gerade?", fragte sie in einem ziemlich neutralen Ton.
„Bei der Identität des Toten", murmelte Wolff, noch ganz in Krauses Bericht vertieft. Thamm nahm vorsichtig einen ersten Schluck. Oh, sie hatte es nicht am Kaffee ausgelassen, frohlockte er, es war genug Zucker drin. Jetzt kam die Welt langsam wieder in Ordnung.
„Da habt ihr Glück, dabei kann ich euch helfen", meinte Jette, setzte sich schwungvoll und wie selbstverständlich an Thamms Tisch und schlug ihren Ordner auf. In den darin zum Vorschein kommenden Papieren blätterte sie ohne Eile herum. „Also, zäumen

wir mal das Pferd von vorne auf", begann sie ihre Ausführungen. „Laut Einsatzleitung der Feuerwehr ist das Feuer in dem Auto ausgebrochen, in dem sich der Tote befand. Das muss so gegen ein Uhr gewesen sein. Durch einen Brandbeschleuniger – welchen, ist noch unklar – griff das Feuer dann auf die umliegenden Autos über. Obwohl die Anwohner dort alle ihre Schlafzimmer hinten raus haben, ging der Notruf erst zwanzig nach eins bei der Wache ein. Kurz nach halb zwei waren dann die ersten Löschfahrzeuge vor Ort. Da standen dann schon alle abgeparkten Autos auf dem Platz in Flammen. Allesamt vom Taxiunternehmen Avermann, das dort seinen Fuhrpark stehen hat."

„Na hoffentlich sind die man gut versichert", meinte Wolff trocken, Jette ließ sich davon aber nicht aus dem Konzept bringen.

„Ich glaube, das dürfte jetzt im Moment deren kleinstes Problem sein. Denn schon am Tatort hat sich einer der Taxifahrer an einen Kollegen vom Streifendienst gewandt. Dank unserer wunderbaren internen Informationsweitergabe kam das aber erst vorhin zu mir, aber auf jeden Fall hat der Angestellte seinen Chef als vermisst gemeldet. Kurz: Alles spricht derzeit dafür, dass unser Toter Horst Avermann ist. Keine Sorge: Ich habe jemand von dort schon zu Krause bestellt. Vielleicht lässt sich die Leiche ja doch noch einigermaßen erkennen. Ansonsten muss es halt ein DNA-Abgleich mit Avermanns Klamotten oder sonst was machen. Und dann wäre dieser Punkt auch erledigt."

„Nicht schlecht", staunte Thamm. „Und was wissen wir über diesen Avermann?" Endlich kam der Fall so richtig ins Rollen – fast schon verdächtig schnell. Aber Jette bremste Thamms Optimismus gleich wieder aus.

„Außer dass er Unternehmer war, ist bei den Behörden nicht viel bekannt", erklärte sie, „Nur das Übliche: 56 Jahre alt, in Schkopau geboren, Privatwohnung in der Grünen Straße, Firmensitz hinter der Eisenbahnbrücke, in der Christianenstraße. Alleinstehend, keine Kinder. Und laut Einwohnermeldeamt auch keine Verwandten gleichen Namens in der Stadt. Eine Kopie von deren Fax hab ich schon mal draußen in der Akte zum Fall, damit die endlich mal entjungfert wird."

Damit klappte Jette ihren Ordner zu.

„Und das war's auch schon", sagte sie mir strahlendem Gesicht.

„Gute Arbeit", lobte Thamm wieder. „Dann schick doch mal die Jungs von der Spurensicherung in die Grüne Straße. Viel wird da zwar nicht sein, aber wer weiß? Und die nächste Streife soll das Ganze dann versiegeln, ja?"

„Wollt ihr da nicht lieber selber hin?", fragte Jette überrascht. Thamm wiegte den Kopf nachdenklich hin und her. Irgendwie machte ihn der Fall auch jetzt noch nicht so richtig an, trotz der abgeschnittenen Zunge. Woran lag das nur?

„Nein", sagte er gemächlich. „Ich kann mir nicht vorstellen, dass da viel zu holen ist. Das schaffen die Kollegen von der Streifen auch ganz gut allein." Wolff nickte zustimmend vor sich hin. Ohne den Bildschirm aus den Augen zu lassen, fragte er: „Also ist die Christianenstraße unsere erste Adresse?"

Thamm bejahte. „Aber erst nach dem Kaffee. So viel Zeit muss sein."

Jette hatte den kurzen Wortwechsel aufmerksam mitverfolgt. „Heißt das, ihr braucht die Brandakten aus dem Archiv nicht mehr?" Dass sich ihre aufgeräumte Stimmung schlagartig ins Gegenteil verkehrt hatte, war ihr deutlich anzuhören. Die Katze war aus dem Sack, dachte Thamm betreten.

„Ja, leider", sagte er nun mit einem angestrengt versuchten Dackelblick. „Das hat sich wohl als kalte Spur erwiesen."

„Na toll!", schnaubte Jette heftig aus. „Also wieder die Plackerei runter ins Archiv. Und das alles für nichts! Sehr schön, wirklich sehr schön."

Es klopfte.
„Herein!“, riefen Wolff und Thamm unisono.
Möllering! Der hat hier grade noch gefehlt, ging es Thamm durch den Kopf. Augenblicklich war auch seine Laune im Keller. „Kommen Sie doch rein!“, schob er förmlich und ohne auch nur den leisteten Hauch von Begeisterung nach. „Was macht der Herr Staatsanwalt?“ Erster Seitenhieb. Der sollte ruhig wissen, wofür ihn Thamm hielt: für so einen armseligen Mistkerl, der erst Chefchens Befugnisse brauchte, um sich ins Spiel zu bringen.
Möllering steckte den Knuff locker weg. Mit einem aalglatten Lächeln meinte er nur: „Die Frage sollte wohl eher lauten: Was machen Sie? Ich bin kurz vorbeigekommen, um mich über den Stand der Dinge und Ihr weiteres Vorgehen zu erkundigen. Keine Angst“, grinste er nun in die Runde, „ich will mich nicht reinhängen oder Anweisungen geben oder so. Ich will nur auf dem Laufenden bleiben.“
Wer's glaubt! Will uns wohl allesamt für dumm verkaufen, dachte Thamm wütend. Trotzdem hielt er sich zurück – vorerst. „Tja, wissen Sie – gut, dass Sie fragen“, säuselte er in überzuckerter Freundlichkeit. „Jetzt gerade trinke ich noch meinen Kaffee aus. Und dann bringe ich ihn weg. Hinterher werde ich wohl zum Bäcker gehen. Und soll ich Ihnen auch noch verraten, was ich dann mache? Dann denk ich ganz fest an Sie!“
Mit einem hämischen Grinsen stand er in der Mitte vom Büro, Möllering direkt gegenüber. Der Typ in seinem schlaksigen Anzug konnte ihn mal. Hier einfach reinzuschneien und einen auf dicke Hose machen! Aber da bist du hier an die falsche Adresse geraten, dachte Thamm. Möllering hielt den Blick zu ihm, geringschätzig und arrogant. Wollte wohl um jeden Preis keinen Stunk durchbrechen lassen, immer schön oberflächlich gespielt, die Fassade gewahrt.

„Na schön“, sagte er schließlich und wandte sich abrupt von Thamm ab. „Herr Wolff, darf ich vielleicht erfahren, woran Sie da gerade schreiben?“
„Facebook“, meinte Wolff ohne aufzusehen. Fabelhaft, er machte also mit. Nun war es an Möllering, die Abfuhr entweder zu schlucken und mit geknicktem Schwanz abzuziehen oder sich doch mal zu erkennen zu geben. Los, Hosen runter, dachte Thamm erwartungsvoll, zeig mal, was du draufhast.
Und Möllering setzte tatsächlich die Daumschrauben an. „Meine Herren, ich muss Sie wohl nicht erst daran erinnern, dass Sie die Weisung haben, mir zuzuarbeiten. Alles, was hier irgendeine Relevanz hat, bitte ich mir in Kopie aus, verstanden?“
„Ach herrje!“, tat Thamm geknickt, „ich hab keine Ahnung, ob das unser Kopierer mitmacht. War's die Druckerpatrone – oder der Laser? Hm … das könnte ein Weilchen dauern …“
„Hören Sie auf damit, Thamm!“, bellte ihn Möllering an. „Mir ist nicht nach Spielchen zumute. Wenn Sie mauern, sorge ich dafür, dass Ihnen der Fall entzogen wird. Und zwar so schnell, dass Sie …“
„Soll das eine Drohung sein?“, fiel ihm Thamm patzig ins Wort.
„Sehen Sie's eher als eine Ankündigung“, entgegnete Möllering. Einen Augenblick lang maßen sich die Männer wortlos. Der hat sich wieder voll unter Kontrolle, dachte Thamm, aus dem war nichts mehr rauszubekommen für den Moment.
„Na schön“, lenkte er daher ein. „Jette, sei doch mal so gut und gib dem netten Herrn hier unsere Unterlagen. Vielleicht wird er ja schlau daraus.“
Jette sah Thamm ungläubig an. Zögernd griff sie zu ihrem Ordner – Thamm beobachtete die Szene aus dem Augenwinkel. „Hast du die Akte nicht draußen bei dir?“, fragte er mir ruhiger Stimme.
„Ja, aber …“, fing Jette an – da begriff sie endlich. „Gut, dann kommen Sie mal mit!“, lud sie Möllering zuvorkommend ein und grußlos zog der BKA-Mann ab.

„Sag mal, spinnst du?", zischte Wolff, kaum dass Möllering die Tür hinter sich zugeworfen hatte. „Du kannst den doch nicht so auflaufen lassen. Ihm die leere Akte mitzugeben – das ist zu heftig!"
Für derartige Befindlichkeiten hatte Thamm in diesem Augenblick kein Ohr. Er hastete an seinen Tisch und schnappte sich den Ordner – aber wohin damit? Plötzlich kam ihm das Büro ziemlich eng vor.
„Wenn er nicht mit offenen Karten spielt, muss ich es auch nicht", sagte Thamm gedankenverloren, während er sich im Zimmer umsah. Im Regal zwischen den anderen Unterlagen würden sie zuerst suchen. An den Tischen ebenfalls, inklusive der abschließbaren Fächer. Schon aus Routine.
„Mann, den hättet ihr mal sehen sollen!", rief Jette aufgeregt, als sie zurückkam. „der macht die Akte auf, sieht nur den Zettel vom Einwohnermeldeamt und sonst nichts – und wie der da geprustet hat. Wie ein Maikäfer. Knallt das Ding auf meinen Tisch und schiebt mit einem Gesicht ab – ich kann euch sagen, mir ging's rauf und runter vor Freude!"
„Aber der kommt wieder", meinte Thamm sachlich, „und dann haben wir ein echtes Problem."
„Du musstest dich aber auch unbedingt so weit aus dem Fenster lehnen", meckerte Wolff, Thamm aber blieb völlig nüchtern. „Wir haben keine schriftliche Anweisung bekommen. Er hat keine Leute hier – da ist irgendwas aber so was von nicht koscher – das ist eine krumme Nummer, sag ich dir!"
„Glaub ich auch", schaltete sich Jette ein. „Heut Morgen habe ich mit der Huber geschnattert und die meinte, der Möllering ist schon seit letzter Woche hier im Haus. Und von der Wanka aus dem Archiv hab ich, dass er ein paar von deinen alten Fällen zur Einsicht wollte."
Thamm stutzte. Was schnüffelte der da rum?
„Und du denkst, ich übertreibe!", meinte er in Wolffs Richtung.

„Der Ordner kommt jedenfalls mit. Und was immer dazukommt, darf nicht übers Büro laufen, klar? Alles bleibt unter Verschluss, so lange wir nicht wissen, was Möllering hier treibt."
„Machst du nicht ein bisschen viel Wind um die Sache?", seufzte Wolff schwer.
„Keine Ahnung", gab Thamm zurück. „Sag du's mir."
Wolff überlegte nicht lange. „Okay, dann machen wir es eben so – und nun nächste Station Christianenstraße?"
Thamm grinste breit. „Aber vorher noch zum Bäcker."

Thamm bog in die Christianenstraße ein und parkte den Wagen gleich bei der erstbesten Gelegenheit, die sich ihm bot. Nach dem Zwischenstopp beim Bäcker, wo er mit Wolff eine etwas fade Bockwurst und eine Kirsch-Quarkschnitte zum Mittagessen verdrückt hatte, war ihm jetzt nach Bewegung. Und wenn es nur die paar Schritte bis zu Avermanns Taxiunternehmen sein sollten.
„Hier in der Gegend war ich noch nie", gestand Wolff, als er aus dem Wagen stieg, und sah sich prüfend um.
„Hast nichts verpasst", meinte Thamm abfällig. „Bis vor zur Weißen Mauer ist hier nix."
„Und das Hotel dort?" Wolff deutete mit einem kurzen Nicken zu dem Best Western am Anfang der Straße. „Ist das empfehlenswert?"
Thamm grinste ihn spöttisch an. „Wozu brauchst du denn ein Hotel? Hast du nicht eine Wohnung? Und jetzt komm, bringen wir das hinter uns."
Damit zog er los, die Straße entlang. Er hatte guten Grund, bei seinem Kollegen ein bisschen aufs Tempo zu drücken. Wenn er eins hasste an seinem Job, dann dass er gelegentlich mit den Angehörigen, Freunden oder Mitarbeitern von frisch Verstorbenen, manchmal – so wie jetzt – auch von Ermordeten, sprechen musste. Da lag jedes Mal so eine besondere Trauer in der Luft, die

ganze Stimmung wirkte elendig verkrampft – weil Thamm nach so einem Schock nicht gleich so unvermittelt nach irgendwelchen Details bohren konnte, wie er es gern getan hätte. Aus dämlicher Rücksicht auf alle möglichen Gefühlslagen, die es da so geben konnte bei den Hinterbliebenen. Eine echt beschissene Situation jedes Mal, dachte Thamm, und dann noch das Geheule dabei. Und wie er selbst dann Betroffenheit heucheln musste, nur weil es irgendwie erwartet wurde, dass er nicht ganz so unbeteiligt und jobmäßig an die Sache ranging. Dabei war ja genau das sein Job! Und dann gab es über dieses blöde Hotel ja auch nichts weiter zu sagen. Was sich Wolff da nur hatte! Ein stinknormales Hotel eben! Und sein Partner musste ja nicht unbedingt wissen, dass Thamm dort immer wieder mal nach Feierabend saunte, bevor er sich von dem Chaos im Büro in das heimische Chaos stürzte. Das fehlte ihm gerade noch, dass da Wolff noch auf den Geschmack käme, dort plötzlich auftauchte und mit ihm ein paar Aufgüsse absaß. Und dabei ging es Thamm nicht mal so sehr um Wolffs Schwengel, mit dem er nun wirklich keine Bekanntschaft machen wollte. Und er hatte sich auch nicht lullig wegen seinem Gemächt. Aber das war halt einfach sein privater Bereich, da wollte er von nix und niemand, den er kannte, gestört werden, für die paar Stunden wenigstens.
„Welche Nummer war das gleich noch mal?", hakte Wolff nach.
„Sind gleich da", murmelte Thamm. Die Sache mit Wolffs Schwengel hatte ihn auf eine ziemlich abstrusen Gedanken gebracht. „Sag mal, läuft da eigentlich was zwischen dir und Jette?", fragte er möglichst wie nebenbei. Aber das reichte nicht aus, Wolff sah ihn trotzdem verblüfft von der Seite an. „Wie kommst du denn da drauf?"
„Naja", meinte Thamm. „Eure Fahrgemeinschaft. Und dann – ich weiß auch nicht – so kleine Sachen eben. Wie ihr euch ins Wort fallt manchmal beim Sprechen. So was halt, schwer zu sagen."
„Tun wir das?", fragte Wolff ungläubig. „Also, da kann ich dich

beruhigen. Da ist nichts.“ Thamm wusste nicht, ob er das so schlucken sollte. Wolff wollte ihm doch nicht allen Ernstes weiß machen, dass Jette einfach nur so aus Kollegialität jeden Tag den Umweg von Süd bis zu ihm raus nach Annamariental fuhr!
Aber musste er sich da überhaupt reinhängen?
„Okay“, sagte er nur. Und schob dann nach kurzem Überlegen hinterher: „Aber wenn sich da mal was ändert, ist das kein Problem. Auch nicht im Dienst. Seid ja alt genug.“ Wolff beäugte ihn noch immer halb kritisch, halb amüsiert. Gott, wo hatte sich Thamm da nur reingeritten. So was ging doch bei ihm immer nach hinten los.
„Wir sind da“, erklärte er erleichtert, als sie in diesem Moment Avermann erreicht hatten. Und fast freute er sich darauf, mit irgendeiner Heulsuse jetzt gleich über den Toten zu reden, nur um dieses andere bekloppte Thema loszuwerden.
Die Zentrale des Taxiunternehmens sah von außen recht unscheinbar aus. Die Fassade ordentlich grau meliert, der Putz bröckelte schon an einigen Stellen, die Tür wie die Fenster heruntergekommen mit abgeblättertem Lack – auf Thamm machte das alles nicht gerade den besten Eindruck. Aber was sagte dieses schäbige Haus auch schon über eine Firma, die ihre Kundschaft größtenteils auf der Straße aufgabelte!
Also gut: Thamm öffnete die Tür und betrat den Laden, dicht gefolgt von Wolff. Ganz unvermittelt standen sie in einem kargen Empfangszimmer. Weiße Fliesen bis auf Brusthöhe an allen Wänden, eine hornalte Sitzgarnitur, die komplett durchgesessen und abgewetzt daherkam. Weiter hinten im Raum ein Sperrholztisch, metallene Aktenschränke und eine Topfpflanze mit überdimensionalen Blättern und blass herabhängenden, verkrepelten Luftwurzeln. Dahinter saß eine zierliche, kleine Frau, die gerade eine Kippe in einem fetten Glasaschenbecher ausdrückte.
„Wir haben heute zu!“, rief sie ziemlich harsch, ohne den beiden Männern auch nur einen flüchtigen Blick zuzuwerfen.

Thamm legte sein bestes Lächeln auf. „Bei uns müssen Sie wohl oder übel mal eine Ausnahme machen. Dauert auch nur fünf Minuten, wenn Sie sich ranhalten."
„Haben Sie's nicht kapiert?", fiel ihn die Frau noch bissiger an. „Wir haben geschlossen. Es sind keine Fahrer da."
„Vielleicht sollten wir uns erst mal vorstellen", beharrte Thamm so freundlich wie möglich. „Ich bin Kriminalhauptkommissar Till Thamm und das hier" – er wies schräg neben sich auf Wolff, der dazu höflich nickte – „ist mein Kollege Stefan Wolff."
„Polizei?", fragte die Frau misstrauisch. „Was wollen Sie hier? Den Chef habt ihr doch schon."
Das Lächeln war Thamm längst zur Maske erstarrt. Er kam sich albern vor, weil er das Weib viel zu nett angegangen war. Seiner Meinung nach. Wesentlich mehr noch aber bedauerte er sich für das, was noch kommen würde: dass er sich nun mit dieser bekloppten Dumpfbacke auseinandersetzen musste. Ihr lächerliches Kostüm, das so überdeutlich nach Stangenware aussah und nirgends richtig passte – und wer trug heute noch diese langen Kragenspitzen, noch dazu *auf* der Bluse! – dieser Atem wie kalte Asche, der ihm quer durchs Zimmer ins Gesicht schlug und ihn zwang, genau das zu inhalieren, was dieses Räucherweibchen aus ihren verquarzten Lungen absonderte. Vor allem aber diese ausgesprochene Dummheit, dieses unglaublich einfach gestrickte Gemüt, diese völlige Teilnahmslosigkeit war es, was Thamm so abstoßend vorkam.
„Genau deswegen sind wir hier", sagte er langsam und bemühte sich, Haltung zu bewahren. „Wir hätten da noch ein paar Fragen zu Ihrem Chef, Herrn Avermann."
„Der ist nicht mehr mein Chef", entgegnete die Frau gereizt. „Der ist tot. Und die ganzen Autos im Arsch. Und ich hab die Schererei. Und ob ich dafür überhaupt noch bezahlt werde und wie und was alles, das weiß kein Mensch. Schön, nicht?"

Thamm ging darauf nicht ein, er hielt eisern an seinem Lächeln fest. „Dürfen wir Sie trotzdem kurz befragen?“ Gott, wie hasste er diese Klofraufrisur mit unten blond und oben schwarz. Und das Ganze noch in Kaltwelle! Das musste man auch erst mal hinkriegen, dachte Thamm, dieses Highlight der Geschmacklosigkeit. Hoffentlich musste er hier nicht noch lange rumhängen – die Frau wurde ihm mit jeder Sekunde unausstehlicher.
„Wenn's unbedingt sein muss“, nörgelte sie rum und steckte sich eine zweite Zigarette an.
„Dann fangen wir mal am besten mit Ihrem Namen an“, eröffnete Thamm das Interview.
„Gitta Pantke“, kam es unbeteiligt zurück.
„Gut, Frau Pantke …“ Thamm überlegte kurz, dann gab er Vollgas. Hier musste er wohl kaum auf irgendwelche rührenden Gefühlsduseleien Rücksicht nehmen. „Wissen Sie, was Herr Avermann gestern Abend vorhatte, ob er sich mit jemanden treffen wollte, wo er hin wollte – hat er Ihnen irgendwas darüber gesagt?“
„Nee.“
„Wie, nee?“, fragte Thamm perplex nach. „Haben Sie mit Ihrem Chef nie über so was geredet?“
„Nee!“ Frau Pantke rollte ihre Zigarette gelangweilt zwischen den Fingerkuppen. „Der war da nicht so.“
„Und wie war er dann?“, versuchte es nun Wolff, aber auch nicht gerade mit überragendem Erfolg. „Na, halt der Chef!“, meinte Frau Pantke nur, diesmal aber schon wesentlich gereizter. „Was soll ich Ihnen denn anderes sagen?“
„Ist Ihnen in letzter Zeit etwas an ihm aufgefallen? Wirkte er verändert, hat er sich anders als sonst verhalten?“, zog jetzt wieder Thamm ins Feld. Wieder biss er dabei bei Frau Pantke auf Granit.
„Weiß ich nicht. Nicht, dass ich wüsste“, sagte sie verärgert und drückte die halbe Zigarette flüchtig in den Aschenbecher. „Ich mach hier nur die Dienstpläne und sitze sonst am Telefon. Mehr

hab ich hier nicht zu schaffen mit dem Ganzen. Und der Chef kam höchstens ein, zwei Mal am Tag für ein paar Stunden rein und war dann wieder weg. Was wollen Sie da von mir hören?"

Thamm holte tief Luft. Das Weib machte ihn noch fertig! Aber okay, dachte er, versuchen wir's mal auf die Sanfte. „Also waren Sie die gute Fee hier", zwang er sich zu einem billigen Kompliment – das aber wirkte. Frau Pantke nickte mürrisch. „Kann man so sagen." Ja, das war ihr anzusehen. Fühlte sich unbeachtet, unterbezahlt und natürlich waren an ihrer ganzen Misere immer die Umstände schuld. Das volle Programm. Thamm sah alles vor sich. Der Mann abgehauen oder halb im Suff, die Tochter oder der Sohn auf Kriegspfad, pumpte trotzdem die Mutter alle drei Tage an – und das bisschen Verantwortung hier, dieser hässliche Aufzug in Kostüm und Kaltwelle gaben ihr einigermaßen so ein Gefühl, gebraucht zu werden. Nur eben war das hier eindeutig der falsche Job, um sich Respekt und Anerkennung zu verdienen. Aber was anderes war vielleicht nicht drin. Also folgte die Resignation, der Frust, die Lethargie.

„Als die Seele von dem Laden haben Sie doch bestimmt auch einen Einblick in die Unterlagen, nicht wahr?", setzte Thamm seinen Streichelkurs fort. „Wie sah es denn da mit den Finanzen aus?"

Frau Pantke zuckte mit den Schultern. So ganz konnte sie wohl nicht über ihren Schatten springen. „Ganz gut, denke ich. Der Chef hat ja den Laden übernommen, als der Vorbesitzer vor vier Jahren pleiteging. Naja, kann man auch verstehen. Wenn Sie Taxen haben, machen Sie nicht das große Geld. Aber der Chef hat neue Wagen angeschafft und noch Fahrer zusätzlich eingestellt. Und dann lief der Laden."

„Aber das Haus hier hat er nicht saniert", entfuhr es Thamm.

„Nee", grinste Frau Pantke dreckig. „Der hat sein Geld, was aus dem Unternehmen floss, lieber verzockt. Deswegen ist dem ja auch die Alte weggelaufen, der passte das nicht ins Bild, so ein

Mann jeden Abend am Spieltisch. Die hatte sich da ein bisschen etepetete."

Wolff schien das eine Nachfrage wert. „Also ging es allmählich bergab?"

„Quatsch", regte sich die Frau gleich wieder auf. „Wer sagt denn so was? Umgedreht wird ein Schuh draus. So ein Laden muss erst mal so viel abwerfen, dass was zum Verzocken übrig bleibt. So ist das! Der Chef hatte das voll im Blick – naja, aber das hat sich ja nun."

„Eine letzte Frage …", setzte Thamm an. „Wissen Sie, was Herr Avermann gemacht hat, bevor er das Unternehmen übernahm?"

„Na, der war doch selbst hier Fahrer!", sagte Frau Pantke sofort.

„Und wo er das Geld herhatte?"

Da machte sie nur eine wegwerfende Handbewegung.

„Also wirklich, keine Ahnung."

„Gott, endlich raus aus dieser Räucherkammer!", ächzte Wolff, als sie endlich wieder draußen auf der Christianenstraße waren. „Und was nun?"

Thamm sah seinen Partner mit einem Grinsen an.

„Na was denn?", beharrte der, „das war ja eben alles andere als ergiebig, oder?"

„Nicht ganz", meinte Thamm gelassen. „Dieser Blindfisch konnte uns zwar keine Antworten auf unsere Fragen geben – aber sie hat zumindest zwei neue Fragen aufgeworfen."

„Die da wären?"

Thamm schlug den Weg in Richtung Wagen ein. „Na, zum Ersten die nach Avermanns Umfeld. Da wusste sie ja überhaupt nichts zu sagen. Muss ja ein inniges Verhältnis gewesen sein, wenn Chef und Sekretärin sich völlig fremd sind. Egal, dann checken wir halt Avermanns Anrufe, mobil, privat, in office. Wenn's die Pantke nicht weiß, hat's die Telekom für uns. Auch gut."

„Und die zweite Frage?"
„Die Sache mit dem Geld. Laut Frau Pantke lässt sich in der Branche nicht viel machen, trotzdem kaufte Avermann vor vier Jahren den maroden Laden und investierte auch noch ordentlich."
„Vielleicht hat er's am Spieltisch gewonnen", riet Wolff einfach mal so ins Blaue rein, aber Thamm schüttelte den Kopf. „Unwahrscheinlich. Wenn die Pantke schon nichts wusste, dann doch wenigstens, dass Avermann seine Zockerei einigermaßen unter Kontrolle hatte. Also überschaubares Risiko gefahren. Keine großen Verluste heißt aber umgekehrt auch keine großen Gewinne."
„Dann vielleicht eine Erbschaft? Wir sollten auf jeden Fall ein paar von den Fahrern befragen. Die werden doch was über ihren Kollegen und späteren Chef zu erzählen haben, oder?"
Wieder schüttelte Thamm den Kopf. „Glaub ich nicht. Am Taxenstand erzählen die doch auch nichts anderes als beim Kaffee im Büro. Die werden kaum mehr wissen als die Pantke."
„Wenn du meinst. Aber dann sollten wir uns jetzt endlich mal die Anwohner von dem Fuhrpark vornehmen. Ist ja möglich, dass von denen jemand was gesehen hat. Verdammt, wir brauchen doch mal einen Ansatz!"
Heute wollte es Wolff aber wissen, dachte Thamm angesäuert. Nach der wahnsinnig spannenden Frau Pantke hatte er eigentlich erst mal bis auf Weiteres die Schnauze voll von irgendwelchen Befragungen.
„Das Klinkenputzen können wir auch den Streifenkollegen überlassen", meinte er vorsichtig. Wolffs Reaktion fiel wie erwartet aus: „Sag mal, gibt's auch irgendwas, das du selber machen willst?", fuhr er Thamm an. „Erst Avermanns Wohnung – Streife. Jetzt die Anwohner – Streife. Ist es, weil Möllering uns im Nacken hängt, lässt du es deswegen schleifen?"
„Nein", rief Thamm verärgert. „Scheiß auf Möllering! Der hat damit überhaupt nichts zu tun. Ich werd doch nicht wegen dem …

Aber du hast doch selbst gesagt, dass zwischen Täter und Opfer eine Art Ritual vollzogen wurde. Mit der Zunge, kurz vor der eigentlichen Ermordung. Und so was passiert nicht in aller Öffentlichkeit, das hat jemand von langer Hand geplant. Das ist unter der Oberfläche. Wir müssen begreifen, wie der Täter tickt – und das kriegen wir nur raus, indem wir Avermann durchleuchten."
„Aber die Anwohner ..."
„... sind als Zeugen unbrauchbar", sagte Thamm bestimmt. „Nummer eins: Der Täter hat Avermann gefesselt, damit er selbst nicht dabei bleiben musste, um ihn im Auto zu halten. Zum Beispiel mit vorgehaltener Pistole oder so. Mit dem ersten Züngeln der Flammen war unser Täter also verschwunden. Zusehen brauchte er eh nicht, weil die Hauptsache für ihn das Abschneiden der Zunge war – und das hatte er erledigt. Der Brand war nur der Abschluss und nebensächlich. Nummer zwei: Obwohl das Feuer um sich griff wie nichts – Jette hat was von Brandbeschleuniger erzählt – dauerte es fast eine halbe Stunde, bis jemand von den Nachbarn die Feuerwehr rief. Kurz: Niemand war vorher zufällig wach und hätte den Täter sehen können – sonst wäre das Feuer viel schneller gemeldet worden. Also sind Befragungen dort nur eine Formalität. Und das kann doch der Streifendienst abkaspern, oder?"
Da Wolff nichts einzuwenden hatte, angelte Thamm mit einem tiefen Seufzen sein Handy aus der Tasche und drückte die Kurzwahltaste. Nebenbei schloss er den Wagen auf, damit Wolff schon mal rein konnte. Aber der blieb lieber draußen bei Thamm.
„Jette?"
Aber noch ehe er etwas durchgeben konnte, fiel sie schon vom anderen Ende der Leitung über ihn her.
„Gut, dass du anrufst. Ich wollte mich gerade bei euch melden. Also, die Identität steht jetzt zweifelsfrei fest. Ein Fahrer hat Avermann erkannt. Dann hat er Krause auf die Schuhe gekotzt." Geschieht dem recht, dachte Thamm schadenfroh.

„Und dann noch was. Werner von der Spurensicherung hat sich gerade gemeldet. Dein alter Freund Bölke ist in Avermanns Wohnung aufgeschlagen und lässt sich nicht abwimmeln. Quatscht dauernd was von Pressefreiheit und öffentlichem Interesse und so was Geschwollenes. Vielleicht könnt ihr da mal vorbeifahren und den rausschmeißen? Werner schafft das irgendwie nicht."
Auch das noch! War ja klar gewesen, dass Bölke früher oder später auftauchte. Aber dass er sich jetzt schon an die Einsatzorte machte, war neu. Wieder so eine Begegnung, auf die Thamm nicht gerade besonders viel Lust hatte.
„So, und jetzt du", forderte ihn Jette auf. Na, deren Laune würde auch gleich im Arsch sein, dachte Thamm mitleidig und legte los. „Wir brauchen die Telefonlisten von Avermann. Die letzten drei Monate müssen reichen. Und seine Kontoauszüge. Da ruhig von den letzten vier, fünf Jahren."
„Geht's noch?", unterbrach ihn Jette angepisst. „Wer soll denn das alles durchgehen?"
„Dreimal darfst du raten", murmelte Thamm, um gleich wieder die Luft rauszunehmen. „Es geht wirklich nur um größere Beträge. Irgendwas im Tausenderbereich."
„Bei einem Unternehmer mit einem Dutzend Fahrern? Till, willst du mich verarschen? Da ist alles im Tausenderbereich!", knurrte Jette durchs Telefon.
„Ja, wir brauchen aber alles, was nicht Lohnzahlung oder Rechnung ist. Vielleicht guckst du eher auf besonders große Bareinzahlungen. Das würde mich mehr interessieren."
„Okay, und was noch?", fragte Jette resigniert.
„Sonst nichts weiter. Nur für die Jungs von der Streife. Die sollen mal in der König-Heinrich-Straße durchklingeln, ob von den Anwohnern von Avermanns Fuhrpark jemand in der letzten Nacht was gesehen hat. Aber schick da jemand, der das Ganze knapp hält. Nicht Bernstein, lieber Schurek. Und das war's auch schon wieder."

„Na, der wird sich freuen!“, meinte Jette und legte auf.
„Und was machen wir jetzt?“, fragte Wolff.
„Wir jagen Paparazzi“, grinste Thamm und stieg in den Wagen.

Sie fuhren durch die Christianenstraße, über die Weiße Mauer und immer weiter, auf die Domstadt zu. „Hübsche Gegend“, meinte Wolff anerkennend. Platte und Altbau gaben sich hier die Hand, das konnte nur ironisch gemeint sein. Thamm dachte an den düsteren Kasten, in dem er seine Grundschuljahre verbracht hatte. Und dieses Drecksloch schimpfte sich auch noch „im Rosental“! Am Ende der Straße bog er in die Unteraltenburg ein – auch dort war er zur Schule gegangen, Altenburger Oberschule. Gott, war das lange her. Wendezeiten. Er konnte sich nur in Schwarz-Weiß an diese Jahre erinnern.
Der Nissan ratterte über das gewellte Kopfsteinpflaster. Kaum zu glauben, dass diese beschissene Straße gleich hinter dem Schlossgarten lag – dass der schöne Teil der Stadt doch so überschaubar war, doch so schnell in piefige Platte und unscheinbare Altbauten überging. Dass die Straße nun Brauhausstraße, dann Domstraße hieß, machte die Sache auch nicht besser. Auf der linken Seite ein bisschen alte Stadtmauer, das Ständehaus, der Zech'sche Palais, dahinter der Dom – das war ja alles ganz nett –, aber rechter Hand nur runtergekommener Mist, Altersheim und Parkplatz.
Thamm fuhr langsamer, weil die Straße immer unebener wurde, lenkte schließlich auf die gegenüberliegende Fahrbahn ein und zog über den schmalen Fußweg, um das Auto auf dem kurzen Stück Rasen direkt vor dem Stück sanierter Mauer abzustellen. Dort hatte er schon immer mal parken wollen, heute brachte es sich an. „Hoch in die Grüne Straße willst du wohl nicht fahren?“, erkundigte sich Wolff beim Aussteigen.
„Kannst du vergessen“, stieß Thamm aus. „Das ist die reinste Bu-

ckelpiste da oben. Und ich weiß gar nicht, ob man da irgendwo wenden könnte. Nee!"
„Dass Werner das aber auch nicht alleine gebacken kriegt!", wunderte sich Wolff. Thamm blieb gelassen. „Kennst ihn doch", meinte er nur, „die Sanftmut in Person."
„Ja, aber wenn Bölke aufschlägt, wär mal ein bisschen Härte angebracht", forderte Wolff. Natürlich hatte er recht, das wusste Thamm nur zu gut. Aber Werner war Forensiker und kein Platzwart. Was sollte man da erwarten?
Die Kommissare schlenderten an der Mauer entlang, die schon nach wenigen Schritten in das Krumme Tor überging, vor dem sich die Domstraße und die Grüne Straße gabelten. Während die eine vom Domplatz hinter dem Torbogen runter in die Altstadt führte, zeigte die andere, kleinere in das Domviertel rein. Thamm hatte es nicht eilig. Zum einen stand ihm eh nur ein windiger Möchtegern-Journalist bevor – und Werner konnte ruhig noch ein paar Minuten schwitzen, bis sie ihn von Bölke erlösen würden –, zum anderen hielt er sich hier gerne auf. Warum, wusste er nicht so genau, denn an dem Platz gab es eigentlich nicht viel. Vielleicht war es das bisschen romantische Begeisterung fürs Mittelalter, die der Torbogen in ihm weckte. Entfernte Kindheitserlebnisse wurden da wieder wach. Thamm sah sich als Knirps durch das Krumme Tor gehen und erinnerte sich an den anheimelnden Schauder, mit dem er jedes Mal die Domstadt betreten hatte. Der gefangene Rabe, der hingerichtete Diener, die abgehackte Hand von irgendeinem Kaiser, der Gabelabdruck im Pflaster vom Domplatz, die Fürstengruft und die Pesttoten im Kreuzgang – als Kind hatten sich diese Splitter der Geschichte für ihn zu einer Furcht einflößenden, aber auch berauschenden Aura des Geheimnisvollen zusammengefügt; das Domviertel, das hinter dem Tor begann, war ihm dadurch wie eine andere Welt vorgekommen.

Später hatte sich dieser Zauber verflüchtigt. Die eintönigen Jahre am Domgymnasium, die hässliche Willi-Sitte-Galerie und vor allem der Korb, den ihm Maria Czermak genau hier in der neunten Klasse gegeben hatte, waren tödlich für jedes romantische Gefühl gewesen. An diesem einen Tag – und Thamm erinnerte sich noch genau daran – hatte er aus Frust den nächstbesten Stein gegriffen und sich an dem Schild unter der amerikanischen Linde abreagiert. Scheiße, noch heute zeigte es die Spuren seiner ersten unglücklichen Liebe, dachte er im Vorbeigehen bitter. Was von dieser beschissenen Schulzeit nach all den Jahren geblieben war, hatte längst an Intensität verloren. Thamm konnte darüber lächeln, das Ambiente des unveränderten Krummen Tors, des nahen Doms dahinter hatte sich wieder stärker in den Vordergrund gedrängt. Mit ein bisschen Glück machte ja die Sitte-Galerie bald pleite, tröstete er sich, dann würde der alte Zauber der Domstadt wieder vollständig aufkommen. Dann wäre es nur noch das Schild – aber das musste ja bleiben, das war Thamms geheime Strafe, dieses komische, beschämte Gefühl, das ihn jedes Mal ganz unerwartet berührte, wenn er hier langging.
„Eigentlich ganz gut, dass wir hier sind", meinte Wolff neben ihm, „da können wir doch gleich Avermanns Wohnung abhaken."
Warum klammerte er sich nur so sehr an die Vorstellung, dass der Täter großartig in Avermanns Leben getreten wäre? Thamm verstand seinen Partner nicht. Unter der Oberfläche mussten sie suchen – das war doch eigentlich offensichtlich.
„Da wird nichts sein", gab er trocken zurück. Die Grüne Straße verlief noch unregelmäßiger als die übrigen in diesem Viertel. Kopfsteinpflaster, immer wieder aufgerissene Löcher, Grasnarben und irgendwelche Sandsteinreste, die von der alten Mauer abgeplatzt waren. Während sich die Häuser auf der Seite zur Domstraße hin dicht aneinanderduckten und nur wenig Licht auf diesen

halben Schleichweg fallen ließen, erhoben sich auf der anderen Seite, zum Domareal hin, imposante Villen mit viel Grün und auf Abstand haltenden Zäunen davor. Trotzdem scheiße hier, dachte Thamm trotzig. Wie sollte hier jemand vernünftig mit dem Wagen hochkommen?

Das Gartentor zu dem Mehrfamilienhaus stand weit offen. Wolff und Thamm gingen auf kunstvoll angelegten Steinplatten zwischen breiten Rasenflächen entlang. Kinderspielzeug lag da rum, um einen gemauerten Grill standen ein paar Gartenbänke, dazu die beinah schon unvermeidliche Bierzeltgarnitur. Grüne Metallbeine, hell lackiertes Holz, abgenutzt und schwärzlich an manchen Stellen.

Das Haus selbst machte einen herrschaftlichen Eindruck. Vier Mietparteien, las Thamm vom Klingelbrett ab, Avermann hatte demnach in der zweiten Etage gewohnt. Die Tür war nur angelehnt. Also rein, dachte Thamm und schritt in das dunkle Treppenhaus.

Da hörte er schon eine vertraute Stimme, die derart überreizt war, dass sie sich jederzeit zu überschlagen drohte. „Und ich sage Ihnen zum hundertsten Mal, wenden Sie sich an Daniel Zweig, das ist der Pressesprecher, da müssen Sie hin!" Werner! Ein leichtes Grinsen huschte über Thamms Lippen.

„Ah, da haben Sie's ja!", sagte Werner erleichtert, als er Thamm ins Blickfeld bekam. „Jetzt kann Ihnen der Kommissar dasselbe Lied noch einmal singen. Mir reicht's, ich bin draußen." Damit wandte sich Werner um und verschwand in der offenen Wohnung. Zurück blieb Bölke, wie immer in enger Röhrenjeans und weit aufgeknöpftem Holzfällerhemd, als müsste er die Alt-Achtundsechziger in die nächste Generation retten.

„Haben Sie ein Glück", begrüßte Thamm den Reporter. „An Werners Stelle hätte ich Ihnen einfach die Tür vor der Nase zugehauen.

Mal ehrlich, Werner", rief er in die Wohnung rein, „darauf hättest du doch auch alleine kommen können." Ein verärgertes Grummeln kam als Antwort zurück.
„Wie schön, dass Sie's einrichten konnten", flötete Bölke wie immer vertraulicher, als es Thamm lieb war. „Und heute sogar in voller Besetzung. Tag, Herr Wolff."
Eine Reaktion blieb aus, dafür ließ Bölke auch gar keine Zeit. „Wir haben einen Toten, ermordet, wie ich aus sicherer Quelle weiß – und die Polizei? Trudelt erst am Nachmittag in dessen Wohnung ein. Drückt woanders der Schuh oder gehen wir es hübsch langsam an? Nebenbei: Zitate bevorzugt von Herrn Thamm – Sie leiten doch die Ermittlungen wie üblich, oder?"
„Kennen Sie schon unseren Pressesprecher?", erkundigte sich Thamm in aller Ruhe. „Kann ich nur empfehlen. Polizeirevier Saalekreis, Sitz Merseburg, Hallesche Straße 96 bis 98. Versuchen Sie's bei der Zentrale, Durchwahl 446–0."
Bölke schnaubte verächtlich aus. Sie wussten ja beide, was Zweig gebetsmühlenhaft auf solche Anfragen runterbetete: Keine Auskunft zu laufenden Ermittlungen. Aus, Sense.
Thamm setzte noch einen drauf. „Und hinterher hab ich noch eine Adresse für Sie. Weiße Mauer 52. Ein ganz heißer Tipp!"
Nun weitete sich Bölkes Lächeln zu einem höhnischen Grinsen aus. „Das Klinikum? Ich schätze, Sie meinen die Psychiatrie? Mann, wie kreativ!", ätzte er. „Aber damit Sie nicht leer ausgehen, hab ich auch mal einen kleinen Hinweis für Sie. Jeder Mann, so heißt es doch, wird entweder von Geld, von Macht oder von Frauen angetrieben. Was bei Avermann der Fall war, liegt ja auf der Hand. Und wenn Geld fließt, ohne dass es klimpert, ist meistens irgendwas faul an der Sache. Und dann diese kleine Geschichte mit der Zunge …"
„Woher haben Sie das?", fiel ihm Thamm hart ins Wort. Aber da-

von ließ sich Bölke nicht ausbremsen, im Gegenteil: Locker an die Wand gelehnt, hielt er völlig unbeeindruckt Thamms bohrendem Blick stand.
„Auch in Ihrer Halleschen Straße zwitschern die Vögel“, meinte er nur hintergründig. „Die Geschichte mit der Zunge jedenfalls ist eine komische Angelegenheit. Als Zeitungsmensch denkt man natürlich zuerst an diesen jungen Kerl aus Halle, der sich vor ein paar Jahren im Rausch seinen Schwanz und eben die Zunge mit der Heckenschere abgeschnitten hat. Aber Avermann war sicher nicht der Typ für einen bewusstseinserweiternden Engelstrompetentee, oder sehen Sie das anders? Bleibt nur noch der Gang ins Mittelalter.“
Thamm sah den Reporter verwundert an.
„Jaja“, lachte der auf. „Bei solchen unappetitlichen Sachen denkt man immer zuerst an die Antike. Oder die Mafia. Zunge raus bei Verrat, Zunge raus zum ewigen Schweigen. Oder so ähnlich. Aber viel näher, weil verbreiteter, liegt doch der Gedanke an ein mittelalterliches Schandmal. Finden Sie nicht auch? Zunge raus als Vergeltung. Na, wie hört sich das für Sie an?“
„Sie hätten Historiker werden sollen, vielleicht hätte Ihre Existenz dann irgendeinen Sinn für die Allgemeinheit“, meinte Thamm gelassen. Inzwischen hatte er sich ganz gut wieder gefangen. Bölke grinste noch immer selbstgerecht vor sich hin. „Ach, kommen Sie“, versuchte er zu scherzen, „Ihnen passt es doch bloß nicht in den Kram, dass nicht alle bei der ‚Landpostille‘ hirntote Schreiberlinge sind, die Sie so gern mit Ihrer Verachtung überziehen.“ Langsam kam er auf Thamm zu, viel zu nah für dessen Geschmack. „Aber wer weiß“, flüsterte Bölke, sodass es Wolff nicht hören konnte, „vielleicht wende ich mich hier ja auch an die falsche Adresse und Ihre Ellenbögen, die Sie an allen Ecken und Enden zum Besten geben, sind gar nicht mehr so lange gefragt – und ich sollte mich

schon mal eher an Ihren Kollegen halten. Der dürfte sicher um einiges beständiger auf seinem Posten sein als Sie." Damit wandte er sich zum Gehen, Wolff einen kurzen Gruß hinwerfend.
„Ach ja, eh ich's vergesse", rief er auf halber Treppe zu den Kommissaren hoch. „So lange der zwitschernde Vogel nicht Zweig heißt, gibt's über die Sache mit der Zunge natürlich nichts zu lesen. Das nur zu Ihrer Beruhigung – nicht, dass noch was ins Höschen geht." Ein letztes Grinsen über den eigenen Witz und weg war er.
„Wie nobel", meinte Wolff zynisch. „Der weiß doch ganz genau, dass wir ihm andernfalls wegen Eingriff in die Ermittlungen und sonst was drankriegen. Dann geht ihm nicht nur sein Vogel flöten, sondern auch mit der Karriere war's das. Also los, gehen wir zu Werner!"
Aber Thamm war nicht ganz bei der Sache. Er dachte noch über das nach, was ihm Bölke vorgehalten hatte. An die Wohnung glaubte er nicht, und so hielt er jetzt nur wie nebenbei den Kopf in den Flur und rief: „Werner?"
„Was denn schon wieder?", knurrte es von irgendwoher.
„Hast du was für uns?"
„Nix da!"
Thamm wandte sich wieder Wolff zu. „Das wäre erledigt."
„Vergiss es!", brüllte der ihn mit einem Mal an, von der Arschruhe seines Partners nun endgültig auf die Palme getrieben. „Wir gehen jetzt da rein und gucken uns alles an, verdammt noch mal! Du und deine scheiß Theorien – und wenn da überhaupt nichts ist! Ich möchte einmal alles wenigstens halbwegs nach Vorschrift machen, verstanden? Also schwing dich!"
Wütend stampfte Wolff an Thamm vorbei und in die Wohnung. Thamm zuckte nur mit den Schultern. Wenn er halt unbedingt wollte!

Der Zug aus Naumburg hielt am Gleis eins, bevor er nach Halle weiterfuhr. Kaum mehr als zehn Minuten später fuhr der nächste Zug aus Halle auf Gleis zwei ein, um nach Naumburg zurückzufahren. Wenn sie ihn gleich auf die Nerven fiel, könnte Thamm seine Schwiegermutter also umgehend wieder zurück nach Naumburg schicken. Rein theoretisch. Wie einfach das wäre. Elf Minuten reichten für einen kurzen Gruß, eine angedeutete Umarmung, die neusten Nachrichten, ein bisschen Jammern über dies und das – und dann etwas Zoff um nichts, damit der Abschied noch versüßt wurde – Thamms Verhältnis zu Anjas Mutter sähe sicherlich wesentlich besser aus, wenn es doch nur in dieser Art Zeitraffer gelebt werden könnte!
Aber leider war das Thamm nicht vergönnt, er bekam seine Schwiegermutter nun gleich für eine ganze Woche ins Haus geliefert. Schon der Gedanke an sein belegtes Arbeitszimmer, seinen geliebten Rückzugsort, ließ sein Herz bluten. Anja hatte es zur schmählichen Entweihung freigegeben, dachte Thamm verbittert. Und auch eine andere Beziehung, die allerdings mehr beruflich gelagert war, erreichte gelegentlich die Grenzen des Erträglichen. Wolff … Er saß neben ihm auf der abgehalfterten Bank und träumte vor sich hin.
„Bist du immer noch sauer?“, fragte Thamm, nachdem er sich das Elend, das Wolff ins Gesicht geschrieben stand, eine Weile lang angeschaut hatte. „Ich kann dir am Automaten einen Schokoriegel ziehen, wenn du magst.“
Wolff sah ihn argwöhnisch an. „Was soll ich denn damit?“
„Vielleicht ist ja dein Zucker im Keller“, mutmaßte Thamm. „Ich zum Beispiel brauche nachmittags immer irgendwas Süßes, um oben zu bleiben. Also: Schokoriegel?“
„Vergiss es!“
„Du kannst auch im Auto warten, wenn dich der Bahnhof ankotzt.

Aber ich hab dir gesagt, dass wir nach Feierabend noch einen kleinen Umweg machen müssen!"
„Daran liegt es nicht", meinte Wolff leise. „Ich bin bloß sauer, weil … das mit der Wohnung von Avermann … und du hattest recht – schon wieder. Und da denk ich eben manchmal …" Wolff tat sich schwer. Bis jetzt hatte Thamm sich an allen möglichen spöttischen Kommentaren versucht, um einem ernsten Gespräch aus dem Weg zu gehen. Aber jetzt spürte er, dass sich das nicht mehr verhindern ließ. Und wirklich! Wolff knickte ein. Das durfte doch nicht wahr sein!
„Manchmal komm ich mir wie dein Stichwortgeber vor, aber nicht wie dein Partner."
Das war es also – und nun? Wie sollte Thamm darauf reagieren? Was meinte Wolff überhaupt? Zweifelte er an seiner Kompetenz – oder an Thamms Teamgeist? Wollte er jetzt irgendein Lob hören, eine Bestätigung – oder sollte er das als Kritik an sich auffassen und gleich niederknüppeln? Warum kam ihm aber auch ausgerechnet Wolff mit solchen Befindlichkeiten! Er musste doch inzwischen besser als alle anderen wissen, dass er bei Thamm mit so was an der völlig falschen Adresse war.
„Na na", versuchte er das, was auch immer es sein mochte, aus der Welt zu schaffen. Aber Wolff sah ihn an, als würde er noch ein bisschen mehr erwarten. Thamm rätselte, was wohl zu tun, was zu sagen wäre. „Na na", sagte er ein zweites Mal, tätschelte Wolff halb kameradschaftlich, halb wie seine eigene Oma die Schulter. „Du kriegst doch nicht etwa deine Periode, oder?"
Und ehe der verblüfft dreinschauende Wolff etwas darauf erwidern konnte, stand Thamm schnell auf und brachte ein paar Schritte zwischen sich und ihn. Diese ganze komische Situation hatte schon viel zu lange gedauert. „Der Zug müsste gleich kommen", meinte er mit Blick auf die Bahnhofsuhr. „Das sollten wir im Auge haben, sonst verquatschen wir noch die Zeit und die Hexe über-

tölpelt uns, wie sie es schon mit Hänsel und Gretel gemacht hat."
Schweigen. Thamms Spruch reizte doch geradezu zu einem Feedback. Würde Wolff drauf eingehen – und diese alberne Selbstzweifel-Kritik sein lassen?
Immer noch nichts von Wolff. Thamm konnte sich aber nicht einfach so umdrehen, er fürchtete einen betroffenen Blick. Und auf diese Schiene wollte er sich nun mal überhaupt nicht begeben.
„Na komm", hörte er da seinen Partner, „so schlimm wird sie doch wohl nicht sein."
Endlich! Thamm atmete erleichtert auf. Wolff hatte sich wieder gefangen. Gott, fast wünschte sich Thamm, sein Partner hätte doch was mit Jette am Laufen, dann könnte er dort seinen ganzen Gefühlskram abparken.
„Stimmt", gab er nun zu, „so schlimm ist sie wirklich nicht. Wäre sie die Märchenhexe, würde sie ja nach dem Zwischenfall mit dem Ofen erwiesenermaßen unsterblich sein. So darf ich noch Hoffnungen haben."
Wolff schüttelte amüsiert den Kopf. „Ich wette, sie ist eine ganz patente Frau – und weißt du was? Ich glaube sogar, tief in deinem Innersten magst du sie."
Thamm wollte dieser ungeheuren Unterstellung etwas entgegnen, aber auf die Schnelle fiel ihm nichts Passendes ein. Und da in diesem Moment der Zug anratterte und sein nun doch schon recht verspäteter Spruch im Quietschen der Metallräder unterzugehen drohte, gab er es ganz auf.
Der Zug hielt, die Türen flogen auf und die allgemeine Dummheit der Leute führte dazu, dass die einen nicht rauskamen, weil die anderen schon reinwollten. Irgendwie war so vielen Menschen nicht klar, dass es mit Warten manchmal schneller ging, dachte Thamm. Da war sie wieder, diese geringschätzige Meinung von der Allgemeinheit, die Anja ihm abzugewöhnen versuchte. Auch er mochte sich so nicht besonders. Woran lag es, dass er in diese Stimmung

verfiel? War es am Ende er, der den Schokoriegel brauchte? Oder tanzte in ihm nur das bissige Adrenalin, das sich jedes Mal meldete, wenn seine Schwiegermutter im Anmarsch war?
Und da kam sie ja schon, wühlte sich zwischen den Zusteigenden durch, nach Thamm Ausschau haltend und zugleich immer wieder zurückblickend, um ihren Rollkoffer durch die Menschenmassen zu kriegen. Halb vier – der übliche Pendlerverkehr.
„Herrgott, bei euch ist ja was los!", stellte sie um Atem ringend fest, als Thamm zu ihr eilte und den Koffer übernahm. „Hallo erst mal."
Die angedeutete Umarmung, wie üblich. „Oh, du musst auch mal wieder zum Friseur", rief sie aus, nachdem sie sich wieder voneinander losgemacht hatten. Die erste Belehrung, auch das nichts Neues, dachte Thamm und zog sich hinter ein unverbindliches Lächeln zurück.
„Heute musst du besonders nett sein, Heike", erklärte er ihr. „Wir sind nämlich nicht allein. Darf ich vorstellen: mein Kollege!"
„Stefan Wolff", beeilte sich der Angesprochene zu sagen und reichte der Frau seine Hand.
„Ullrich", meinte diese erfreut.
„Siehst du, Tillmann", raunte sie ihm zu, als sie das Gleis verließen, „das ist ja mal ein freundlicher junger Mann!" Thamm versuchte gar nicht erst zu verstehen, wie Wolff das angestellt hatte. Er bot Heike stumm den Arm an, den diese aber empört ablehnte. „Ich bin doch keine alte Frau!", fuhr sie ihn an. Auch gut, dachte Thamm, er hatte ja mit Heikes massiven Koffer schon genug zu schleppen. Wie lange wollte die denn bleiben, einen Monat? Thamm schwante Furchtbares: Es sah fast so aus, als würde ihr Besuch hier bei ihm ein Open End haben. Seufzend wuchtete er den Koffer die Treppe runter.
Heike wandte sich inzwischen an Wolff. „Und Sie arbeiten also mit Tillmann zusammen?", fragte sie ihm äußerst zugetan und

legte ihre Hand auf seinen Arm. Thamm bemerkte es und grinste in sich rein. Machte sie wieder auf Grande Dame. Und Wolff fiel darauf rein! Plauderte mit ihr über die ganzen kleinen Nebensächlichkeiten, die das Leben so bereithielt.
„Ach, Sie scherzen", kicherte Heike und schlug ihm leicht auf den Arm. „Wie können Sie nach nur einem Jahr hier heimisch geworden sein!"
Wolff lächelte zuvorkommend. „Also, wir waren eben erst oben am Dom – das ist doch herrlich, so ein Kleinod!", erklärte er sich. „Und ich wohne auch ganz gemütlich, ländlich, aber nicht zu weit draußen …"
„Das können Sie doch nicht ernst meinen", beharrte Heike. „Schauen Sie sich doch nur mal um!" Damit deutete sie auf die leere Bahnhofshalle. „Eine Spielothek, ein Zeitungsladen – sind das die Kleinodien, die Sie meinten?"
Thamm gab sich keine Mühe, zu den beiden vor sich aufzuschließen. Sollte Wolff mal machen, dachte er belustigt und spitzte die Ohren.
„Na ja, wie gesagt", druckste Wolff derweile rum, „ich habe da eher an den Dom gedacht!"
„Ach!", unterbrach ihn Heike lachend, „da müssen Sie mal nach Naumburg kommen! Das ist ein Dom! Und unser Kirschblütenfest in ein paar Wochen, das dürfen Sie nicht verpassen, das ist nichts gegen diese popligen Schlossfestspiele hier!"
Wolff sah sich Hilfe suchend nach Thamm um, aber der sah keinen Anlass, einzuschreiten. Außerdem klebte ja Heike noch immer ganz gedankenverloren an seinem Arm, obwohl sie längst alle nur erdenklichen Treppen hinter sich gelassen hatten.
„Aber ich kann Sie ja verstehen, Herr Wolff", räumte sie nun ein. „Wie sagten Sie vorhin, aus Magdeburg kommen Sie? Na, da fehlen Ihnen natürlich jegliche Maßstäbe. Magdeburg …"
Jetzt dürfte es Heike endlich geschafft haben, dachte Thamm und

war sich ziemlich sicher, dass jetzt auch Wolff die kleine, aber resolute Frau an seiner Seite liebend gern wieder mit dem nächsten Zug in ihr geliebtes Naumburg gesteckt hätte. Respekt, freute er sich, dafür hatte Heike nicht mal fünf Minuten gebraucht.
Aber allzu lange konnte sich Thamm nicht an Wolffs Leid erfreuen, denn nun machte sich seine Schwiegermutter doch von ihm los – wahrscheinlich animierte sie die Weltöffentlichkeit vor dem Bahnhofsgebäude dazu, auch wenn es selbstverständlich nur die Merseburger Welt war – und nahm Thamm ins Visier. „Wo steht denn dein Auto, Tillmann?"
„Auf dem Parkplatz", gab er maulfaul zurück. Heike sah sich suchend um. „Da!" Er wies zu dem Hochhaus, auf dessen Fassade immer noch Juri Gagarin in Mosaikform für den sozialistischen Teil der Welt den Kosmos eroberte.
„Sehen Sie", erklärte sie Wolff triumphierend, „das ist genau das, was ich eben meinte."
Aber jetzt war es Thamm dann doch ein bisschen zu viel des Guten. „Sieht es denn in Naumburg anders aus, Schwiegermutter?", fragte er geradeheraus und erntete – wie erwartet – Heikes giftige Blicke.
„Da haben Sie es, Herr Wolff!", beklagte sie sich theatralisch und tauchte auf dem Beifahrersitz ab. So entging ihr, dass Wolff hinter ihr genervt die Augen verdrehte. „Tillmann sucht den Streit, wo er nur kann. Ist er mit Ihnen auch so?"
Thamm warf einen kritischen Blick in den Rückspiegel und bemerkte Wolffs spöttisches Lächeln.
„Ich sage Ihnen, das ist alles nur Fassade, glauben Sie mir", fuhr Heike fort, ohne eine Antwort abzuwarten. „Tief in ihm drin steckt nur ein kleiner Junge, der mal wieder ordentlich übers Knie gelegt werden will – Wo fahren wir denn heute lang?", fragte sie verwundert, als Thamm sich nicht wie üblich auf direktem Weg durch die Lauchstädter Straßen schlängelte, sondern weiter hoch

in Richtung Halle hielt. „Wir kommen von der Arbeit“, meinte er, „haben dich jetzt eingesackt und fahren hoch zu Stefan, um ihn zu Hause abzusetzen. Und dann geht’s heimwärts. Also einen großen Bogen durch den Norden.“
„Eingesackt“, wiederholte Heike pikiert, „wie das klingt. Als wär ich dir lästig.“
Spielte sie die Geknickte! Thamm holte tief Luft. „Das sagt man doch nur so“, beschwichtigte er. „Ach was!“, wischte seine Schwiegermutter weg. „Du hast das schon so gemeint, wie du’s gesagt hast, ich kenne dich doch.“
Okay, dachte Thamm und kapitulierte. Dann halt nicht.
„Ach, Sie wohnen aber schön!“, strahlte Heike sofort, als Thamm den Wagen im Annamariental hielt. „Haben Sie das übernommen?“
„Nur zur Miete“, meinte Wolff mit einem bescheidenen Lächeln.
„Das haben Sie klug gemacht“, lobte sie mit unveränderter Anerkennung. „Ich habe auch zu Tillmann gesagt: Erst einmal zur Miete, da kann man probieren, ob so ein Haus was für einen ist. Aber nein, er hört ja nicht, stellt sich gleich so ein Ding hin – und bestimmt haben Sie’s hier schön ruhig, oder?“ Wolff sah die Dorfstraße entlang. „Es geht so“, sagte er unbestimmt.
„Ja, bei Tillmann rattern ja den ganzen Tag die Flugzeuge. Am Wochenende unerträglich! Und das mutet er meiner Tochter und dem Kleinen zu. Haben Sie Familie?“
„Nein“, meinte Wolff mit einem verbindlichem Lächeln.
„Naja, das kann ja noch kommen“, winkte Heike ab. „Sie sind ja noch jung. Das ist ja heute nicht mehr so – aber das passende Häuschen dafür hätten Sie auf jeden Fall schon. So idyllisch …“ – „Hier stehen die Buna-Werk gleich nebenan“, motzte Thamm. „Findest du das etwa besser?“
„Das war ja wieder klar, dass du alles kleinreden musst!“, schimpfte Heike aufgebracht los. „Und so was zu seinem Kollegen. Mensch,

bis du kleinlich, Tillmann. Das hätte ich nicht gedacht – ich bin ehrlich enttäuscht!“
Wolff nutzte den Disput und seilte sich ab. „Bis zum nächsten Mal, Frau Ullrich“, lächelte er und reichte ihr die Hand nach vorn. „Hat mich sehr gefreut.“
„Mich auch, Herr Wolff, mich auch“, gab sich Heike gerührt.
Thamm war es längst zu viel. Er wendete den Wagen und brauste über die Landstraße. Bloß schnell zu Anja, dann konnte die sich mit ihrer Mutter rumschlagen.
„Na“, meinte Heike mit einem Mal in einem ganz anderen Ton, „hab ich genug das Schwiegermonster raushängen lassen? Nicht, dass dir dein Kollege am Ende die Lügengeschichten, die du so über mich verbreitest, nicht abnimmt!“
Für einen Augenblick wusste Thamm nicht, was er sagen sollte, es hatte ihm komplett die Sprache verschlagen.

Thamm hatte sich den ganzen Abend über an Cola gehalten – aus Solidarität mit Anja übte er sich in Abstinenz, wenn sie zusammen waren. Jetzt aber, wo sie schlafen gegangen war, kippte er etwas Rum dazu – und fertig war der behelfsmäßig zusammengepanschte Cuba Libre. Er ließ sich in die Sofaecke fallen und nahm einen ersten Schluck. Ja … die Cola war vielleicht schon ein bisschen zu lange offen. Anja schraubte jedes Mal den Deckel nicht richtig zu, sodass nach ein paar Tagen die ganze Kohlensäure weg und nur noch so eine lahme Brühe in den Flaschen war, die wie eingeschlafene Füße schmeckte. Aber es ging. Es ging auch schlimmer.
Der Nachmittag war einigermaßen entspannt über die Bühne gegangen. Zumindest für ihn. Ob Anja aber die Erleichterung bekam, die sie sich vom Aufenthalt ihrer Mutter erhoffte, wagte Thamm zu bezweifeln. Denn kaum hatte er Heike vor der Haustür ausgeladen, klebten die beiden Frauen wie Siamesische Zwillinge

aneinander. Als hätten sie sich wer weiß wann zum letzten Mal gesehen. Ein Wunder, dass Heike nicht auch jetzt mit in Thamms Schlafzimmer gekrochen war!
Aber solange sie miteinander beschäftigt waren, ließen sie wenigstens ihn in Ruhe. Es kam nur darauf an, ihnen geschickt aus dem Weg zu gehen: zum einen, damit sich Thamm dieses endlose Gequatsche nicht anhören musste. Das ganze Haus vibrierte schon unter dem permanenten „Och, ist der süß, der Strampler" und „Mädchen, du musst mal wieder zu mir kommen" bis hin zu „Wenn dein Vater jetzt hier wäre …" – ein Geseufze und Gefreue auf allen beiden Etagen. Das war einfach zu viel für ihn, eindeutig nicht seine Baustelle.
Zum andern wollte er um nichts in der Welt in irgendwas mit reingezogen werden. Und das ging schneller, als man denken sollte. „Tillmann, kannst du mal eben die Schranktür im Bad ausrichten? Das ist doch kein Zustand auf die Dauer!" So was hatte seine Schwiegermutter drauf – zu jeder Uhrzeit. Besonders hoch im Kurs: „Mach du das doch mal!" und „Willst du das nicht deiner Freundin abnehmen?" und „Ich versteh nicht, wie du so seelenruhig rumsitzen kannst, wenn Anja so schwer schleppen muss. Ist das immer so bei euch?"
Und da musste Anja nur mal das Tablett aus der Küche holen …
Heike fand tausend Sachen, die Thamm noch erledigen könnte, ja die er eigentlich schon längst erledigt haben müsste! Noch schlimmer aber war es, wenn sie ihn nur als Thema brauchten. Dann wurden irgendwelche Eigenheiten penibel ausgeschlachtet, wurden Schwächen gesucht – und bei Thamms Glück natürlich auch gefunden. Absolut tödlich war dabei Heikes Lieblingsspruch „Das hätte dein Vater sein können! Ich sage dir, Männer sind doch alle gleich. Kannst du alle in den Sack stecken und draufhauen – du triffst immer den Richtigen!"
Nein, Thamm ging diesem Weiberkram lieber aus dem Weg.

Schlimm genug, dass Benni dran glauben musste. Den huckte die Oma den ganzen Tag mit sich rum und kommentierte alles, was auch nur im Entferntesten mit dem Jungen zu tun hatte.
Freudestrahlend: „Bei Benjamin gluckert es aber im Bauch – hört ihr das? – Wer muss denn da gleich käckern, na wer? Ja, mein süßer Fratz!"
Noch freudestrahlender: „Wer ist die Beste? *Wer* ist die Beste? Die Oma Heike! Ist ja alles gut, die Oma ist ja da."
Ordentlich gereizt, weil dutzendfach umsonst wiederholt: „Sag doch nicht immer Benni, mein Schatz. Das Kind heißt Benjamin! Ich nenne dich doch auch nicht Ani."
Aber damit war jetzt zum Glück Schluss! Heike hatte schon am Abendbrottisch ziemlich fertig ausgesehen. Dann kam noch Bennis letzte Abfütterung und als ihr dann in der Küche die Augen langsam zufielen, war sie irgendwann aufgestanden und hoch gegangen. „Seid mir nicht böse, Kinder, aber ich muss ins Bett", murmelte sie, dazu ein „Gute Nacht!" Und Thamm war alles andere als böse.
Leider verabschiedete sich auch Anja kurz darauf. Hatten sich die beiden Weiber also gegenseitig fertiggemacht. Thamm hatte da eigentlich ganz andere Vorstellungen: Heike oben bei Benni, gleich in der Nähe, falls er Alarm schreit – und Anja mit ihm auf dem Sofa, endlich mal den Kopf frei, ohne einen letzten Gedanken an das Kind. Aber Anja war geschafft. Sie warf Thamm ein kleines Lächeln zu. „Mach nicht mehr so lang", flüsterte sie noch, als sie schon zum Flur raus und im Dunkeln verschwunden war.
Und Thamm war alleine.
Wie lange würde das jetzt so laufen, fragte er sich nachdenklich und stellte sich eine neue Mischung zusammen. Der Rum knallte ordentlich rein, Thamm fühlte sich leicht benommen. Wer war das, der gesagt hatte, dass kontrollierte Saufen eine hohe Kunst war? Gott, seit er von der Schwangerschaft erfahren hatte und

mit Anja eisern fast komplett auf Alkohol verzichtete, war er echt nichts mehr gewohnt. Hatte seine Vorteile, bildete sich Thamm ein und dachte an seine Leber. Was er noch vor einem Jahr an Wein weggekippt hatte, das machte so ein Schluck Rum alle paar Wochen noch lange nicht wett! Und dann der Bürojob, die mangelnde Bewegung – er ging ja eh nicht joggen, so oft er sich's auch vornahm … Er merkte es an seinem Glückspfad, der sich mit dem Rest von dem Bauch dahinter nach vorne wölbte. Nicht viel, zum Glück, da passte Thamm schon auf. Aber er konnte Rumpfbeugen vorm Kleiderschrank im Schlafzimmer machen, wie er wollte: So hart wie noch vor ein paar Jahren bekam er den Bauch nicht mehr. Das Sixpack zeigte sich so richtig deutlich nur bis zum Bauchnabel. Scheiße, diese Musik! Anja schwärmte neuerdings für klavierlastigen Rock und hatte Billy Joel für sich entdeckt. Und zur Feier des Tages hatte es unbedingt „The Stranger" sein müssen. Okay, dachte Thamm, Anja bewegte sich in der Welt des Rocks wie ein Blinder im Kindergarten. Und Billy Joel war nicht mal die schlimmste Stolperfalle. Aber das ertrug Thamm heute trotzdem nicht mehr. Mühsam schälte er sich aus dem Sofa und schaukelte auf die Anlage zu. Daneben standen zwei hübsch voneinander getrennte CD-Stapel. Anjas Sampler, irgendwelche Modehits, die im Radio so lange durchgekaut wurden, bis sie erst jeder und dann keiner mehr hören konnte. Und Thamms guter Stoff, nur ein Bruchteil von dem, was er hatte. Aber alles, was Anja in ihrem ausschraffierten Wohnzimmer zuließ. „Oder wischst du hier neuerdings Staub?", hörte Thamm sie automatisch in seinem Ohr knistern. Instinktiv zog er „Disintegration" aus dem Stapel. Gute Wahl, gratulierte er sich selbst, wo es schon niemand anderes im Moment machen konnte. Da waren The Cure gerade noch so ein Geheimtipp. Thamm legte die Platte auf, rannte in kindlicher Freude auf Zehenspitzen zum Sofa zurück, schmiss sich in die Ecke und – war selig, als die E-Gitarren einsetzten.

Aber nur für einen Moment. Dann langweilte ihn das ewige Geplänkel doch ein bisschen. Was war da los, warum konnte er die Musik nicht genießen? Er erinnerte sich düster, dass er mit Rod Stewart vor ein paar Wochen ähnlich gescheitert war.
Was hatte ihm nur seinen geliebten Rock vermiest, grübelte er verbittert. War es die veränderte Situation: Fertigteilhaus in der Junkerstraße statt Singlewohnung in der Teichstraße? Wurde er älter, auch abseits von seinem Glückspfad, wurde er – spießiger? Und merkte er es am Ende gar nicht, nur eben an der Musik, die ihm allmählich abhanden geriet?
Das durfte doch nicht sein, verdammt noch mal! Aber so sehr sich Thamm dagegen auch sträubte, der lästige Gedanke ließ sich nicht vertreiben und deprimierte ihn. Irgendwas veränderte sich, in ihm oder drum herum, und das zog ihn gewaltig runter. Wenn ihn schon Neil Hannon nicht aus diesem Stimmungstief holen konnte, was dann überhaupt noch? Gartengänger, dachte Thamm sofort. Aber Heike belagerte ja sein Arbeitszimmer. Und Anjas Computer im Schlafzimmer war schon seit Ewigkeiten im Arsch. Was also? Thamm zerbrach sich den Kopf. Sollte er seinen Hänger einfach aussitzen, notfalls runterspülen mit dem Rest Cola und Rum oder sollte er es wagen und sich seinen Laptop holen – aus dem Arbeitszimmer, wo Heike aufgebettet schlummerte?
Eine Alternative fiel ihm nicht mehr ein. Ihm war plötzlich, als müsste er glatt hoch und sich den Computer schnappen, um die Nacht zu überstehen. Er musste seinen Zwerg die Möhren und Tomaten, die er am Vortag gepflanzt hatte, ernten lassen. Sonst verrottete der ganze Mist auf dem Beet und das Spiel begann wieder und wieder von vorn. Das durfte er nicht riskieren. Ernten, verkaufen, neues Saatgut kaufen. Brechbohnen, Zwiebeln, Petersilie – die waren jetzt dran.
Mit einem Ruck stand Thamm auf. Ein leichter Schwindel tobte sich in seinem Kopf aus. Sex wäre jetzt auch nicht schlecht, grinste

er sich einen ab, einfach so rumludern. Aber seine Miene verdüsterte sich auch gleich wieder. Anja wollte ja nicht.

Also blieb nur Gartengänger. Sein Laptop. Oben, im Arbeitszimmer. In *seinem* Arbeitszimmer, wohlgemerkt! Langsam arbeitete er sich durch das Wohnzimmer, raus in den Flur. Sollte er das wirklich machen, fragte er sich, als ihn hier die kühlere Luft ein bisschen klarer im Kopf machte. Aber ja, was war denn schon dabei! Wenn er sich reinschlich, wurde Heike ganz sicher nicht wach. Und das Licht von der Treppe reichte locker, um sich in dem Zimmer zurechtzufinden. Den Laptop gekrallt und wieder raus – und das war's auch schon wieder.

Thamm marschierte vorsichtig durch den Flur und die Treppe rauf. Sein Arbeitszimmer lag geradezu, gleich neben dem Schlafzimmer. Links Benni, rechts das Bad. Klare Sache.

Langsam drückte er die Klinke runter. Brechbohnen waren im Moment gefragt, was für einen Reibach er damit machen könnte! Da schrillte das Telefon durch das Haus. Wer …? Wieder trällerte dieser alberne Klingelton. Erst hörte er Anja sich unruhig umherwälzen, dann legte Benni los. Oh, nicht schon wieder! Mit einem Schlag war Thamm nüchtern – und zog die Tür zu seinem Arbeitszimmer wieder zu. Peinlich berührt stand er kurz auf dem Treppenabsatz. Was um alles in der Welt hatte ihn hierher getrieben! Er konnte doch nicht einfach so bei seiner Schwiegermutter reinschneien – wegen einem blöden Computerspiel! Zum dritten Mal lief das Telefon Sturm. Anja wurde stöhnend wach, Thamm hörte ihre Füße auf dem Laminat.

Nichts wie weg, dachte er panisch und spurtete die Treppe runter zum Telefon. Wenn sie ihn jetzt im Halbschlaf drankriegte, war er geliefert. Zwei Nächte hintereinander irgendwelche Anrufe – und Thamm hatte immer noch nicht das Telefon leiser oder gleich ganz ausgestellt. Eilig hetzte er ins Wohnzimmer. Das Gerät blinkte rot in die Nacht.

„Ja“, knurrte Thamm in den Hörer und bemühte sich dabei nicht mal, auch nur einen Bruchteil seines Ärgers zu unterdrücken. „Wer ist da?“

„Das Feuer ist inzwischen weitestgehend unter Kontrolle, die Feuerwehr teilt schon die Brandwache für den Rest der Nacht ein.“
Thamm nickte.
„Zum Glück wurde es schnell gemeldet, sonst stünde hier der ganze Platz in Flammen. Und die Moritzkirche! Stellen Sie sich das mal vor! Aber, wie gesagt, irgendein Anwohner vom Schülershof hat den Brand rechtzeitig gemeldet.“
Thamm nickte wieder. Er besah sich die Feuerwehrleute, die damit beschäftigt waren, die nassen Schläuche wieder zusammenzurollen und mitsamt den übrigen Gerätschaften in ihren Fahrzeugen zu verstauen. Ein paar von ihnen hatten inzwischen schon Zeit und Muse, auf dem kleinen Platz vor dem massigen, irgendwie auch ordentlich baufälligen Haus einen Plausch abzuhalten. Hier kehrte wirklich allen Anschein nach wieder Ruhe ein, dachte Thamm gleichgültig, auch von Polizei war abgesehen von einigen vereinzelten Absperrmännchen nicht viel zu sehen.
Dann folgte sein Blick dem ausgestreckten Arm des Polizeimeisters, der ihn so dienstbeflissen in die Sachlage einwies. „Dort hinten, das da ist der Schülershof.“
Thamm sah eine vollkommen heruntergekommene Platte – und nickte wieder. In diesem Teil von Halle war er bis jetzt noch nie gewesen, schien auch nicht gerade die Flaniermeile schlechthin zu sein, im Gegenteil. Ein Wunder, dass ihn sein Navi überhaupt störungsfrei hierher gelotst hatte. Mitten im Zentrum musste diese gottverlassene Ecke liegen – er war doch über den Rannischen Platz und dann über den Glauchaer gekommen, oder? Wie schon von dem Moment an, als er die Haustür in der Junkerstraße hinter sich zugezogen hatte, versuchte er auch jetzt, die letzten

Auswirkungen des Cuba Libre in seinem Kopf niederzuringen. Aber umsonst, Alkohol und Koffein wellten davon völlig unbeeindruckt in wiederkehrenden Schüben betäubend durch sein Gehirn und zogen ihn abwechselnd hoch und runter. Thamm fuhr sich übers Gesicht und hauchte sich bei der Gelegenheit unauffällig in die Handfläche. Das Etikett auf der Flasche hatte nicht zu viel versprochen, dachte er erstaunt, der Rum hatte wirklich eine sahnige Note. Hoffentlich war ihm die Fahne nicht allzu sehr anzumerken.

Er versuchte, sich zu fassen. Dabei wagte er einen Rundumblick zur groben Orientierung. Wahrscheinlich war der Marktplatz gar nicht so weit weg von hier …

„Wir nehmen an, dass der Brand so gegen elf Uhr ausgebrochen ist", setzte der Kollege fort, „vielleicht auch schon früher …"

„Entschuldigen Sie, dass ich Sie unterbreche", meinte Thamm da und sah seinen Fremdenführer von der Seite an. „Aber könnten Sie mir vielleicht erst mal verraten, was ich hier eigentlich soll?"

Der fiel aus allen Wolken. „Hat man Ihnen das nicht gesagt?", fragte er überrascht.

Thamm verneinte. „Ich hab nur die Nachricht bekommen, dass ich nach Halle soll, Dreyhauptstraße. Mehr nicht."

„Oh", machte der andere betreten, „wo fange ich da an?"

„Vielleicht bei dem Polizeidirektor, der mich aus dem Bett klingeln lassen hat?", half Thamm ironisch nach.

„Ja …" Ein schiefes Grinsen zeichnete sich auf dem Gesicht des Polizeimeisters ab. War der ganzen Sache wohl nicht so ganz gewachsen, vermutete Thamm. Oder ihm fehlten schlicht die Infos. Der arme Teufel war sicherlich nur dazu abgestellt worden, den Kommissar aus Merseburg gleich vom Auto an die Hand zu nehmen und ihn ein bisschen grundlegend durch die Landschaft zu führen, bis jemand anderes ihn ablöste und dann endlich mal Tacheles redete. Jemand mit ein bisschen mehr Verantwortung

und Einblick – aber warum wurde Thamm überhaupt erst so hingehalten, warum musste er sich erst mit diesem Typen hier vertrösten?
„Also die Einsatzleitung, das ist so …“, verhedderte sich der Kerl zu Thamms Bedauern immer mehr. Allmählich fühlte er sich aufs Wartegleis abgeschoben – und dafür war er mitten in der Nacht nach Halle rausgefahren – die zweite beschissene Nacht nacheinander, die er sich um die Ohren schlug!
Ein Auto fuhr quietschend um die Ecke, düste, ohne Rücksicht auf eventuelle Kollateralschäden zu nehmen, an den Feuerwehrleuten vorbei und parkte direkt vor dem alten Kasten. Ungeachtet der durchhängenden grünen Sicherheitsnetze, die über der zweiten Etage genügend Putz und Ziegel genau für solche leichtsinnigen Idioten bereithielten.
„Ah“, sagte der Polizeimeister erleichtert mit Blick auf den Wagen, „da ist sie ja, die Einsatzleitung! Herr Thamm, darf ich Sie rüberbringen …“
„Schon gut“, wehrte der müde lächelnd ab. Er hatte ja kapiert, dass ihn der andere schnellstmöglich wieder loswerden wollte. Und die drei Meter bis zu dem Wagen schaffte er gut und gerne auch allein. Gott, Thamm hoffte inständig, dass der hier verantwortliche Kommissar nicht auch so ein Leisetreter war. Auf dem Weg über die Straße ließ er noch den ersten abziehenden Konvoi der Feuerwehr durch, dann – blieb ihm glatt die Spucke weg!
„Till Thamm, nehme ich an?“
‚Sandra Bullock?‘, hätte Thamm am liebsten gegengefragt, aber über ein simples „Ja“ kam er nicht hinaus. Scheiße, war die heiß!
„Elvi Korhonen vom Kommissariat Halle-Süd.“
„Kommen Sie aus Norwegen?“, fragte Thamm unwillkürlich – und hätte sich dafür gleich im nächsten Augenblick ohrfeigen können! Was musste die für einen Eindruck von ihm kriegen! Mitten in der Nacht, gerade erst aus dem Auto gestiegen, quatschte sie ein

wildfremder Typ so selten dämlich an … Sie stutzte, genau wie Thamm es befürchtet hatte, aber dann lächelte sie ihn herausfordernd an. „Nicht schlecht, aber knapp daneben“, lachte sie. „Mein Vater kommt aus Oulu, Finnland. Aber vielleicht duzen wir uns der Einfachheit halber, wenn du nichts dagegen hast?“

Thamm schüttelte den Kopf. „Warum nicht. *Elvi* also.“

„Okay, dann komm mal mit“, setzte Elvi ein und damit war der Begrüßungsteil auch schon wieder beendet. Die Kommissarin führte Thamm mit einem ziemlich flotten Tempo an dem alten Gebäude entlang, auf das wuchtige Eingangsportal zu. Der knackige Po, der sich unter ihrer Hose abzeichnete, war Thamm nur ein schwacher Trost dafür, dass er Elvi das Kommando überlassen und treudoof hinter ihr herlatschen musste. Aber immerhin, dachte er amüsiert, es gab Schlimmeres.

„Du fragst dich sicher, warum wir dich angefordert haben“, wandte sich Elvi zu ihm um. Wieder so ein süßes Lächeln! Thamm konnte gar nicht anders, als genauso zurückzulächeln – und kam sich auch gleich wieder saudämlich vor. Elvi schien das zum Glück nicht so zu sehen.

„Gleich zu Anfang: Echt super, dass du so schnell kommen konntest. Und sorry, dass ich erst jetzt aufschlage. Aber wir versuchen gerade, die ganze Polizeiarbeit hier ein bisschen effizienter aufzuziehen – naja, genauer gesagt, versuche ich das. Und was soll ich hier dumm rumstehen, wenn das auch ein paar Polizeimeister schaffen? Nichts gegen die Jungs, die machen eine gute Arbeit.“

Deshalb hatte Thamm hier nur so wenige Hanseln gesehen – die verkleidete irgendeinen Sparkurs als Reform! Und glaubte dabei, das Rad neu erfunden zu haben. Wie alt mochte sie wohl sein? Vier Jahre jünger als er, zwei älter? Und wusste schon, wie der Hase lief? Thamm schnaubte verächtlich aus.

„Heißt also im Klartext, bei euch rückt die Einsatzleitung immer als Letztes an?“, fragte er provozierend. Aber Elvi ließ sich nicht so

leicht fangen. Scherzhaft drohte sie Thamm mit den paar Unterlagen, die sie mit sich rumschleppte. „Ja, ich weiß, auf den ersten Blick sieht das komisch aus, als würde ich mehr Arbeit delegieren als selbst erledigen. Den Vorwurf hör ich nicht zum ersten Mal“, gestand sie und betrat das düstere Haus, suchte und fand den Lichtschalter, worauf sich ein verstaubter, heruntergekommener Flur im fahlen Neonlicht präsentierte. „Aber ganz so ist das dann doch wieder nicht. Ich stehe mit meinem Team vor Ort die ganze Zeit über Funk in Verbindung, bin also immer auf den neusten Stand – ich meine, wozu haben wir denn die ganze Technik? Und vom Kommissariat aus kann ich parallel zu den Jungs am Einsatzort schon die ersten Ermittlungen in die Wege leiten.“ Abrupt drehte sie sich ein zweites Mal zu Thamm um. „Ich bin also nicht irgend so eine Emanze, die sich was beweisen muss, falls du das denkst. Nur, dass wir uns nicht missverstehen, das ist Teamarbeit. Das zwischen uns sehe ich übrigens genauso.“
„Klar“, meinte Thamm ironisch, wenn auch mehr für sich. Deshalb hastete sie jetzt auch schon wieder vorneweg, immer darauf bedacht, bloß vor Thamm und ja nicht neben ihm zu laufen. Er war hier nur der brave Wauwau, der hinterherdackeln sollte. So sah Elvis Vorstellung von Teamarbeit also in der Praxis aus.
Aber Thamm konnte es ihr nicht so ganz krummnehmen. Zum einen hätte jeder andere einfach direkt den Platzhirsch rausgekehrt. Elvis subtile Art war ja dagegen noch harmlos. Zum anderen konnte sie Kollegin sein, wie sie wollte – sie blieb immer noch eine Frau. Und spätestens vom Kriminalobermeister an aufwärts waren Frauen im Polizeidienst so rar vertreten wie Männer im Filzen-Kurs der Kreisvolkshochschule. Wahrscheinlich musste da eine Frau eine härtere Gangart einlegen und beizeiten die Ellenbogen ausfahren, wenn sie für voll genommen werden wollte, mutmaßte Thamm, während er Elvi durch ein Gewirr aus Gängen und ineinander übergehende Korridore folgte.

„Sag mal, wo sind wir hier eigentlich?“, fragte er, um endlich mal dem Anlass, der ihn hierher gebracht hatte, näherzukommen.
„Ach ja“, lachte Elvi, ohne sich nach ihm umzusehen, und blätterte ihre Unterlagen durch, „das kannst du ja nicht wissen als Nicht-Hallenser. Wir befinden uns hier in der alten Polizeidirektion, ein absoluter Prachtbau in Topzustand – kleiner Scherz. Seit 2005 sind hier die Lichter aus. Und so sieht's ja auch aus.“
Das war noch die Untertreibung des Jahrhunderts, dachte Thamm und besah sich das verblichene Linoleum, die gammelalten Tapeten, das gelbliche Butzenglas in den Zimmertüren – Ach du Scheiße, er würde sich glatt den Strick nehmen, wenn er hier Tag für Tag antanzen müsste. Die reinste Beamtenhölle in DDR-Retro.
„Das Gebäude ist seitdem ungenutzt“, erklärte Elvi nüchtern, als wäre Thamm nie drauf gekommen. „Insgesamt haben wir es mit vier Innenhöfen zu tun“, fuhr sie fort, nachdem sie sich in ihren Notizen schlaugemacht hatte. Dann deutete sie vage den Gang entlang. „Und im hintersten – und das wird dich wohl am meisten interessieren – liegt ein toter Mann.“
Jetzt warf sie ihm doch endlich mal einen Blick über die Schulter zu. Neugier lag darin, auch ein bisschen Protz, als müsste sie vor Thamm mit einer Leiche auftrumpfen, damit der kapierte, dass sich das Herkommen doch noch gelohnt hatte.
Und Thamm kapierte wirklich. Er sah Elvi vor sich, wie sie in der Wache Süd vorm Computer saß und plötzlich von der Leiche im Feuer erfuhr. Sie machte zuerst genau das, was auch Thamm in den Kopf gekommen war, am Bahnhof in Merseburg, in der Nacht zuvor: Er suchte nach ähnlichen Vorfällen wie diesen. Nur dass er Jette ins Archiv geschickt hatte. Und an die Strippe gehängt, für die umliegenden Kreise. Elvi hingegen hatte das Intranet bemüht und sich somit nur mit den Zusammenfassungen zufriedengegeben. Das war einigermaßen oberflächlich, aber um einiges schneller – und so war sie auf Thamm gestoßen. Und der sollte sich jetzt den

Kram angucken und seinen Senf dazugeben. Sofort und gleich. Und dann wieder in die Nacht verschwinden. Thamm grinste vor sich hin. Das hatte sich Elvi ja schön ausgedacht! Er spielte den Handlanger und führte vor, was Wolff und er in Merseburg bis jetzt zusammengetragen hatten – und sie suchte sich aus, was sie für ihren Fall übernehmen konnte und wedelte dann groß mit superschnellen Ergebnissen rum. Ihr Masche von wegen Effizienz und Reform wäre bestätigt. Dabei hatte sie Thamm einfach nur in einer Nacht- und Nebelaktion mit Druck vom Polizeidirektor aus dem Suff geklingelt, das war ihre ganze Leistung. Und darüber sollte er sich jetzt auch noch freuen? Das war wohl ein bisschen zu viel verlangt, auch von so einem scharfen Knackarsch.

„Ein toter Mann?", hakte Thamm sarkastisch nach. „Na, so was!"

Elvi verstand den Wink, ließ sich aber nicht zu einem Kommentar herab. Stattdessen marschierte sie blindlings weiter durch den endlosen Flur, Thamm im Schlepptau. „Tja, um den Mann herum hat das Feuer seinen Anfang genommen. Das sagen zumindest die Jungs von der Feuerwehr. Ein Anwohner hat den Rauch vom Balkon aus gesehen und uns verständigt. So konnte der Brand insgesamt keinen großen Schaden anrichten – naja, außer an dem Toten. Kannst du dir vorstellen, so viel zu rauchen, dass du sogar nachts wach wirst, weil du eine Kippe brauchst?", fragte sie nach hinten.

Thamm kam nicht ganz mit. Was sollte das jetzt?

„Ich ja nicht", meinte Elvi, ohne eine Antwort abzuwarten. „Aber zum Glück gibt es auch solche. Sonst wäre das ganze Haus hier abgebrannt und wir hätten die Leiche vielleicht nie gefunden. Nur einen riesigen Haufen Asche."

Jaja, dachte Thamm etwas gelangweilt. Und jetzt noch die Sorge um die Moritzkirche nebenan, hatte er alles schon mal gehört heute Nacht. Etwas missmutig musterte er ihren Hintern. Sandra Bullock hatte er sich eigentlich etwas cooler vorgestellt, dachte er leicht enttäuscht.

Endlich stoppte sie vor einer der endlos vielen Türen. „Hör mal", sagte sie nun zu Thamms Verwunderung beinah gefühlvoll, „als die mir durchgegeben haben, dass hier eine Leiche rumliegt, bin ich eigentlich nur aus Routine durchs Intranet, aber hey! Ein Glücksgriff: in Merseburg auch noch, gleich um die Ecke. Ich wollte dich dabeihaben, um eventuelle Parallelen auszumachen. Oder um einen Zusammenhang auszuschließen. Je nachdem. Auf die Schnelle konnte ich leider nicht noch deine Personalakte einsehen …"

Thamm zuckte leicht zusammen. Hatte er gerade richtig gehört, seine Personalakte? Die zog ja alle Register.

„… und so hatte ich ein bisschen Bammel, dass irgend so ein fetter, fauler Sack den Arsch nicht hoch kriegt und vielleicht erst sonst wann hier antanzt. Aber wieder ein Glücksgriff: das sportliche Modell!"

Mit einem Lächeln über Thamms verdutzten Gesichtsausdruck öffnete sie die Tür und verschwand in dem Hinterhof. „Kommst du?", rief sie von dort, „Ich hab hier ein kleines Geschenk für dich!"

Und Thamm kam. In der Tür stieß er mit zwei Feuerwehrmännern zusammen, die hier anscheinend Brandwache hielten und von Elvi für den Moment aus dem engen Innenhof gebeten worden waren. Dann aber war der Weg frei – und Thamm ließ einen langen Blick über den Innenhof schweifen.

DIENSTAG

„Na, und?"

Wolff sah ihn mit großen Augen an. „Was war dann?"

Thamm hämmerte kurz, aber mit Nachdruck auf sein Frühstücksei. Er verspürte nicht gerade unbändig viel Lust, die vergangene Nacht noch einmal in all ihren Einzelheiten Revue passieren zu

lassen. Nicht nach den paar Stunden Schlaf – die zweite Nacht schon! Und der Morgen hatte es auch in sich. Erst war Benni gekommen – und dann Heike. Musste ja unbedingt sofort ins Bad und dort dann in aller Herrgottsfrühe gleich das komplette Programm durchziehen, inklusive Dusche und Föhn.
Und als Thamm Anja endlich so weit hatte, dass sie ihn tatsächlich noch eine Weile liegen lassen würde – er brachte sie sogar dazu, im Büro anzurufen und Jette Bescheid zu geben, dass er heute erst später käme –, da hatte sie im nächsten Moment auch schon wieder vorm Bett gestanden. „Also, jetzt versteh ich gar nichts mehr", hatte sie verwirrt gesagt, „ich hatte Wolff dran, der meinte, er ist gleich da." Und so war Thamm dann gezwungenermaßen eben doch aufgestanden, hatte sich den maroden Geschmack aus dem Mund geschrubbt und neues Deo unter seine Achseln gerollt. Und das Frühstück mit Schwiegermutter, Freundin und Baby – also irgendwie zwischen allen Fronten – hätte er vielleicht sogar annähernd unbeschadet überstanden – trotz Wolff, der sich so ungebeten eingeladen hatte –, wenn nicht Heike gleich an der Tür alles versaut hätte. „Tillmann ist noch nicht ganz munter", waren ihre ersten Worte an Wolff, „er ist gestern erst spät nach Hause gekommen, ein Notruf."
„Ach?", hatte Wolff so halb neugierig, halb angesäuert über Heike hinweg in Thamms Richtung gemacht und natürlich wollte er dann gleich die ganze Story hören. Also war's das nun endgültig mit einem ruhigen Start in den Tag gewesen!
Hat ja aber auch irgendwie ein Anrecht drauf, gestand sich Thamm ein. Halb wach griff er nach dem Salzstreuer und ließ weiße Kristalle auf das matt glänzende Eigelb regnen. Immerhin gehörte Wolff ins Team.
Team! Was für ein Wort, ging es Thamm durch den Kopf. Er musste grinsen. Elvi verstand da was ganz anderes drunter, so viel war mal sicher.

„Ich komme also in diesen Hinterhof", setzte Thamm langsam an. „Ein ganz kleines Ding, und völlig zugewachsen. Das Gras, die Büsche – alles total versengt vom Brand. Ein ätzender Gestank von kaltem Qualm, nassem, gammeligen Putz, Rauchigem … irgendwas. Wie eine Mischung aus Aschenbecher und feucht verbranntem Holz."

Thamm löffelte zufrieden sein Ei aus. Er fand, dass er die Szenerie, die sich ihm in dem ausgebrannten Hinterhof dargeboten hatte, ganz gut in Worte gefasst hatte. Ja, er war sich sogar sicher, die ganze Stimmung, die in dieser Schwüle aus vorsommerlicher Nachtwärme und abgestandenem, aus den schwarzen Grasnarben dampfenden Löschwasser lag, nur durch die Beschreibung dieses eigentümlichen Gestanks einfangen zu können. Sogar der muffige Geruch der Feuerwehrschläuche, der sich über das Wasser in die stickige Luft freigesetzt hatte – subtil, dachte Thamm, sehr subtil – war ihm präsent geblieben.

„Zwischen diesen Mauern ging nicht die leiseste Brise. Wie eine Dunstglocke stand …"

„Und die Leiche?", fuhr ihm Wolff da in die Parade.

Thamm sah verärgert von seinem Eierbecher auf. Anjas lauernden Blick ignorierte er. „Die Leiche?", wiederholte er. Wolff konnte ruhig noch ein bisschen zappeln, wenn er ihm schon ins Wort fiel. Und wenn es nur ein paar Sekunden waren. „Hinten, in der äußersten Ecke, der Tür gegenüber, zwischen rauchenden Sträuchern und Bauschutt lag sie, unnatürlich verdreht und vollkommen verkohlt."

Ein schadenfrohes Lächeln huschte über Thamms Gesicht. „Und weißt du, was der Oberhammer an der Sache war? Die Spurensicherung hatte schon die Zelte abgebrochen, aber deren Bericht war natürlich noch nicht raus. Elvi hatte also rein gar nichts in der Hand!"

Wolff nickte nachlässig. Wahrscheinlich hatte er nicht die gerings-

te Ahnung, warum sich Thamm an so einer Nebensächlichkeit hochzog. Aber Thamm hatte es genossen – und im Rückblick schwelgte er noch einmal in Elvis unausgesprochener und doch unübersehbarer Niederlage. Hatte ihr ach so tolles System der absoluten Effizienz also doch seine Schwachstellen! Tja, dachte Thamm selbstzufrieden, wäre sie mal gleich vor Ort gewesen und hätte den Jungs auf die gute, alte Art über die Schulter geschaut. Da hätte sie gleich ein paar erste Vermutungen aufschnappen können. Aber nein, sie wollte ja unbedingt die Fühler in alle Richtungen gleichzeitig ausstrecken – und so hatte sie zwar den Grundriss der ehemaligen Polizeidirektion parat, aber sonst eben nur eine Brandstelle, eine Leiche – und nichts weiter.
„Elvi konnte also nicht groß was dazu sagen", fuhr Thamm fort. „Es schien ihr jetzt erst aufzufallen, dass da was fehlte, dass da schon mehr sein könnte. Und wenn es nur ein kleiner Ansatz wäre, ein Hauch von einer ersten Spur. Gerade Elvi! Wo sie immer so auf husch, husch machte."
„*Ihr* kennt euch ja schon gut", warf Anja da schnippisch ein. „Elvi hier und Elvi dort – ein Wunder, dass sie nicht auch zum Frühstück gekommen ist!" Ihr giftiger Blick traf Thamm völlig unvermittelt. Zu allem Überfluss schaltete sich nun auch noch Heike in das Gespräch ein. „Elvi!", buchstabierte sie beinah, „was ist denn das überhaupt für ein Name? Elvi! So heißt doch kein Mensch!"
Entnervt plauzte Thamm seine Tasse auf den Tisch. Er war einfach noch viel zu müde, um sich einigermaßen netter auszudrücken. „Könnten wir bitte mal bei der Sache bleiben, ja? Oder ist das zu viel verlangt?", knurrte er in den Raum.
Heike wandte sich wie auf Kommando Benni zu, ihr Gesicht sprach allerdings Bände. Anja aber ließ sich nicht so einfach anranzen. „Und darf ich endlich mal in Ruhe frühstücken – ist *das* zu viel verlangt? Im Ernst, Stefan", meinte sie nun vorwurfsvoll und

drehte sich zu Wolff um. „Bei aller Liebe, was soll das denn hier? Habt ihr neuerdings kein Büro?“
„Rein theoretisch schon“, setzte Wolff an. „Aber da hat uns das BKA derzeit auf dem Kieker. Und bevor wir da aufschlagen, also praktisch als Vorbereitung, dachte ich …“
„… ihr verlegt eure Dienstbesprechung in meine Küche?“, fragte Anja ungläubig. Ehe sich Wolff irgendwie aus der Affäre ziehen konnte, griff Thamm ein. Er hatte endgültig genug von diesem Affenkino. „Du hast recht!“, maulte er Anja an, schnappte sich im Aufstehen seine Tasse und warf Wolff ein Brötchen zu. „Auf der Terrasse haben wir *unsere* Ruhe, und du, Schatz, hast hier *deine*. Und dann dürfte ja wieder alles in Ordnung sein, was?“
Ohne eine Reaktion abzuwarten, ging er raus. Wolff hüstelte noch irgendwas zwischen Entschuldigung und Verabschiedung, dann folgte er ihm.
„Ach ja, übrigens“, rief er Thamm amüsiert zu, kaum dass er auf halben Weg durch das Wohnzimmer zu ihm aufgeschlossen hatte, „gut Pfad!“
Auch das noch, dachte Thamm, nun endgültig totgespielt.

„Du warst also bei den Pfadfindern?“
„Soll ich nun von der Leiche erzählen oder nicht?“
„Du warst also bei den Pfadfindern?“, wiederholte Wolff seine Frage, völlig unbeeindruckt von Thamms kläglichem Ausweichmanöver. Die beiden Männer maßen kurz einander, Thamm in müder Wut, Wolff gelassen, belustigt sogar, wie es schien.
„Also gut“, schnaufte Thamm. „Ja, ich war so was wie ein Pfadfinder. Zumindest hab ich ein paarmal in Zelten geschlafen. Zufrieden?“
Dass Wolff aber auch zwischen dem ganzen Müll, der da am Kühlschrank hing, ausgerechnet diesen blöden Schriebs bemerkt hatte!

Hätte er nicht irgendeine Rechnung oder so ein rausgeschnittenes Rezept aus Anjas Kochzeitschriften sein können?
„Deutsche Pfadfinderschaft Sankt Georg?", hakte Wolff spöttisch nach. Dann ließ er einen langen Blick über den Garten schweifen. „Versteckst du aber ganz gut, deinen grünen Daumen."
„Kein Pfadfinder", meinte Thamm gereizt. „So was Ähnliches, hab ich gesagt. Ein paar Jungs, die in ihrer Freizeit zelten fahren. Mehr nicht. So ein Ding aus der Schulzeit, längst vorbei. Ist da was dran?"
„Und trotzdem wollt ihr nach so vielen Jahren zusammen Männertag feiern", rief ihm Wolff in Erinnerung. Als hätte Thamm das nicht auf dem Schirm! „Irgendwie … niedlich", schob er amüsiert nach.
Thamm brachte ein paar Meter Abstand zwischen sich und Wolff. Das Gespräch wurde ihm an dieser Stelle deutlich zu privat. Ziemlich übel gelaunt ließ er sich in einen der noch vom Morgentau feuchten Gartenstühle fallen. „Das ist noch nicht mal raus", murmelte er. „Mich siehst du da jedenfalls nicht."
Wolff nahm ihm gegenüber Platz. „Ach", meinte er nur, alles andere als überzeugt. „Und deshalb hängt die Einladung auch noch an deinem Kühlschrank, ja? Müsstest dich aber mal langsam entscheiden, Himmelfahrt ist ja schon in zwei Tagen. Was stand da? Hinter Thale, ja? Na dann …"
„Können wir jetzt endlich mal zu der Leiche kommen?", würgte Thamm gereizt jeden weiteren Kommentar zu dieser Angelegenheit ab. Er hatte den unbestimmten Eindruck, sich zu wiederholen. „Ich meine, echt – wieso schleicht das heute so?"
Wolff zuckte nur mit den Schultern. Dass es gerade er so gemächlich anging, fiel Thamm jetzt, abseits der beiden Frauen, erst so richtig auf.
„Vielleicht, weil wir nicht im Büro sind, sondern hier", vermutete Wolff. „Du weißt schon, private Ablenkungen, dann die üblichen

Startschwierigkeiten – vielleicht auch, weil du nicht wie sonst vorlegst.“

Thamm nickte langsam. Er könnte sich jetzt auf seine Müdigkeit herausreden – seit zwei Nächten ging es nun schon rauf und runter – und trotzdem hatte er letztendlich kaum etwas Brauchbares in der Hand. Aber daran lag es ja nicht. Und selbst wenn doch: Mit Avermann war ein ganzer Fuhrpark an Taxen abgefackelt, es hatte in dem sonst so verträumten Merseburg ein Riesenspektakel gegeben – und ausgerechnet der ermittelnde Kommissar kam nicht aus dem Knick!

Aber Thamm konnte sich einfach nicht entschließen, einen Gang höher zu schalten. Wozu das Ganze? Die Geschichte gab bis jetzt noch nicht sonderlich viel her, er könnte glatt in ein Dutzend Richtungen ermitteln und würde trotzdem immer falsch liegen. Auch wurde Thamm nicht den hässlichen Gedanken los, dass Avermann – so hart es vielleicht auch sein mochte – nur eine Nebensächlichkeit war. Dass der eigentliche Dreh- und Angelpunkt dieses Mordfalls ganz woanders lag. Und hier tappte er noch völlig im Dunkeln. Das einzige Indiz: Möllering vom BKA war in Merseburg aufgeschlagen, *bevor* Avermann ermordet worden war. Das aber kam Thamm schon bemerkenswert genug vor.

Seiner Meinung nach ergaben sich für ihn nun genau zwei Möglichkeiten. Er konnte, genau wie das Chefchen und Möllering es so gern wollten, den Spürhund für sie spielen und Avermanns Tod aus allen Perspektiven unter die Lupe nehmen. Dann wäre Thamm nur ein Rädchen in einem Getriebe, dessen Funktionsweise er noch nicht durchschaute. Oder er verschleppte die Ermittlungen, zog die kleinsten Abläufe derartig in die Länge, dass Möllering gar nicht anders konnte, als aus der Deckung zu kommen und die Karten auf den Tisch zu legen.

Dieses Vorgehen schien Thamm der einzige Ausweg aus dem Dilemma. Nicht gerade seine bevorzugte Herangehensweise, diese

Verzögerungstaktik – nicht gerade das, was Avermann verdient hatte. Und erst recht nicht das, was sich Elvi unter Effizienz vorstellte. Aber langfristig würde er so vielleicht viel eher zum Ziel kommen?

Komisch, dachte Thamm, dass ihm da gerade Elvi in den Sinn kam – und wie! Ein knackiger Hintern in schwarzem Abendkleid …

„Gibt es denn einen Zusammenhang zwischen Avermann und dem Toten in Halle?", riss ihn Wolff aus seinen Gedanken. Thamm schüttelte nachdenklich den Kopf. „Nein."

Wolff sah ihn überrascht an. „Nein? Und mehr nicht? Zwei Brände, zwei Tote – und du sagst einfach nur Nein?"

„Weil es da nichts weiter zu sagen gibt", beharrte Thamm. „Elvi hatte ja rein gar nichts in der Hand und da musste ich mich eben über den Toten hermachen." Sofort stieg die Erinnerung an diesen widerwärtigen Moment auf, als er sich vor das Stück Mensch gekniet hatte und Hände, Füße und Hals nach möglichen Faserspuren, nach Eindrücken oder sonst was untersucht hatte. Im Halbdunkel, nur beschienen von Elvis Taschenlampe. Dann der Rücken …

„Der Tote in Halle ist nicht gefesselt und auch nicht gefoltert worden – zumindest nach dem, was ich gesehen habe", räumte Thamm ein. „Er muss mit Benzin oder irgendwas in der Art überschüttet worden sein – er war ja völlig hinüber und alles andere drum herum nur versengt. Ich denke, dieser Tote sollte einfach nur verschwinden. Dem Täter ging es um den Mord, nicht um eine großartige Quälerei davor. Ganz anders als bei unserem Fall – es war kein …"

„Ritual?", fragte Wolff. „Vielleicht solltest du mal von diesem Gedanken runterkommen. Ich war zwar nicht vor Ort, aber ich sehe da erst mal zwei Tote und zwei Feuer. Und da liegt zunächst doch einmal der Gedanke an einen Serientäter nahe."

Thamm ließ sich davon nicht überzeugen. Natürlich, er verstand, worauf Wolff hinauswollte: Bei einem Serientäter musste schleunigst gehandelt werden, weil möglicherweise noch andere Opfer folgen könnten. Entsprechend groß war das Risiko, das Thamm einging, wenn er sich dieser Möglichkeit versperrte. Dennoch blieb er dabei. „Höchstens ein Trittbrettfahrer – und der wäre verdammt schnell. Fast schon zu schnell, um wahr zu sein. Und meine Vermutung mit dem Ritual ist topaktuell. Ich habe es nur verkehrt rum aufgezogen. Der Täter hat mit der abgeschnittenen Zunge nicht eine Botschaft übermittelt, nicht etwas von sich preisgegeben. Er hat vielmehr das Verhalten seines Opfers sichtbar gemacht: ein Schandmal. Erinnerst du dich, was Bölke dazu gesagt hat?"

Er bekam ein verächtliches Schnauben zur Antwort. Thamm war nur zu gut bewusst, was Wolff über diesen windigen Lokalreporter dachte – er selbst hatte ja keine viel bessere Meinung von Bölke.

„Jetzt untermauerst du deine Theorien schon mit solchen Quellen?", meinte Wolff etwas angesäuert. „Können wir nicht solche Spinnereien erst mal sein lassen? Halten wir uns doch viel lieber an die Fakten. Wer ist der Mann in Halle – und hatte er noch seine Zunge?"

Thamm wich Wolffs fragendem Blick aus. Er hatte gezögert, lange gezögert, ob er nicht einfach eiskalt mit einem Kuli – genau wie es Krause getan hatte – in den Mund des Toten rumstochern sollte. Keine Folter, keine Fesseln, der Brandbeschleuniger – er hatte vor Elvi ordentlich vorgelegt. Die Zunge wäre da natürlich das Nonplusultra gewesen. Aber er hatte den Brechreiz nicht länger runterkämpfen können. Er hätte ihr glatt vor die Füße gekotzt, wenn er nur eine Sekunde länger vor der Leiche gehockt hätte. Gar nicht weiter daran zu denken, seinen Stift zwischen die grauen Zahnreihen zu klemmen! Also konnte Thamm jetzt auch nichts zum Zustand der Mundhöhle sagen.

„Also bleibt es vage", meinte Wolff nun. „Dann würde ich vorschlagen, wir nehmen die Zunge als schlagendes Argument. Fehlt sie dem Toten in Halle genauso wie Avermann, haben wir es mit einem Serienmörder zu tun. Ansonsten …"
Anja kam um die Ecke gebogen. „Wird das hier zu eurer Außenstelle?", rief sie aufgebracht quer durch den Garten. „Jetzt ruft hier schon der Staatsanwalt an! Ihr sollt ins Büro, und zwar sofort. Oder soll ich ihn gleich noch zum Mittag einladen?"
Mit dieser schnippischen Bemerkung machte sie auch schon wieder kehrt. Die Luft war also alles andere als rein, dachte Thamm voller Selbstmitleid. Er hatte irgendwie gedacht, dass sich die Wogen zwischen Anja und ihm weitestgehend wieder von allein glätten würden, wenn Wolff und er ihr nur aus dem Weg gingen. Hat sich was!
„Also wollen wir mal", meinte er seufzend und raffte sich auf. „War ja eigentlich auch klar, dass sich das Chefchen früher oder später melden würde, wenn wir Möllering erst nichts liefern und dann gleich mal nicht zum Dienst antreten. Aber dass er sich doch schon so schnell bequemt …"
„Soll ich am Wagen warten?", bot Wolff mit einem Nicken gen Haus an. Wie war der denn heute unterwegs, dachte Thamm überrascht. Erst die Sache mit der Einladung zum Männertag und jetzt … Glaubte Wolff etwa allen Ernstes, Thamm würde jetzt noch mal schnell den Kopf in das Hexenhäuschen stecken, um wenigstens ein bisschen den Haussegen wieder gerade zu rücken? Wolff hatte ja keine Ahnung, wie Anja drauf sein konnte! Und dann noch bei der Schützenhilfe, die sie derzeit hatte …
Und tatsächlich! Als hätte sie schon die ganze Zeit über auf ihren Einsatz gewartet, kam nun auch noch Heike zur Haustür rausgestürzt, kaum dass Thamm und Wolff die Einfahrt betreten hatten. Sie war bestimmt hinterm Küchenfenster auf Habachtstellung gewesen, vermutete Thamm. Heikes nervösen Blick nahm er gleich-

gültig zur Kenntnis. Es war ja nun nicht so, dass sie jemals nicht aufgebracht wäre!
„Was gibt's denn noch?", fragte er gedehnt.
„Ich wollte vorhin am Tisch nicht davon anfangen, es hat ja Anja schon genug aufgeregt" plapperte Heike halblaut los, immer mit einer kleinen, vorsichtigen Drehung zum Haus hin, als könnte ihre Tochter dort irgendwo hinter einer Gardine kleben und jedes ihrer Worte mitbekommen. „Aber gestern Nacht, als du weg warst, hat ein paarmal das Telefon geklingelt. Immer wieder."
„Und?", fragte Thamm ungeduldig. Dieses verdammte Telefon – er würde es wirklich nächstens über Nacht ausstellen, wenn das so weiterging.
„Ja nichts!", fuhr ihn seine Schweigermutter an. „Erst ist Anja an den Apparat, dann zwei Mal ich – aber niemand hat etwas gesagt, nur so ein Atmen. Bis ich dann den Stecker gezogen habe! Tillmann, nimm das bitte nicht auf die leichte Schulter! Diese Sache hat uns einen riesigen Schrecken eingejagt und uns die halbe Nacht wach gehalten – ganz zu schweigen von dem armen Benjamin, der gleich gar nicht mehr wusste, wo oben und unten ist."
„Ist der etwa auch ans Telefon gegangen?", versuchte Thamm zu scherzen. Aber Heike spielte nicht mit. „Ein Anrufer, der immer wieder durchklingelt, der nichts sagt, aber auch nicht auflegt – der hat sich nicht verwählt, der führt etwas im Schilde", meinte sie knapp und musterte ihn kritisch. „Was sagst du dazu?"
Ein dummer Jungenstreich – war Heike ernsthaft so durch den Wind, war Anja so mies drauf, weil sie einem dummen Jungenstreich aufgesessen waren? Thamm fand das amüsant.
„Vielleicht hatte der Anrufer auch keine Zunge", sagte er der verblüfft dreinschauenden Heike. Und dabei beließ er es.

Jette machte ein Gesicht wie nur noch raus hier. „Schön, dass ihr auch mal kommt, der Chef ist bei euch drin und auf hundertacht-

zig", sagte sie nur und war auch schon in ihrem Büro verschwunden. Keine Begrüßung, keine Nachfrage, wo sie bis jetzt geblieben waren – da lag eindeutig Stunk in der Luft, dachte Thamm, vor allem, wo Jette dem Chefchen glatt das Diminutiv unterschlagen hatte. Aber es war ja gar nicht der Staatsanwalt, der für dicke Luft sorgte. Der lehnte ja selbst ziemlich blässlich an Wolffs Schreibtisch gedrückt, als wollte er wie Jette am liebsten in Deckung gehen oder bräuchte zumindest etwas zum Festhalten. Es war Möllering, das erkannte Thamm auf einen Blick. Hatte sich wahrscheinlich seit einer halben Ewigkeit hier an irgendetwas hochgeschaukelt und stand jetzt so richtig unter Dampf.
„Sagt Ihnen der Name Korhonen etwas?", blaffte er Thamm an, kaum dass der mit Wolff das Büro betreten hatten. „Können Sie mir mal verraten, warum ich erst von Ihrer Kollegin aus Halle erfahre, dass Sie neuerdings auch dort ermitteln? Hatte ich mich nicht deutlich genug ausgedrückt? Verdammt, ich will über jeden einzelnen Vorgang informiert werden! Ist das ein Problem für Sie?"
Es war dieser aggressive Ton, dieses überzogene Auftreten, was Thamm schlagartig auf die Palme brachte. Das musste er sich doch nicht bieten lassen, noch dazu in seinem Büro!
„Ehrliche Antwort?", knirschte er verärgert. Möllering bebte regelrecht vor Erregung. „Nur zu", brachte er gerade so heraus.
„Ich wollte Sie nicht aus Ihrem Schönheitsschlaf reißen heute Nacht. Sie sahen so aus, als hätten Sie ihn dringend nötig."
Thamm grinste ihn herausfordernd an, was Möllerung erst recht zur Weißglut trieb. „Und heute Morgen?", brüllte er. „Verdammt, Thamm, denken Sie, ich sehe nicht, was Sie hier veranstalten? Erst eine leere Akte, dann ein Einsatz ohne Absprache und jetzt verlegen Sie die Ermittlungen gleich komplett aus dem Revier! Sie …"
An dieser Stelle stockte er kurz, schnappte nach Luft und schluckte schwer. „Sie missachten meine … die Weisungen des Staatsanwalts!"

Das war Musik in Thamms Ohren. Also hatte Möllering tatsächlich keine eigenen Befugnisse, stellte er zufrieden fest. Er hatte richtig gelegen. Die Sache mit dem BKA war nur Augenwischerei, ein Bluff. Mehr als ein bisschen Dampf ablassen, konnte Möllering also gar nicht. Und das Chefchen, dessen Stichwort eben gefallen war, kam im Vergleich zu diesem Wüterich nur zögerlich in Fahrt.
„Genau, genau", hüstelte Reinhardt. „Wo ich Sie beide doch so sehr darum gebeten hatte." Mit beinah flehender Miene betrachtete er abwechselnde Wolff und Thamm. „Das BKA ist hier … zu Gast", versuchte sich das Chefchen an einer eleganten Erklärung, ohne dabei sonderlich glücklich zu agieren. „Und Sie markieren ausgerechnet da den wilden Mann!", wandte er sich nun direkt an Thamm. Aber die Standpauke blieb aus. Fast vertraulich folgte stattdessen ein: „Muss das denn sein?"
Klar, dass dieses Herantasten für Möllering viel zu soft ausfiel. „Also wirklich, ich bitte Sie!", knurrte er den Staatsanwalt an. Der druckste unbeholfen rum. Ausgerechnet jetzt! Aber Thamm hatte auch nichts anderes erwartet. Das Chefchen vermied ja klare Ansagen von Haus aus, wo es nur konnte. Und nun, wo die Situation eine Entscheidung erzwang, wand er sich sichtlich und kam doch nicht drum herum. Sollte er Möllering folgen, der wahrscheinlich am liebsten Thamm abgesägt sehen würde: kurzerhand den Fall entzogen und einen verlässlicheren, dienstbeflissenеren und vor allem biegsameren Kommissar drangesetzt. Oder sollte er zu Thamm stehen und Möllering in die Schranken weisen? Aber das konnte er ja nicht, immerhin hatte er diesen Klapser ja hier installiert.
Aber Thamm einfach den Fall abzunehmen – das war ein großer Schritt, vor dem das Chefchen zurückschreckte. Noch immer zögerte er. War das am Ende Thamms Gelegenheit? Vielleicht könnte er seinen freiwilligen Rückzug anbieten und über Wolff doch noch die Fäden in der Hand behalten?
Aber noch bevor sich Thamm mit diesem Gedanken so richtig

anfreunden konnte, preschte Möllering schon vor. „Harry", setzte er in einem vertraulichen Ton zum Tiefschlag an. „Neulich beim Oberstaatsanwalt, als wir zufällig auf Sie zu sprechen kamen …" Mehr brauchte er gar nicht zu sagen. Beim Chefchen läuteten schon alle Alarmglocken. Jeder hier im Revier wusste, dass Ziegler kurz vor der Pensionierung stand und sich ausgebeten hatte, einen Nachfolger zu empfehlen. Und nur zu gut war auch bekannt, wie sehr dem Chefchen an diesem Posten lag – die fette Schleimspur, die von Reinhardts Büro rüber zu dem des Oberstaatsanwalts reichte, war nicht zu übersehen. Was jetzt zwangsläufig kommen musste, war klar: Das Chefchen knickte ein.

„Thamm", murmelte er heiser, „Sie verstehen sicherlich, in Anbetracht der Lage …"

Weiter kam er nicht, denn Jette stürmte in diesem Moment den Raum.

„Kann sich das mal wer ansehen?", fragte sie mit blassem Gesicht und hielt ein Päckchen weit von sich in die Runde hinein. Allgemeines Erstaunen. Wolff begriff als Erster, dass Jette hier nicht ohne guten Grund so reinplatzen würde. „Was ist das?", fragte er und trat näher an den kleinen Karton heran.

„Für Till", meinte Jette nur und drückte ihn Thamm in die Hand. Der warf einen Blick um sich und sah alle Augen fragend auf sich gerichtet. „Also schön", meinte er gleichgültig und hob den Deckel des Kartons an. Umkränzt von zusammengeknüllter Zeitung lag da …

„Was ist es?", wollte Möllering wissen.

„Eine Ratte", gab Thamm lapidar zur Antwort.

„Eine *tote* Ratte", korrigierte Wolff, der nun seinerseits in den Karton geschaut hatte.

„Eine Ratte?", wiederholte das Chefchen angewidert und fasste sich instinktiv an seinen Krawattenknoten, als wäre der vor Überraschung aus der Form geraten.

Thamm aber maß der ganzen Geschichte keine weitere Bedeutung zu. Kurzerhand warf er das leblose Tier mitsamt dem Karton in den Papierkorb. Ein Fall für die Putzfrau, mehr nicht.

Aber das Chefchen schien das anders zu sehen. Noch immer starrte er fassungslos der seltsamen Post hinterher.

„Warum eine Ratte?", fragte nun auch Wolff. „Dazu die Anrufe, von denen deine Schwiegermutter erzählt hat – da steckt doch was dahinter!"

Er sah Thamm prüfend an. Der aber sträubte sich, dem Ganzen auch noch einen tieferen Sinn beizumessen. Sollte er das wirklich ernst nehmen, solchen Kleinkram? Auf einmal kamen ihm die geköpften Blumen aus dem Vorgarten in den Kopf – wie gut, dass er Wolff nichts davon gesagt hatte! Dann wäre die Affäre perfekt!

„Wir sollten wenigstens das Päckchen zur Spurensicherung geben", schlug Wolff nun vor, aber das ging dann Thamm doch ein bisschen zu weit.

„Als ob die nicht schon genug zu tun hätten!", platzte er heraus. „Und wir bringen denen noch – eine Ratte? Also ehrlich! Ist das nicht etwas überreagiert? Da sitzt jetzt irgendwo ein Penner rum und wartet doch nur darauf, dass wir auf seinen blöden Scherz anspringen."

„Sehe ich haargenau so", pflichtete ihm Möllering bei. „alles kein Grund zur Aufregung, Herr Wolff. Wir sollten lieber auf den Fall konzentriert …"

„Doch", rief da das Chefchen aus, härter, als Thamm es für möglich gehalten hätte. „Herr Möllering, würden Sie uns kurz entschuldigen?"

Was war das, wunderte sich Thamm. Bekam Reinhardt etwa Muffensausen wegen dieser dämlichen Ratte? Vielleicht wurde ihm gerade bewusst, dass der Mordfall Avermann eine ziemlich heftige Nummer war und es recht riskant wäre, einem BKA-Mann nicht mal halbwegs offiziell in die Ermittlungen einzuschalten, während der eigentlich zuständige Kommissar vor die Tür gesetzt wurde. Wenn da was schiefgehen würde, könnte sich der Staatsanwalt warm anziehen!

Thamm war hin- und hergerissen. Auf der einen Seite wollte er nichts lieber als an dem Fall dranbleiben und Möllering abgeschoben. Andererseits wollte er das nun auch nicht unbedingt Reinhardts empfindsamem Gemüt verdanken, das über einer toten Ratte kollabierte.

Möllering ahnte auch, dass sich der Wind für ihn zu drehen schien. „Herr Reinhardt, Sie wollen doch nicht wirklich …“, fing er an, aber der Staatsanwalt würgte ihn kurzerhand ab. „Zehn Minuten, bitte!“, knurrte er den BKA-Mann geradezu an. Möllering sah einen Moment lang verdattert drein, dann rutschte der Groschen, er marschierte im Stechschritt aus dem Büro und warf die Tür laut hinter sich ins Schloss.

„Sagen Sie jetzt nichts“, bat sich das Chefchen aus und irgendwas an seiner Stimme ließ Wolff und Thamm gleichermaßen aufhören. „Ich weiß selber, dass ich Sie schon viel früher hätte einweihen sollen. Aber alle Beteiligten waren sich von Anfang an einig, dass diese Angelegenheit möglichst klein gehalten werden sollte.“

„Wovon sprechen Sie?“, fragte Wolff verwirrt.

„Von Jürgen Dehmel“, raunte der Staatsanwalt vertraulich.

Wolff guckte komplett ahnungslos aus der Wäsche, sodass Thamm ihm auf die Sprünge half. „Jürgen Dehmel und Co. zogen vor etwa fünf Jahren eine Bankraubserie durch. Bernburg, Eisleben, Bitterfeld – sechs Leute, die einfach nicht zu schnappen waren. Genauso raffiniert wie dreist. In Weißenfels schossen sie sogar einen Bankangestellten über den Haufen.“

„Und dann der Coup in Merseburg“, übernahm das Chefchen. „Endlich waren unsere Männer schnell genug vor Ort, endlich konnte den Kerlen nachgesetzt werden – endlich eine Festnahme. Wenigstens eine.“

An dieser Stelle machte er eine kurze Pause, während der er sich ausgiebig den Krawattenknoten zurechtzurrte. „Dehmel hatten wir, aber er hielt dicht. Die Überfälle hörten zwar schlagartig auf, aber da draußen laufen bis heute fünf Kriminelle rum. Und für den Mord in Weißenfels konnte bislang auch noch niemand zur Verantwortung gezogen werden. Das war im Ergebnis alles andere als befriedigend für uns."
„War?", hakte Thamm nach. Hatte sich das Chefchen nur unsauber ausgedrückt oder …?
„Irgendjemand beim BKA hatte die glorreiche Idee, Dehmel bei der ersten Gelegenheit auf Bewährung rauszulassen", fuhr Reinhardt fort. „Die Vermutung lag nahe, dass er Kontakt zu seinen Komplizen aufnehmen würde. Denken Sie nur an die enorme Beute. Mehrere Millionen insgesamt. Und Dehmel würde sicherlich seinen Anteil einfordern. So sah es jedenfalls in der Theorie aus."
„Gequirlte Scheiße!", entfuhr es Thamm. „Dehmel wurde damals nur geschnappt, weil er angeschossen war und seine Kumpels ihn hängen ließen. Wenn der sie später nicht ans Messer geliefert hat, dann doch nur, um Rache nehmen zu können. Avermann – na klar, daher das Geld für den Taxifuhrpark! – war nur der Anfang gewesen. Und das war absehbar, das musste nicht passieren, verdammt!"
Der Staatsanwalt hüstelte nervös. „Ich gebe zu, die Sache läuft etwas aus dem Ruder. Gedacht war da eher an ein Treffen, eine Art Zusammenkunft der alten Spießgesellen, die wir dann hochnehmen könnten … Nicht einkalkuliert war hingegen, dass Dehmel urplötzlich untertaucht und einen Rachefeldzug aufnimmt."
„Alles schön und gut", meinte Wolff, „aber was hat das mit der Ratte zu tun?"
Thamm lächelte ihn eisig an. Innerlich kochte er vor Wut. Wie konnte das Chefchen nur so dämlich gewesen sein, sich auf so ein Spielchen einzulassen! „Ganz einfach", meinte er genüsslich. „Ich

war es, der Dehmel damals auf der Verfolgungsjagd quer durch die Stadt angeschossen hat."
Wolff starrte ihn ungläubig an. Dann aber wandte er sich an Reinhardt. „Und wegen ein paar Idioten beim BKA lassen Sie uns im Dunkeln tappen?", fragte er aufgebracht. „Und gefährden Kollegen?"
„Eben nicht!", setzte sich nun das Chefchen mit einem Mal zur Wehr. „Was denken Sie, warum Möllering die Sache mit der Ratte so kalt ließ? Aber mich nicht! Ich nicht!" Er redete sich immer mehr in Rage. „Dehmel als Köder – so ein Schwachsinn! Sie haben recht – der Plan ging voll nach hinten los. Und mehr noch! Die Herren haben es so schön eingefädelt, dass ich am Ende den Kopf hinhalten darf. Die sind schön aus dem Schneider, ja offiziell ist gar keiner von denen eingeweiht, ist Möllering nicht mal hier!"
Alles klar, dachte Thamm bitter, und der bald leere Stuhl im Büro des Oberstaatsanwalts war der Köder gewesen, auf den das Chefchen abgegangen war.
„Wolff", meinte der nun fest, „Sie übernehmen den Fall ab sofort. Ich möchte Sie, Thamm, vorläufig aus der Schusslinie haben. Ehe sich die Angelegenheit hier noch weiter hochschaukelt."
Thamm war wie vor den Kopf gestoßen. „Soll das etwa heißen, Wolff leitet jetzt das Team?"
„Nein", entgegnete Reinhardt beinah schon ruppig. „Das soll heißen, dass Sie bis auf Weiteres beurlaubt sind. Ich habe keine Lust auf weitere unerwartete Wendungen in dieser verfahrenen Geschichte!"

Die ganze Zeit über hatten sie geschwiegen. Thamm störte das nicht, ja er bemerkte es kaum, so sehr war er mit seinen Gedanken noch beim Chefchen. Er konnte es noch immer nicht fassen, es wollte ihm immer noch nicht in den Schädel rein.
Der Staatsanwalt hatte sie von Anfang an hinters Licht geführt,

hatte ihnen die wichtigsten Informationen zu dem ganzen Fall vorenthalten und ihnen stattdessen diesen blöden Möllering aufs Auge gedrückt. Und erst, als ihm die Sache zu brenzlig geworden war, erst da hatte er die Katze aus dem Sack gelassen – und Thamm abgezogen!
In ihm kochte es, immer noch. Nachdem nun endlich mal die Fakten auf dem Tisch lagen, hatte sich das BKA aus der Angelegenheit zurückgezogen, Möllering war durch Chefchens Offenbarung kaltgestellt worden. Aber im selben Moment, in dem Thamm und Wolff endlich freie Hand gehabt hätten, war Thamm beurlaubt worden, ausgerechnet jetzt.
Das Chefchen hatte es versaut, hatte sich auf dieses dummdreiste Manöver mit Dehmel eingelassen und Thamm durfte es ausbaden. Schöne Scheiße, dachte der entnervt.
Heike hatte Müdigkeit vorgeschützt und war ziemlich früh schon in ihr Zimmer raufgegangen. Hatte wohl die Spannung zwischen Thamm und Anja bemerkt. Kunststück! Das Schweigen zwischen ihnen ließ keinen Zweifel an der aufgerauten Stimmung im Haus. Anja schaltete nun den Fernseher ein und zappte sich bei irgendeiner Geschichtssendung fest, die sie teilnahmslos an sich vorüberrauschen ließ. Nur um diese unangenehme Stille zu durchbrechen und trotzdem nichts sagen zu müssen. Aber sie ging nicht hoch, bemerkte Thamm, während er sich innerlich langsam von den Ereignissen im Revier löste und dafür auf Anja konzentrierte. Als wäre sie mit ihm noch nicht fertig, als gäbe es da noch etwas zu klären zwischen ihnen, blieb sie auf dem Sofa, neben ihm. Wartete sie darauf, dass er das Gespräch eröffnete?
Versteh einer die Frauen, ächzte er innerlich. Immer war was – und in diesem Augenblick knabberte Anja wahrscheinlich immer noch an den zwei Nachteinsätzen, an Wolffs Überfall am Morgen – und dachte sie dabei irgendwann auch mal daran, dass Thamm auf solche Sondereinsätze auch nicht gerade scharf war? Dazu

noch die Sache mit Chefchen … Gott, wie gerne würde er jetzt bei einer Runde Gartengänger wieder runterkommen. Aber selbst dieses bisschen Vergnügen war ihm nicht vergönnt: Sein Laptop stand noch immer im Arbeitszimmer, das Heike blockierte. Er hatte vergessen, ihn rauszuholen, bevor sich seine Schwiegermutter schlafen gelegt hatte – Es waren für Thamms Geschmack eindeutig zu viele Frauen im Haus …

Er bereute es keinen Augenblick, dass er Anja von seiner Beurlaubung nichts gesagt hatte. Lieber jeden Morgen zur normalen Zeit raus, raus, zur Not auch aus der Stadt, um Anja nicht zufällig über den Weg zu laufen – Thamm hatte keine Ahnung, was er mit der ganzen unerwartet frei gewordenen Zeit anfangen sollte –, aber alles schien ihm besser, als tagein, tagaus den Launen seiner Freundin und ihrer Mutter ausgesetzt zu sein. Sorry Benni, dachte er, das musst du nun mal alleine durchstehen.

„Ist sie eigentlich sehr hübsch?“, fragte Anja, ohne den Blick vom Fernseher abzuwenden. Das meinte sie doch nicht im Ernst! Musste sie nun auch noch damit anfangen? Deswegen war sie also aufgeblieben – na toll!

„Wer?“, markierte Thamm den Ahnungslosen, aber Anja ließ sich nicht darauf ein.

„Das weißt du genau“, fauchte sie kurz auf. Thamm stellte sich schon mal auf die absolut lächerliche Eifersuchtsszenerie ein, die er jeden Moment erwartete.

Aber Anja war ja ganz anders. Sie klang fast schon entschuldigend, als sie langsam erklärte: „Es ist nur, weil du dir sonst Gott und die Welt auf Abstand hältst und bei ihr so schnell mit dem Du rausrückst. Denk nur mal an Stefan – der hat für dich bis heute noch nicht einen Vornamen!“

Ehe Thamm darauf etwas entgegnen konnte, fuhr sie schon fort: „Ich weiß, ich mach's dir derzeit nicht gerade leicht und die letzten

Wochen waren auch für dich nicht einfach. Aber sag mir nur, dass da nichts von deiner Seite ausgeht."
Thamm wusste nicht, wie er darauf reagieren sollte. Er war verblüfft, dass Anja so sanft drauf war, richtig verletzlich geradezu. Ganz anders als sonst auf jeden Fall. So unsicher …
Andererseits reizte ihn ihre gnadenlose Härte. Hielt sich hier eisern an der Fernbedienung wach, nur um ihm in aller Seelenruhe noch eins überzubraten! Verdammt, wenn sie doch wusste, dass auch er ziemlich durch den Wind war, warum müllte sie ihn dann auch noch mit ihrer albernen Eifersucht zu? – Wann hatte sie sich die überhaupt zugelegt? Anja war doch früher nie so drauf gewesen, da hatte sie im Traum nicht dran gedacht, dass Thamm noch für eine andere Augen gehabt hätte. Seit wann war sie so weich? Thamm wurde nicht schlau aus ihr. Mühselig raffte er sich zu einer reichlich verspäteten Antwort auf. „Elvi ist nur eine Kollegin, sonst nichts …"
„Ist gut", unterbrach sie ihn. Das war wohl nicht ganz das, was sie hören wollte. Weil er ihren Namen genannt und sie so noch einmal ganz präsent gemacht hatte? Oder hatte er mit seiner Antwort zu weit ausgeholt und einen zu allgemeinen Spruch gebracht, um Anja zu überzeugen? Hätte er ihr stattdessen ein schlichtes Nein! an den Kopf knallen sollen?
Sie schwieg sich aus und gab sich ganz auf den Fernseher konzentriert. Versaut, dachte Thamm. Anja saß direkt neben ihm und hätte doch genauso gut kilometerweit weg sein können. Irgendwie lagen neuerdings ganze Welten zwischen ihnen und da war nichts, was er tun konnte, um sie wieder näher an sich zu bringen.
Da griff sie plötzlich schwer seufzend nach seiner Hand und schob sie sich zwischen die Beine. Thamm sah sie überrascht an, ohne dass Anja seinen Blick erwiderte. Sie wich ihm aus und drehte sich doch zu ihm hin, drückte sich an seine Schulter und presste ihn mit nach hinten.

„Mach vorsichtig“, flüsterte sie ihm zu und führte nun seine Hand von oben unter ihre Hose und wieder zurück zwischen ihre Beine. Verdattert bemerkte Thamm, wie sie ihr Becken langsam kreisen ließ, wodurch einzelne Finger seiner Hand unwillkürlich in Stellung gebracht wurden.
„Du meinst …“, wollte er fragen, doch weiter kam er nicht, schon hielt sie ihm die Hand vor dem Mund. „Klappe“, rief sie gepresst. Und: „Mach einfach!“
Hinter Thamms Stirn jagten sich die Gedanken. Wollte sie sich nur bedienen lassen und ihn hinterher auflaufen lassen – als Rache? – oder lief das hier am Ende wirklich auf eine Nummer hinaus? Stopp mal – machte sie der Gedanke an eine potenzielle Konkurrentin etwa an – erhöhte so was etwa seinen Reiz für sie? Okay, dachte er irritiert und versuchte, sich ganz auf Anja zu konzentrieren. Hier war Benni vor acht, neun Wochen kopfüber durch und hatte sie gnadenlose bis zum Äußersten gedehnt. Aber Thamm wusste ja, wozu so ein Muskel in der Lage war. Und es machte ihn an, dass Anja wieder wie vorher war. Ihre fordernden Bewegungen mit der Hüfte wollten beantwortet werden, ja Anja wollte seine Bestätigung, dass sie ihn immer noch scharf machte – und mehr noch: dass sie immer noch attraktiv war. Auch hier zweifelte sie also, misstraute und war verunsichert.
Da klingelte das Telefon. Verdammte Scheiße, schoss es Thamm durch den Kopf, ausgerechnet! Der Moment war ihm Arsch, so viel stand fest. Schlagartig versteifte sie sich, dann rückte sie von ihm ab, sodass seine Hand wieder aus ihrer Hose rutschte.
„Geht das jetzt jeden Abend so?“, nörgelte sie, als er aufstand und das Gespräch annahm. Hätte er es lieber wegdrücken sollen, dachte er – als es schon zu spät war.
„Ja?“, knurrte er in den Hörer. Am anderen Ende meldete sich eine vertraute Stimme.
„Stör ich?“

Das hatte ihm gerade noch gefehlt! Wie konnte er das jetzt abwürgen? Anja roch den Braten sofort. „Ist sie es?", fragte sie vom Sofa aus.
Thamm nickte mit verkniffenen Lippen, sie sollte erkennen, wie ungern er jetzt am Apparat war. Aber Anja wollte es nicht sehen und ungeachtet ihrer Kreislaufprobleme raffte sie sich wutschnaubend auf. „Na dann, schöne Nacht noch euch beiden!", rief sie ihm sarkastisch zu, ein böser Blick, und die Wohnzimmertür schlug trotz Benni geräuschvoll zu.
„Und ich hatte ihn fast drin", murmelte Thamm voller Selbstmitleid, den Blick immer noch auf die Tür gerichtet. Jetzt war er wieder meilenweit davon entfernt, von allem, was irgendwie mit Sex zu tun hatte. Und noch schlimmer: wieder Welten zwischen Anja und ihm.
„Ich frag lieber noch mal: Stör ich?", hörte er Elvi an seinem Ohr. Thamm wusste nicht mehr, was er gedacht und was er davon gesagt hatte. War ihm jetzt aber eigentlich auch egal. Der Tag wollte wohl mit aller Macht genauso beschissen enden, wie er angefangen hatte.
„Was gibt's?", fragte Thamm müde. Elvi hatte für solche Zwischentöne offenbar keine Antennen, denn sie plapperte gleich munter drauf los. „Ich hab hier nämlich gerade den Bericht von der Spurensicherung auf dem Tisch. Demnach ist unser Mann erwürgt und seine Leiche anschließend verbrannt worden. Und du hattest recht: sonst keine Anzeichen von Folter oder so etwas. Der Fundort entspricht dem Tatort, der Mord wurde kurze Zeit vor dem Brand ausgeübt. Nur eins …" Er hörte sie mit Papieren rascheln.
„Seine Zunge?", fragte er völlig unaufgeregt. Nach diesem Absturz eben mit Anja auf dem Sofa würde ihn nicht einmal eine abgetrennte Zunge anheben.
„Die ist noch dran, wie alles andere auch." Elvi sagte das so komisch, dass Thamm automatisch an seinen Schwanz denken

musste – und nicht wusste, ob das von Elvi so gedacht war oder es vielleicht noch von Thamms jüngstem Beinah-Erlebnis kam.

„Nein, das ist es nicht", fuhr sie fort. „Aber wir haben noch keine Ahnung, mit wem wir es hier eigentlich zu tun haben. Da fehlt uns noch jede Spur."

Das Gespräch fing an, Thamm zu langweilen. Er war ja schon schweren Herzens überhaupt an den Apparat gegangen – eigentlich nur, damit dieses Klingeln aufhörte. Und nun konnte ihn Elvi auch nicht mit irgendwelchen Sensationen versorgen. Stattdessen gab sie ihm uninteressante Einblicke in ihren drögen Ermittlungsstand. Und dafür hatte Thamm nun wirklich keinen Kopf. Wie hatte Wolff gesagt: Eine abgeschnittene Zunge war zum entscheidenden Kriterium erhoben worden. Wenn die Leiche in Halle dahin gehend noch unversehrt war, fiel der Serienmörder aus. Und die ganze Sache brauchte sie nicht weiter zu kümmern, dann ermittelten Merseburg und Halle wieder getrennt und jeder für sich.

„Du, können wir das nicht Morgen oder so besprechen?", fragte er deshalb, nur um sie abzuwimmeln. Ihr musste doch eigentlich klar sein, dass es da nichts mehr zu beratschlagen gab.

Ein kurzes Schweigen, dann ein gespanntes: „Klar, warum nicht? Willst du wieder herkommen? Ach nein, warte, ich bin ja Morgen eh in Merseburg unterwegs. Diesmal werde ich vom Polizeidirektor verschickt." Ein aufgedrehtes Lachen. „Ich soll deinem Kollegen Wolff über die Sachlage bei uns berichten. Er glaubt wohl mehr an einen Zusammenhang zwischen den beiden Mordfällen als du. Wer weiß – aber vielleicht können wir uns vorher irgendwo treffen?"

Erst als er aufgelegt hatte, fiel Thamm auf, dass Elvi offensichtlich schon von seiner Beurlaubung wissen musste, wenn sie von offizieller Seite zum Rapport vor Wolff als leitenden Kommissar gebeten wurde. Und trotzdem wollte sie ihn unbedingt vorher noch sehen. Was hatte sie ihm überhaupt noch zu sagen zu ihrem Fall …? Er dachte an Anja. Was hatte sie ihn gefragt: Ob da etwas von seiner Seite ausginge?

MITTWOCH

„Wie kommst du ausgerechnet hier drauf?"
Elvi grinste ihn verwundert an.
Was sollte Thamm schon darauf antworten? Dass er Anja auch an diesem Morgen nicht gesteckt hatte, dass er beurlaubt war? Dass er, im Gegenteil, beizeiten aus dem Haus war, um dieser düsteren Stimmung am Frühstückstisch – Anjas gekränktem Schweigen, Heikes deswegen vorwurfsvollen Blicken – zu entgehen? Und dass er seitdem überall mit dem Rad sinnlos langkurvte und die ganze Zeit über auf einen Anruf von Wolff wartete: Die Luft ist rein, das Chefchen ist draußen – kannst vorbeikommen! Oder: In einer halben Stunde auf der Kliaplatte, am Bahnhof noch mal, weiter unten in der Hölle zum frühen Mittag – scheiß egal, wo!
Aber dieser verdammte Anruf kam einfach nicht, das Chefchen musste Wolff nun, wo die Sache mit Dehmel auf dem Tisch war, komplett unter die Fuchtel genommen haben. Und Thamm war draußen, kaltgestellt.
Und so war er angepisst durch die Stadt gegurkt, immer die elenden Straßen lang, die Anja aller Wahrscheinlichkeit nicht nutzte, und hatte versucht, seine Gedanken zu dem Fall zu ordnen. Und sein privates Chaos darüber auszublenden. Aber er bekam einfach keine Ruhe rein – vielleicht, weil er inzwischen schon beim dritten Bäcker Kaffee geholt hatte – und entsprechend unzufrieden war Thamm mit sich. Hatte auf Elvi gewartet, war endlos oft über dieses bekloppte Kopfsteinpflaster der Oberaltenburg gefahren, zum

Dom, zurück zum Schloss, runter zur Saale und wieder hoch in die Oberaltenburg.
Und jetzt stand sie da, frisch zurechtgemacht und so voller Elan – und wunderte sich, warum sie Thamm ausgerechnet in diese abgelegene Ecke bestellt hatte. Aber das brauchte sie nun wirklich nicht zu erfahren!
Und so zuckte er nur beiläufig mit den Schultern. „Gibt hier nicht viel Auswahl", meinte er und betrat das Café.
„Am Kloster", betonte Elvi amüsiert, als sie sich neben ihn an den kleinen, runden Tisch setzte. „Klingt ja schön spießig."
„Wegen dem Kloster hier", erklärte Thamm trocken. Wollte sie jetzt die Großstadt rauskehren oder nur generell aus lauter Überschwang ein paar Watschen austeilen? Thamm wäre es am liebsten gewesen, sie wäre gleich zum Wesentlichen gekommen, dann hätte er sich wieder seinem sinnlosen Trott hingeben können. Und dem Selbstmitleid, dem verdammten Frust, der sich auch mit übermäßig viel Kaffe nicht runterspülen ließ.
Aber aus irgendeinem Grund machte Elvi sich heute nicht viel aus der von ihr neulich so verfochtenen Effizienz. Nein, sie befragte die Kellnerin ewig nach sämlichen Kuchen aus – und nahm dann doch nur einen Cappuccino – wie Thamm, der seufzend feststellte, dass er somit bereits vor der fünften Einheit Koffein saß, den eilig hintergekippten Frühstückskaffee mitgerechnet.
Elvi spielte eindeutig auf Zeit, besah sich in aller Ruhe die Dekoration, machte hierzu einen Kommentar und sagte dazu was. Alles zusammen lauter Bagatellen. Thamm nickte meistens nur dumpf vor sich hin und hielt sich sonst zurück. Das flaue Gefühl in seinem Magen beschäftigte ihn genug. Und das war ganz gut so, dachte er, das verdrängte alle möglichen anderen Gedanken. Unbequeme Gedanken, quälende fast schon.
„Und hier ist also ein Kloster?", fragte Elvi völlig aus dem Zusammenhang und setzte damit dort ein, wo das ziemlich einseitige

Gespräch vor einer halben Ewigkeit seinen Anfang genommen hatte. Dabei warf sie ihm einen Blick zu – der Thamm unverhohlen deutlich machte, wie scheißegal ihr das Kloster im Grunde war. Das konnte er sich doch nicht einbilden, schoss es ihm durch den Kopf. Worauf wollte sie verdammt noch mal hinaus?

„War mal eins", meinte er langsam. „Sollte vor ein paar Jahren die Bibliothek von Peter Sodann rein."

„Und?", fragte sie genauso desinteressiert zurück. Ihr ging es wohl nur darum, ihn am Reden zu halten.

„Wollten sie dann wohl doch nicht." Thamm konnte sich auch nicht so richtig für dieses Thema begeistern. Wen juckte schon, was hier mit dieser halbverfallenen Ruine passierte? Aber aus irgendeinem Grund führte Elvi so einen umständlichen Eiertanz auf und kam nicht zur eigentlichen Sache. Dabei hatte es gestern Abend am Telefon noch so dringend geklungen. Und jetzt – war es am Ende gar nicht so bedeutsam, was sie ihm mitzuteilen hatte? Dafür hatte er also Anja sausen lassen und es sich bei ihr noch mehr verscherzt als schon überhaupt. Genervt trank er seinen Kaffee aus. Der süßliche Rest machte ihm längst keine Laune mehr.

Als hätte sie die feinsten Antennen für Thamms wachsende Ungeduld, lehnte sich Elvi auf ihrem Stuhl nun weit zurück.

„Eigentlich", fing sie genüsslich an, ohne den Blick von ihrer Tasse zu heben, „eigentlich dürfte ich ja gar nicht mit dir reden …"

Thamm sah sie verblüfft an.

„Naja, ich meine – was bist du? Suspendiert?"

Ein lauernder Blick.

„Nur beurlaubt!", knurrte Thamm leise. Wie er dieses Wort hasste! Aber das war es jetzt nicht, was ihn störte. *Sie* hatte ihn doch angerufen, *sie* hatte sich doch mit ihm treffen wollen. Und jetzt das … Was zog sie hier für eine Nummer ab? Verdammt, so heiß sah sie nun auch nicht aus, dass sie glauben konnte, ihn nach Belieben rumzuschupsen.

„Und der Staatsanwalt höchstpersönlich hat gemeint, ich soll nur mit einem Stefan Wolff über den Fall reden. Ausschließlich. Hat er extra betont …“
Jetzt kapierte er langsam ihre Taktik. Sie ließ ihn zappeln, klare Sache. Wollte wohl das bisschen Information, das sie bereithielt, dadurch aufwerten, dass sie sich rarmachte. Oder hatte sie es wirklich nötig, ihm noch einmal in aller Deutlichkeit unter die Nase zu reiben, wer hier am längeren Hebel saß? Aber da machte Thamm nicht mit. Dieser Kindergarten war nichts für ihn und so setzte er zum Gegenmanöver an.
„Soso“, machte er. „Das Chefchen hat dich also an Wolff verwiesen.“
„Das Chefchen?“
„Der Staatsanwalt.“
„Genau.“ Elvi lächelte süffisant. „Mit Rückendeckung von ganz oben.“
„Und warum bist du dann jetzt trotzdem hier?“
Und damit hatte er sie, dachte er zufrieden. Jetzt konnte Elvi nicht mehr die große Gönnerin spielen. Und das wusste sie auch. Ihr Lächeln erstarrte. Hatte wohl nicht damit gerechnet, dass Thamm so direkt sein und das ganze Herumlavieren kurzerhand abbrechen würde. Also Hosen runter, dachte Thamm, was machst du wirklich hier?
„Also schön“, meinte Elvi, nun äußerst sachlich. „Die Identität von meinem Toten steht noch nicht fest. Keine Vermisstenanzeige passt, seine DNA haben wir nicht in der Kartei, mit einem Zahnabdruck konnten wir auch nichts erreichen. Und wenigstens die Reste von irgendwelchen Ausweispapieren haben sich auch nicht gefunden. Kurz: Mein Toter bleibt ein Unbekannter – vorerst, zumindest. Und bei dir war der Mann sofort identifiziert. Das ist echt frustrierend.“

Sie sah sich verlegen um. Als ob ihr plötzlich bewusst geworden wäre, wie wenig das angeschnittene Thema in dieses auf mediterran getrimmte Ambiente passte, erhob sich Elvi nun, trat an die Kuchentheke und legte der verdutzten Kellnerin einen Zwanziger hin. „Stimmt so", erklärte sie abwesend, drehte sich zu Thamm um und nickte in Richtung Tür. Aufbruch also.

Draußen setzte Elvi ihre Ausführungen fort, schien dabei allerdings genauso unmotiviert wie zuvor schon. „Dein Toter wurde gefesselt, gefoltert und in aller Öffentlichkeit getötet. Am Bahnhof! Noch dazu stand der Tatort in einem direkten Zusammenhang mit dem Opfer: Es war Avermanns eigener Fuhrpark, der da in Flammen aufging. Du hast einen astreinen Fall auf dem silbernen Tablett präsentiert bekommen."
Thamm konnte sich ein Grinsen nicht verkneifen. Wenn Elvi nur wüsste! Erst der nervige Möllering, dann die Enthüllung um Dehmel – so silbern war das Tablett auch wieder nicht. Nicht zu vergessen, dass der Mord an Avermann längst nicht mehr sein Fall war.
„Und weiter?", fragte er.
„Das liegt doch auf der Hand", erwiderte Elvi. „Dein Täter ist überzeugt davon, dass sich Avermann falsch verhalten und deshalb den Tod verdient hat. Ihm ist wichtiger, Avermanns Schuld auch öffentlich zu machen, als selbst davonzukommen. Ja, er nimmt seine Verhaftung wahrscheinlich sogar bereitwillig in Kauf."
„Weil Avermanns Verhalten sein ganzes Leben durchdringt, mehr hat der Täter nicht", übernahm Thamm gelassen. Elvi eröffnete ihm hier kaum einen neuen Zugang, ganz im Gegenteil sprach ihre Sicht der Dinge noch mehr für Dehmel. „Er nimmt Rache an seinen Kumpels, die ihn hängen lassen haben. Wegen ihnen saß er im Knast, während sie durch die gemeinsame Beute ein schönes

Leben hatten. Also zieht er los und macht sie nieder, alle der Reihe nach. Avermann war nur der Erste."

„Du scheinst ja genau zu wissen, mit wem ihr es zu tun habt", erkannte Elvi.

„Dehmel", sagte Thamm kurz. Ihn beschäftigte etwas anderes. „Die Zunge – warum macht er das?"

„Um Avermann zu quälen, bestimmt nicht", vermutete sie. „Dafür schlägt er ihn schon. Nein, er schneidet ihm die Zunge ab, um ihm sein eigenes Schweigen zu versinnbildlichen: Ich habe für euch geschwiegen. Jetzt kannst du vielleicht nachfühlen, wie schmerzhaft das sein kann."

Thamm nickte langsam. Das leuchtete ein. „Und zugleich stigmatisiert er Avermann. Als Verräter. Die Zunge kommt raus, weil seinen Freundschaftsbekundungen nicht zu glauben ist. Wie ein mittelalterliches Schandmal."

Elvi blieb abrupt stehen. „Nicht schlecht", lobte sie mit einem ironischen Grinsen. „Das muss ja ein ziemlich einschlägig gebildeter Typ sein, dieser Dehmel."

„Keine Ahnung", gab Thamm zurück. Er dachte an seine Beurlaubung.

„Und wie sieht es mit deinem Toten aus?"

„Das ist ein komplett anderer Fall", meinte Elvi und nahm den Spaziergang durch die Oberaltenburg wieder auf, „der ist viel prosaischer. Nichts mit Symbolik und tieferer Bedeutung. Ein sauberer Mord, der von einem Brand kaschiert werden sollte. Da gibt es keine Verbindung zu eurem Fall."

„Und trotzdem sehen da einige einen Zusammenhang", gab Thamm zu bedenken, worauf Elvi eine wegwerfende Handbewegung machte. „Weil sie ihn sehen *wollen*. Wolff ist ein Rationalist. Er sieht zwei Brände und zwei Morde und das reicht ihm, um kein Zufall zu sein. Und euer Staatsanwalt will den ganz großen Fall beackern, vielleicht um sich irgendwo lieb Kind zu machen. Wann wurde er zuletzt befördert?"

Thamm musste grinsen. Aus Chefchens Perspektive war das sicherlich schon viel zu lange her.

„Tja, und solange solche Leutchen am Drücker sind, kutsche ich nach Merseburg und gehe mit Wolff einer falschen Spur nach, bis sie sich wirklich nicht mehr leugnen lässt." Die letzten Worte hatte Elvi so beiläufig ausgesprochen, als hätte sie sich schon ganz mit der Sache abgefunden.

„Das ist aber nicht gerade effizient", witzelte Thamm, worauf ihn Elvi lächelnd ansah. „Kommst du noch ein Stück mit?", fragte sie, „ich hab den Wagen vorne beim Schloss stehen."

Thamm war es gleich. Solange Wolff sich nicht meldete, hatte er eh nichts vor. Also begleitete er Elvi durch die gewundene Oberaltenburg, vorbei an Parkplätzen und breiten Hofeinfahrten, der oberen Wasserkunst und imposanten Gründerzeithäusern.

„Das mit der Effizienz ist so eine Sache für sich", erklärte Elvi, nachdem sie eine Weile schweigend nebeneinander hergegangen waren, und klang dabei ziemlich zynisch. „Wie ich jetzt erfahren durfte, sind nicht alle Kollegen und Mitarbeiter bei mir im Haus davon überzeugt, dass man auch mal neue Wege ausprobieren kann. Heißt also, alles, was ich eingebracht habe, soll wieder über den Haufen geworfen werden. Inklusive personeller Umstrukturierungen, wie es so schön heißt."

Thamm hob überrascht die Augenbrauen. Er konnte sich nicht vorstellen, dass Elvi den Gegenwind, der ihr sicherlich von Anfang an entgegengeschlagen war, erst jetzt mitbekam.

„Heißt das, du …?"

„Das nicht, so weit sind sie dann doch nicht gegangen. Aber ich soll einen Partner an die Seite gestellt bekommen", meinte sie. „Keine Alleingänge mehr in Zukunft … naja … das ist auch einer

der Gründe, weshalb ich hier bin – Ich könnte ein gutes Wort für dich einlegen", schob sie schnell nach. „So, wie die mir meinen Reformkurs zerfleddern, hab ich noch was gut in der Chefetage."
Stille. Nur Elvis Absätze waren zu hören, sonst nichts, was Bedeutung hätte. Rauschende Bäume, Vögel darin, entfernt die Saale überm Wehr, ein Auto auf dem Kopfsteinpflaster – Thamm hatte keine Ohren dafür. Er war geknickt. Irgendwie hatte er insgeheim doch gehofft, dass sie wegen ihm hergekommen wäre, wegen ihm persönlich. Nicht wegen einem Jobangebot. Er hatte keine Ahnung, was er sich erhofft hatte – überhaupt nichts, dachte er verbittert, rein gar nichts! Aber es wäre doch ganz nett gewesen, wenn Elvi irgendwas an ihm gefunden hätte, wenn sie ein bisschen *scharf* auf ihn gewesen wäre. Ohne, dass er darauf eingegangen wäre. Nur so, fürs Ego.
Aber wieder ging es bei ihr nur um das, was für sie nützlich war, um die Arbeit, die effizienter gestaltet werden sollte – aus dieser beschränkten Denke kam sie einfach nicht raus. Ja, sie streckte schon mal die Fühler nach einem neuen Partner aus, bevor irgendwas von der freien Stelle überhaupt bekannt geworden war. Und damit kam sie nun ausgerechnet zu ihm! Er im Kriminalkommissariat Halle-Süd? Thamm konnte es sich nicht vorstellen, wollte es auch gar nicht – was sollte er bitte schön in einem Loch wie Halle?
Trotzdem kam ihm der Schlossgarten, an dem sie nun vorübergingen, in diesem Augenblick sehr klein und beschaulich vor. Früher war hier eindeutig mehr los gewesen, dachte Thamm und war in Gedanken nicht nur bei dem Park. Die ganze Stadt sackte in die pensionierte Leere ab, Stillstand überall. Oder kam ihm das nur so vor? Wäre es nicht vielleicht doch an der Zeit für einen Tapetenwechsel? Vielleicht lag es ja daran.
„Kennst du eigentlich schon unseren Schlossgartensalon?", fragte er plötzlich, wie um diesen letzten Gedanken schleunigst wieder

zu verdrängen. Merseburg war schön, hämmerte er sich ein. Kapierte sie das nicht? Er hatte hier genau das, was er wollte. „Von dort aus hat man einen erstklassigen Blick auf das Schloss. Wird oft unterschätzt." Kurz entschlossen nahm er Elvi bei der Hand und führte sie zu dem Gebäude hin, dessen Stufen hinauf und unter den Säulengang. „Und?", fragte er gespannt.

Erst sah sie ihn zweifelnd an. „Okay", machte sie schließlich, nicht ganz überzeugt, und lächelte. Dann ließ sie einen kurzen Blick über das Panorama huschen. „Ganz nett."

Er war enttäuscht. „Interessiert dich nicht so, hm?"

Elvi kicherte – und gab ihm einen verstohlenen Kuss auf die Wange. Ein flüchtiger Kuss nur, der Thamm trotzdem wie ein Stromschlag durchzuckte. Er wusste nicht, was er denken, was er sagen sollte. Wahrscheinlich gab es da auch gar kein großes Gewese drum zu machen, war das nur eine von diesen überschwänglichen, aber vollkommen harmlosen Gesten, die er nicht verstand. Vergeblich versuchte er, in Elvis Gesicht zu lesen – hatte er sich schon blamiert mit seinem Zögern, mit dem peinlichen Schweigen, das dadurch zwischen sie getreten war?

„Was ist?", fragte Elvi nun mit einem provokanten Lächeln. Sein Stichwort, um der Situation wenigstens noch ein bisschen Stil zu verleihen. Es fehlte nur an einer kleinen, beiläufigen Wendung, um sich nicht vollkommen lächerlich zu machen. Thamm setzte zu einem smarten Grinsen an. „Was soll schon …?" Weiter kam er nicht. Er spürte Elvis Lippen auf seinen, fest und angespannt, seinen Mund massierend, unnachgiebig – sie ließ die Augen dabei offen, sie versuchte, hinter seine Pupillen zu gelangen, und es schien ihm fast, als ob sie triumphierend lächeln würde, dort hinter der Iris, als er seine Lippen endlich öffnete und ihren Kuss erwiderte.

Ihr gepresster Atem roch warm und dünn nach Zigarette – fremd und ganz anders als … Er registrierte entfernt, dass sie sich an seinem Gürtel zu schaffen machte.

„Hier?“, hörte er sich fragen und wunderte sich noch, warum ihm ausgerechnet das über die Lippen kam. Und nicht: Lass das. Oder: Nicht …

„Nun tu mal nicht so“, meinte sie dumpf und drängte ihn hinter eine der Säulen. Sein Schwanz spannte hinter dem Hosenstall, den sie mit einem Ruck öffnete. Als er instinktiv auch nach ihrer Hose fasste, wich sie zurück.

„Geht gerade nicht“, flüsterte sie und noch ehe er den Sinn ihrer Worte ganz verstand, sank sie vor ihm nieder und nahm seinen Schwanz in ihren Mund. Sie sog an ihm, leckte, biss auf ihn.

„Genieß doch einfach – das Panorama“, meinte sie spöttisch und schon nahm sie ihn wieder tief in sich auf.

„Scheiße!“, entfuhr es ihm, als sie sich an seinen Eiern festkrallte, und gerade so konnte er seine Knie am Zusammenbrechen hindern. Hinten, ganz weit hinten, wo ihm der Chiropraktiker vor ein paar Wochen alles eingerenkt hatte, dort spürte Thamm eine unglaubliche Erregung aus seiner Hüfte aufsteigen. Ein Schauer fuhr ihm über die Haut, seine Beine hörten nicht auf zu zittern, mit seinen Händen – er wagte nicht, sie auf ihren Kopf zu legen – suchten Halt an dem bröckelnden Putz der Säule. Das Panorama, schoss es ihm durch den Kopf, als ob er dafür jetzt … Gott, das hatte er sich schon gewünscht, da war er nicht halb so alt wie jetzt gewesen … zwei Monate, zwei verdammte Monate schon! Und jetzt … das Schloss verschwamm vor seinen Augen, der ganze Park war ein einziges Grün, die Obelisken – er stutzte – sahen plötzlich aus wie zwei riesige … „Oh, mein Gott!“, stöhnte er. Er spürte, wie es sich lockerte hinter seiner Stirn, wie der ganze Müll der letzten Wochen verschwand, bis nur noch eine angenehme Leere zurückblieb. Und er fühlte neue Energie von sich Besitz ergreifen, eine derart intensive, vollständige Energie, wie er sie lange nicht mehr in sich gespürt hatte und die sich sammelte und mit einem Mal machtvoll entlud, während ihm Elvi mit fordernder Ausdauer und fast schon brutalem Gebeiße den Blowjob seines Lebens verpasste.

Mit eiligen Schritten ging er die Hälterstraße runter – bloß weg von diesem scheiß Schlosspark! Auf dem Parkplatz stand kaum ein Wagen, Thamm sah sich suchend um und obwohl er niemanden entdecken konnte, tat er trotzdem so, als würde er sich nur mal eben den Gürtel zurechtrücken, wobei er sich kurz in die Hose griff. Genauso flüchtig fuhr er mit der Hand anschließend unter seiner Nase vorbei. Verdammt, sein Schwanz roch komplett nach ihrem Gesabber – worauf hatte er sich da nur eingelassen!
Nervös fingerte er sein Telefon aus der Tasche und schaltete es ab. Sollte Wolff ihn doch anrufen – jetzt nicht, in diesem Augenblick war er für keinen zu sprechen, vor allem nicht für … Er wagte nicht einmal, ihren Namen zu *denken*. Er sah sie vor sich, wie sie sich zu ihm drehte, voll Vertrauen, Liebe – echte Gefühle! – am Abend zuvor hatten sie noch fast miteinander geschlafen! Er sah die vielen, kleinen Gesten: dass sie mit ihm aufstand, obwohl sie doch noch liegen bleiben könnte – den Frühstückstisch – sogar heute Morgen hatte sie ihn gedeckt, dabei war sie eigentlich so mies drauf. Thamm verstand nicht, warum ihm das ausgerechnet jetzt alles aufging – wie er das, was sie tagtäglich für ihn tat, vergessen und seinen Schwanz stattdessen einfach mal so in Elvi reinhalten konnte! Er hatte … ja, wurde ihm schlagartig klar, er hatte seiner Beziehung zu Anja die Unschuld geraubt, so kitschig es klang.
Wütend, deprimiert, verwirrt bog er in die Brauhausstraße ein. In all den Jahren mit ihr war ihm so was noch nie passiert. So ein Schwein wie ihn hatte Anja nicht verdient! Er wollte augenblicklich zu ihr fahren, am liebsten vor ihr zu Boden gehen, sie umarmen und einfach nur bei ihr sein, ihre Hand auf seinem Kopf spüren und wissen, dass da nichts zwischen ihnen stand.

Kein Vorwurf, kein verdüsterter Himmel – ein Sonntag! Gott, wie wünschte sich Thamm in diesem Augenblick so einen richtig lahmen, blöden, eintönigen Sonntag mit Anja herbei!
Aber es ging nicht. Er könnte jetzt nicht nach Hause und einfach so bei Anja aufschlagen. Er war ja im Büro, offiziell. Und an *dieser* Stelle die Lüge offenzulegen hieße, der Wahrheit einen Weg zu ebnen, der zwangsläufig zu seinem Schwanz in Elvis emsig saugenden Mund führen musste. Und mit solchen Offenbarungen ließ sich ganz bestimmt keine Sonntagsstimmung erzeugen. Nein, was da im Park passiert war, das behielt er besser für sich, das musste er mit sich selbst ausmachen.
Mit immer festeren Schritten ging er über den Parkplatz. Die große Beichte würde es nicht geben, nicht nur, weil er eh nichts erklären könnte und das Chaos damit endgültig perfekt wäre. Nein, irgendwas in seinem Hinterkopf sagte ihm auch, dass so ein Bekenntnis die nächste Lüge sein würde – denn hatte er es insgeheim nicht auch ein Stück weit genossen, mal nicht obenauf sein zu müssen, sich einfach ruppig nehmen zu lassen? Anja fehlte dafür der Schwung, bei ihr führte er eindeutig – Scheiße, jetzt verglich er sie auch noch! Thamm graute vor seinen eigenen Gedanken.
Missmutig ging er die paar Meter Grün von der Straße weg, nahm die wenigen Stufen bis zur Terrasse vom Kartoffelhaus – ein vertrauter Weg, den er blind beschreiten könnte. Seine Schuhe knirschten über den Kies und wie mit letzter Kraft ließ er sich auf den nächstbesten Stuhl fallen. Ein flüchtiger Blick über die hässlichen, verklinkerten Häuser, den leeren Platz bis hin zur Klia … Dort hatte mal die Pestalozzischule gestanden, und weiter hinten die Eulenturm-Turnhalle. Gott, hatte die nach Schweißfuß gestunken! Thamm hatte es gehasst wie alle in seiner Klasse, dort die gammligen Seile raufklettern zu müssen. Und die Matten erst! Und jetzt war alles weg – nichts, was seine Aufmerksamkeit länger fesseln, ihn mehr von der eigentlichen Sache ablenken

könnte. Aber gut: Im Grunde stand es ja schon fest. Er bereute es – und auch wieder nicht so ganz. Und das fühlte sich insgesamt scheiße an.
„Wir machen in einer halben Stunde zu“, erklärte die Kellnerin. Die Karte hatte sie erst gar nicht mitgebracht. Thamm überhörte die Info.
„Ein Diesel.“ Bier brauchte er jetzt – und die Cola würde später vor Anja den Alkoholgeruch übertünchen. Die Kellnerin verschwand und Thamm war wieder allein mit seinen Gedanken. Nein, er bereute es nicht. Anja und er – sie wussten doch beide, wie der Hase lief, sie kannten doch diese unvorhersehbaren Momente, in denen sich so was eben einfach nur so ergab. Sie hatten vor Jahren darüber gesprochen, abstrakt, allgemein. Aber dass es wirklich mal dazu kommen könnte, hatte Thamm damals für sich ausgeschlossen …
Er hielt sich wieder die Hand vor die Nase und sog den Geruch tief ein. Was hatte sie ihm damit zu verstehen geben wollen, mit dieser Nummer? Ein spontaner Einfall? Doch nicht bei dieser bis ins Letzte durchkalkulierten Frau! Ein einmaliges Argument, zu ihr nach Halle zu wechseln? Oder ein Vorgeschmack darauf, was ihm dort blühte? Entfernt sah er sich zu Hause Anja niederstrecken und in Halle, weit weg, von Elvi durchvögeln lassen.
Wieder konnte sich Thamm über seine Gedankengänge nur wundern und bevor er sich mit einem großen Zug über das servierte Diesel hermachte, bestellte er bei der abschwirrenden Kellnerin gleich noch das nächste Glas. Das würde er brauchen, garantiert. Ihren verwunderten und mehr noch geringschätzigen Blick bemerkte er nicht.
Die Sache war ja eigentlich denkbar einfach, dachte er, das halb leere Bier betrachtend. Ein kleiner Fehltritt, der ja nicht einmal richtig einer war. Er hatte ihn ja nicht wirklich *drin* gehabt. Da gab es eigentlich auch keinen Grund, deswegen gleich an seinen

Gefühlen für Anja – ja, nicht einmal an seiner Treue zu ihr – zu zweifeln. Vorsichtig wagte er sich an ein Lächeln, aber es wollte ihm nicht so recht gelingen. Hastig stürzte er das zweite Glas runter und zahlte. Plötzlich wollte er nur noch weg, wollte sich keine Gedanken mehr machen müssen und einfach nur heim. Wollte am liebsten über Anja herfallen, sie wie früher immer in die Arme nehmen, ihren leichten und doch fraulichen Körper die Treppe rauf ins Schlafzimmer tragen, wie einen unendlich wertvollen Schatz – um sie dann nach allen Regeln der Kunst auf die Matratze zu pinnen. So, wie es vor Bennis Geburt gewesen war. Ja, er wollte sich Elvi und den Schlossgartensalon gründlich aus dem Hirn vögeln, mit Anja. Aber alles sprach im Moment dagegen, von Anjas Hormonsache über Heike im Haus bis zu seiner verheimlichten Beurlaubung …
Wie spät es wohl inzwischen war? Thamm griff nach seinem Telefon und schaltete es wieder ein. Kurz nach halb drei. Spät genug, um etwas früher Feierabend gemacht zu haben, ging es ihm durch den Kopf. Er konnte also so langsam …
Da vibrierte das Gerät in seiner Hand – wieder und wieder. Anrufe in Abwesenheit, zwei, drei Stück von Anja. Auf dem Display überschlugen sich die Meldungen geradezu. Anja.
Anja.
Wolff.
Was hatte das zu bedeuten?

Noch bevor er überhaupt fragen konnte, was bitte schön die beiden Einsatzwagen in seiner Einfahrt zu suchen hatten, fing Thamm sich schon, kaum dass er zur Tür reingekommen war, eine saftige Ohrfeige ein.
„Hey!“, fuhr er Anja empört an, doch die ließ ihn gar nicht erst zu Wort kommen. „Auf Arbeit, ja? Im Büro – na klar! Wie lange geht das denn schon?“

Thamm fühlte eine unbestimmte, brennende Hitze hinter seiner Stirn aufziehen. Verdammt, er war aufgeflogen! „Und ich blöde Kuh merke nicht mal was!", setzte Anja nahtlos fort. „Wie lange wolltest du mich noch verarschen, hm?"
So allmählich erholte sich Thamm von ihrer herben Begrüßung. Anjas forscher Ton reizte ihn, so auf nüchternen Magen, auch wenn er wusste, dass sie im Recht war. Und er konnte ihr auf die Schnelle keine plausible Erklärung bieten.
„Ich hab ermittelt", meinte er, aber damit ließ sich Anja nicht abspeisen.
„Ach ja?", fauchte sie und wich keinen Zentimeter aus der Tür. „Und wie – auf Beurlaubung?"
Konnte er die Karre noch aus dem Dreck ziehen? Thamm wagte es. „Externe Ermittlungen", sagte er leise, vielleicht zu leise, um überzeugend zu klingen. Zumindest sprang Anja sofort darauf an. „Extern also", meinte sie höhnisch. „Der Kriminalhauptkommissar Thamm allein im Kampf gegen das Verbrechen, soso."
„Nein …!"
„Ach, also nicht allein? Und mit wem warst du dann unterwegs?"
Thamm hätte jetzt alles Mögliche erfinden können, hätte einen Insider oder einen wichtigen Zeugen, der lieber unerkannt bleiben wollte, aus dem Hut zaubern können. Aber er dachte ja gar nicht daran! Diese ganzen Lügen führten ja zu nichts – es kamen immer nur neue dazu und er verlor langsam den Überblick. Und schließlich war das Treffen mit Elvi ja auch wirklich dienstlich gewesen, am Anfang zumindest. Da gab es nichts zu verschweigen, Anja konnte das ruhig wissen.
„Mit …" Er kam nicht mal bis zu ihrem Namen durch, es blieb bei dem zu zögerlich gestarteten Anfang. Anjas Blick lähmte ihn – sie wusste alles, sie hatte alles verstanden, ihn durchschaut, da gab es nichts mehr zu verdrehen oder geradezurücken. Sie hatte es *erspürt*. Da flog auch schon ihre Hand zum zweiten Mal durch die

Luft, Thamm reagierte blitzschnell und fing Anja am Handgelenk ab. Sofort ließ er sie beschämt wieder los. Ein Wutschrei löste sich aus ihrer Kehle. „Du!", brüllte sie heiser, Tränen schossen ihr in die Augen und darüber noch mehr aufgebracht, warf sie ihm einen letzten, vernichtenden Blick zu. Dann wandte sie sich um und stürmte regelrecht die Treppe rauf in das Obergeschoss. Schlafzimmer, dachte Thamm, als er die dazugehörige Tür ins Schloss fallen hörte.

Dann erst registrierte er die Leute in seinem Flur. Wolff, dem die Peinlichkeit der eben erlebten Szene ganz unverblümt ins Gesicht geschrieben stand, dazu zwei Kollegen vom Streifendienst, die allem Anschein nach nur so dumm in der Landschaft standen und ihm mit ihren schweren Schuhen die Fliesen verdreckten. Thamm schüttelte den Kopf. Wie kam er jetzt ausgerechnet auf diese verdammten Fliesen? Übersprunghandlung, würde Wolff wahrscheinlich dazu sagen … Scheiße, und sie alle glotzen ihn immer noch so betreten an!

„Ist was?", fragte Thamm gereizt. „Habt ihr keine heeme? Was macht ihr eigentlich hier?"

„Deine … Anja hat im Büro angerufen und einen Einbruch gemeldet", erklärte Wolff, insgeheim wohl froh, die unangenehme Situation mit dieser Ansage schleunigst beenden zu können. Thamm fiel aus allen Wolken. „Einen Einbruch – wo?"

„Na, bei euch eben."

„Ach?", ätzte Thamm. Als wäre das nicht klar gewesen. Aber Wolff bemerkte die Ironie nicht. „Hier, schau's dir selber an!", meinte er und deutete auf die Tür zum Haus-Wirtschaftsraum, wo sich zwischen Waschmaschine und zusammengeklappten Gartenstühlen Werner von der Spurensicherung zu schaffen machte. Sein Besteck lag ausgebreitet neben ihm, überall auf dem Boden verteilt.

„Anja meinte, sie und ihre Mutter wären in der Stadt gewesen und hätten ein paar Besorgungen erledigt. Na ja, und als sie wieder zurück waren, stand die Tür hier offen." Wolff zückte sein Notizbuch aus der Arschtasche und blätterte wild darin rum. „Sie haben es nicht gleich bemerkt, erst als Heike – also Frau Ullrich – die Wäsche rausnehmen wollte. Entsprechend groß fällt die Tatzeit aus. Kann so zwischen elf und eins gewesen sein."

„Auf jeden Fall hat sich eine der Damen noch die Zeit genommen, die Klinke zu drücken", meldete sich nun Werner zu Wort. „Und dabei hat sie so ziemlich jeden Fingerabdruck, der sich hier finden ließe, verwischt. Ganz große Leistung – nichts für ungut."

Werner sah ihn prüfend über die Brille hinweg an, aber Thamm winkte nur müde ab. „Sicher Heike", murmelte er und sah seine Schwiegermutter regelrecht vor sich, wie sie aufgeregt durch den Haus-Wirtschaftsraum hechtete, um bloß schnell die Tür wieder zu schließen. Verdammter Ordnungsfimmel!

„Mach trotzdem mal einen Abgleich", bat Wolff, worauf ihn Thamm fragend ansah. „Na hallo! Dehmel vielleicht? Erst die Ratte heute Morgen, jetzt das hier – was muss eigentlich noch alles passieren, bis du kapierst, was hier läuft? Der macht seine alten Kumpels *und dich* platt."

„Nun halt aber mal den Ball flach!", konterte Thamm, aber natürlich wusste er, dass Wolff mit seiner Vermutung recht hatte. Dieser Einbruch, bei ihm privat, am helllichten Tag – das war schon eine ziemlich heftige Nummer. Aber trotzdem hatte er so seine Zweifel, er wollte nicht so unvermittelt in die Schusslinie geraten sein, ohne die Chance zur Revanche. Vielleicht war es ja doch nur ein ganz harmloser Bruch?

„Hat Anja gesagt, ob irgendwas weg ist?", fragte er leise.

„Kannst du vergessen", schaltete sich wieder Werner ein. „So, wie die Sache aussieht, ist hier jemand auf die gute, alte Art mit einem Brecheisen reingekommen. Aber nicht weiter. An der Tür zum Flur ist rein gar nichts zu sehen. Und wenn hier nicht gerade ein

paar Frühkartoffeln im Regal fehlen, dann würde ich sagen, ist alles noch beim Alten. Eben bis auf die Tür. Also, meiner Meinung nach wollte hier nur jemand zeigen, dass er es kann."
Was sollte Thamm jetzt damit anfangen? Sprach das für Dehmel oder eher nicht?
Ein Räuspern hinter ihm. Er drehte sich um und sah Heike. „Du, Tillmann …" Sie zögerte und sah sich etwas verlegen zu Wolff um. „Anja, also … Anja packt gerade ihre Sachen. Ihr ist das alles … im Moment grad nichts. Erst die Anrufe in der Nacht und jetzt das – und dann … noch – du weißt schon, deine Geschichte halt." Plötzlich brach es aus ihr heraus. Mit einem schweren Seufzer trat sie auf ihn zu und packte ihn am Arm. „Also ehrlich, Tillmann, du weißt doch, wie sensibel sie gerade jetzt ist. Das ist ja so schon eine Schweinerei, aber wie kannst du sie da ausgerechnet jetzt so anlügen und dich mit dieser anderen Frau … *treffen*!"
Ihr vorwurfsvoller Blick nahm erst einen ermahnenden, dann einen mitleidigen Zug an. Unsicher lächelnd wandte sie sich an Wolff und Werner. „Meine Herren", brachte sie halblaut und um eine irgendwie doch noch gewahrte Etikette bemüht hervor, „lassen Sie sich von mir bitte nicht stören."
Und damit ging sie.
„Patentes Mädel", murmelte Werner und widmete sich wieder dem Türschloss. Wolff aber nahm Thamm hart ins Visier. „Nächtliche Anrufe?", hakte er vorwurfsvoll nach. „Und diese Frau – das sind doch nicht wirklich – wie hast du vorhin gesagt? – externe Ermittlungen, oder?"
„Gott, jetzt fang du nicht auch noch damit an!", rief Thamm angepisst. „Das war Elvi, okay? Einfach nur Elvi. Sie hat mich nur mal eben auf den neusten Stand gebracht über ihre Leiche da. Sie hat mir nichts anderes erzählt als dir danach, verstanden?"
Schweigen. Thamm bedauerte, Wolff so angeschnauzt zu haben, aber er war noch längst nicht wieder so runter, um einen versöhn-

lichen Ton anzuschlagen. Das alles hier ging ihm tierisch auf die Nerven: die ganzen Fragen an ihn, dieses permanente Rechtfertigen – diese Leute hier in seinem Haus! Verdammt, er wollte doch nur seine Ruhe haben, wenigstens in seinen eigenen vier Wänden!
„Ich mache mir langsam echt Sorgen um dich", meinte Wolff nun.
„Wegen Dehmel?", fragte Thamm. „Der kann mich mal."
„Nein, weil du einfach nicht zu Potte kommst. Schon vor deiner Beurlaubung. Ich frage mich, ob du überhaupt den Ernst der Lage begreifst. Du nimmst das alles zu sehr auf die leichte Schulter."
Thamm verstand ihn. Wolff wollte endlich ran an den Speck, aber er wusste nicht, wie. Erst blockierte der BKA-Mann, dann war da die Frage nach einem Zusammenhang mit dem Toten aus Halle gewesen und nun – Dehmel war ja längst zur Fahndung ausgeschrieben – war da kein Ass im Ärmel, mit dem die Sache beschleunigt werden könnte. Es gab nur eins, was sie in dieser Situation tun konnten.
„Abwarten", entgegnete Thamm und ging in Richtung Küche. „Willst du ein Bier?"
„Ach, fuck!", rief Wolff aufgebracht. Und dann: „Ich bin im Dienst!"
Werner, der die Unterhaltung vom Boden des Haus-Wirtschaftsraums verfolgt hatte, nickte voller Bedauern.

Es klingelte.
„Scheiße, was ist denn jetzt schon wieder?" Thamm riss angenervt die Tür auf – und war platt: das Chefchen, ausgerechnet. Der hatte ihm gerade noch gefehlt!
„Herr Thamm", grüßte der Staatsanwalt trocken und irgendwie auch ein bisschen nervös. „Angesichts der Umstände … ich denke, wir sollten uns kurz unterhalten."
„Wie Sie meinen", seufzte Thamm resigniert. Ihm war ja schon alles egal. Heute kam aus unerfindlichem Grund alles zusammen.

Hinter ihm Gemunkel: Heike, die sich bei Wolff erkundigte, wer denn da nun noch gekommen war. Das Stichwort ‚Staatsanwalt' musste Eindruck auf sie gemacht haben, denn sofort drängte sie sich in den Vordergrund.
„Soll ich uns vielleicht allen erst mal einen Kaffee machen?", markierte sie die große Gastgeberin. Dazu das freudigste Breitbandlächeln in Chefchens Richtung. Und der? Hatte wohl überhaupt nicht mit so einem überambitionierten Empfang gerechnet – zu Recht, dachte Thamm, immerhin hatte Reinhardt ja genug verbockt in den letzten Tagen. Inklusive seiner Beurlaubung …
Umso dankbarer nahm der Staatsanwalt nun die unerwartete Einladung an – und da saßen sie nun also um den Küchentisch. Das Chefchen klammerte sich an seinem Pott Kaffee fest, Wolff daneben, noch etwas unschlüssig, und Thamm, der gedankenschwer den zweiten Löffel Zucker verrührte. Die wievielte Tasse war das jetzt?
Die Männer schwiegen, keiner wollte so recht den Anfang wagen, und Heike klapperte alle möglichen Schränke nach Keksen ab. Was sie unter dahingeplapperten Kommentaren – „Dass du dich aber auch in deiner eigenen Küche nicht auskennst!" – schließlich doch noch fand, drapierte sie umständlich auf einem Teller zurecht. „So", meinte sie zufrieden und stellte das Gebäck mehr vor dem Chefchen als in der Tischmitte ab. „Nicht, dass es am Ende noch heißt, hier gibt's nichts – greifen Sie ruhig zu, Herr Oberstaatsanwalt!"
„Danke", hüstelte Reinhardt geschmeichelt und nahm sich pro forma einen Keks, den er unschlüssig in der Hand behielt. Thamm warf ihm einen kritischen Blick zu. Wollte er sich da ewig in Heikes Schmeicheleien sonnen oder klärte er das Missverständnis auch bald mal auf?
„Und Sie brauchen wirklich keine Milch? Wir haben auch laktosefreie." Heike ließ einfach nicht locker.

„Nein, nein … aber danke!“
„Wenn doch, brauchen Sie es nur zu sagen, Herr Oberstaatsanwalt“, flötete Heike.
„Zu freundlich“, erwiderte Reinhardt verlegen. „Aber sagen Sie doch nur Staatsanwalt.“
Heike stutzte. „Wie?“
Thamm ahnte, was jetzt kommen musste. Das Chefchen machte ein Gesicht, als ob er ein Ei legen wollte. „Einfach nur Staatsanwalt, ich bin … einfach nur …“
„Ach!“, machte Heike und klang dabei um Längen ernüchterter. Das Chefchen bemerkte es, Wolff verkniff sich einen Lacher, Thamm tauchte hinter seiner Tasse ab – manchmal war Heike einfach unbezahlbar.
„Hören Sie, Thamm“, wechselte der Staatsanwalt leicht verärgert das Thema. „Angesichts der aktuellen Entwicklungen …“
„… sollte ich auf jeden Fall wieder ins Team“, unterbrach ihn der Angesprochene hart. „Ehrlich, ich glaube, wir könnten mehr erreichen, wenn ich …“
„Sie bleiben draußen!“, wies ihn Reinhardt zurück. „Ich habe mich mit Möllering schon weit genug aus dem Fenster gelehnt. Dehmel als unser Trüffelschwein, das uns zu seinen alten Komplizen führt! Und nun haben wir die Bescherung – nein! Avermann hat das deutlich genug gezeigt. Glauben Sie ja nicht, dass mich das kaltlässt.“
Schön einen auf Mitgefühl gemacht, dachte Thamm verbissen. Dem wurde doch nur die Luft knapp, weil er den ganzen Bockmist zu verantworten hatte. Aber so leicht gab er nicht auf. „Und genau deshalb glaube ich, dass Wolff und ich zusammen eben besser …“
Der Staatsanwalt schüttelte energisch den Kopf. „Es bleibt dabei, wir dürfen nichts riskieren.“ Er ließ den Keks unruhig über die Tischplatte rollen. „Und deshalb habe ich Personenschutz angeordnet. Zwei Kollegen in Zivil haben Ihr Haus rund um die Uhr

im Auge – Schauen Sie mich doch nicht so an! Ich bitte Sie, das ist doch nur zu Ihrer Sicherheit! Verdammt, Herr Wolff, nun sagen Sie doch auch mal was! Das ist doch objektiv betrachtet die einzige richtige Lösung."

Thamm traute seinen Ohren nicht. Polizeischutz, für ihn? „Sie müssen doch auch mal an Ihre Familie denken", hallten Reinhardts letzte Worte in ihm nach. Polizeischutz? Thamm kam nicht drüber weg. Er sollte sich verkriechen, sollte zusehen und – ja, er wollte abwarten, wie sich die Dinge entwickeln würden, aber doch nicht so!

Schritte auf der Treppe, irgendwas streifte am Geländer, dazu Bennis glucksendes Lachen. Anja.

Aber sie kam nicht in die Küche, stattdessen nur der Ruf: „Mama?"

Wie auf Kommando stellte Heike ihre Tasse ab. „Oh", rief sie aufgescheucht, „Sie entschuldigen?" Ein flüchtiges „Hat mich gefreut" in Chefchens Richtung, dann verschwand sie im Flur. Was sich dort abspielte, klang überdeutlich nach Aufbruch. Thamm fühlte die Blicke der anderen auf sich lasten, jede Minute, die verstrich, mehr – Abrupt stand er auf. „Entschuldigung", murmelte er – wofür musste er sich in seinem eigenen Haus entschuldigen? Eilig ging er durch die Küche und den Flur und erreichte Anja gerade noch so am Auto, wo sie Bennis Babyschale auf dem Beifahrersitz festschnallte.

„Till, ich mach's ganz kurz", erklärte sie, ohne ihn anzusehen. „Ich weiß gerade im Moment überhaupt nicht, was ich denken soll. Du bringst die Arbeit mit nach Hause und dein Privatleben nimmst du … und vielleicht ist es dann auch nur logisch, dass du eben woanders bist und deine Verbrecher bei uns im Haus." Sie kämpfte mit den Tränen. „Aber das ist nicht *mein* Leben, verstehst du? *Ich* stelle mir das anders vor. Und deshalb … Ich muss mir erst mal klar werden, was ich eigentlich von dir erwarten kann. Und du

solltest vielleicht auch mal darüber nachdenken. Wo du die Grenzen ziehst."
Sie hatte sich wieder gefangen. Ein kurzer Blick, nicht mal ein versuchter Abschiedskuss – Thamm fühlte sich hohl in der Magengrube.
„Ich ruf dich an", hörte er Anja noch sagen, dann fuhr sie schon die Einfahrt runter. Heike saß hinten drin und versuchte vergeblich so zu gucken, als würde es sie groß kümmern, unter welchen Umständen Tochter und Enkel zu ihr nach Naumburg kämen. Ihr Lächeln kam doch durch. Noch so ein Tiefschlag, dachte Thamm, wenn auch nicht ansatzweise vergleichbar mit dem von Anja.
Und er hatte ihr nichts sagen können, hatte einfach nichts rausbekommen …
„Tja, also, ich geh dann mal wieder." Das Chefchen schlängelte sich betreten an ihm vorbei, grüßte kurz und stieg in seinen Wagen. Für den Staatsanwalt schien alles erledigt zu sein, was ihn anbelangte, und der Rest war ihm einfach nur unangenehm. Und auch hier konnte Thamm einfach nichts mehr dazu sagen. Er war einfach nur leer, am Ende.
Da bemerkte er Wolffs fragenden Blick auf sich gerichtet.
„Sorry, was hast du gesagt?" Thamm war noch immer wie vor den Kopf gestoßen.
„Schon okay", meinte Wolff mit einer wegwerfenden Handbewegung. „Tja, und wie …"
„Sie kommt zurück", raffte sich Thamm auf. Wolff sollte ihm jetzt bloß nicht auf die Mitleidstour kommen.
„Sicher", beeilte der sich zu sagen und Thamm wunderte sich, woher Wolff das so genau wissen wollte. Aber er zweifelte ja selbst auch keinen Augenblick an Anjas Rückkehr.
„Sicher", hörte er auch sich sagen.
Dann schwiegen sie sich aus.

Thamm war wieder in Gedanken versunken und sah die Junkerstraße ab, bis vor zur Alten Lauchstädter, wo Anjas Auto verschwunden war.
„Vielleicht solltest du auch mal für ein paar Tage raus", sagte Wolff in die Stille hinein.
Erstaunt wandte sich Thamm zu ihm um. Mehr wusste er nicht zu sagen?

Der erste Kronkorken stand für Avermann. Mit dem hatte alles angefangen, dachte Thamm schwerfällig. Er legte das kleine, gezackte Stück Metall in die Mitte vom Tisch. Was fiel ihm dazu alles ein? Avermann – Taxiunternehmer, der plötzlich zu Geld gekommen war – immer verdächtig, ging es ihm durch den Kopf. Aber deshalb gleich ein Mitglied der Bankräuberbande? Zwei Sachen sprachen dafür: Das Geld kam zum passenden Zeitpunkt in Avermanns Kasse. Und Avermann wurde just in dem Moment ermordet, als der im Stich gelassene Kumpel seinen Rachefeldzug aufnahm.
Für Thamm war der Zusammenhang offensichtlich. Was ihm viel eher Kopfschmerzen bereitete, war die Frage, wer nun als Nächstes bei Dehmel auf der Liste stand. In diese Richtung hatten sie bis jetzt noch viel zu wenig ermittelt, dachte Thamm. Aber wie auch? Unruhig ließ er die Kronkorken in seiner Hand klimpern. Ihm fehlte ein Ansatz.
Der zweite Kronkorken war für den Toten aus Halle. Thamm legte ihn mit Bedacht auf die Glasplatte, wobei er darauf achtete, dass genügend Abstand zu dem Avermann-Kronkorken blieb. Er sah da einfach keine Verbindung, das sollte auch in dieser kleinen Veranschaulichung deutlich werden. Diese Nummer zwei … Thamm wusste eigentlich kaum etwas über ihn. Umso komplizierter. Aber zum Glück war das in erster Linie Elvis Baustelle. Elvi! Die war Thamm glatt einen dritten Kronkorken wert. Noch

so eine Variable! Er legte ihn dicht neben den zweiten. Das Jobangebot, die Geschichte am Schlossgartensalon – Dass Thamm über beides ernster nachdachte, als es vielleicht tatsächlich gemeint gewesen war, machte Elvi zu einem schwerwiegenden Problem. Und rechtfertigte auf jeden Fall einen dritten Kronkorken!
Einen vierten wollte er fast schon zwischen sich und Avermann rücken, aber dann überlegte er es sich doch anders: Dehmel war draußen und seinen Kumpels auf den Fersen, so viel stand mal fest. Aber wie sah es mit Thamm aus? Steckte Dehmel tatsächlich auch hinter den nächtlichen Anrufen, der zugesandten Ratte, dem Einbruch? Irgendwie konnte sich Thamm nicht vorstellen, dass Dehmel nachts bei ihm in der Einfahrt die Blumen köpfte.
„Vier scheiß Probleme“, murmelte Thamm vor sich hin und warf den Kronkorken hinter das Sofa. Den untergetauchten Dehmel finden, dachte er dabei. Was für ein Mist! Avermanns Mörder hochnehmen hieß auch, die anderen Bankräuber davonkommen zu lassen. Er besah sich die übrigen Kronkorken. Das Verhältnis zu Elvi neutralisieren. „Und das alles auf Beurlaubung“, seufzte er schwer.
Einen fünften Kronkorken hielt er noch in der Hand. Anja! Das weitaus größte Problem. Sie hatte kein Verständnis dafür, dass er seine Arbeit nicht pünktlich zum Feierabend in den Schrank hängen konnte, dass sie ihn auch hinterher noch auf Trapp hielt. Und er kam einfach nicht an ihre Sorgen und Nöte ran. Anja war für ihn neuerdings ganz weit draußen. Er ließ den letzten Kronkorken über den Tisch kullern. Er taumelte, von Thamm angestoßen, und blieb schließlich im Abseits liegen. Genau da war Anja jetzt, dachte er deprimiert. In Naumburg.
Thamm stand auf. Der zu intensiv gewordene Gedanke an Anja musste wieder verdrängt werden – er brauchte noch ein Bier. Verdächtig schwankend arbeitete er sich vom Wohnzimmer bis in die Küche durch. Dort draußen, dachte er höhnisch, als sein Blick das

große Fenster zur Straße streifte, dort draußen hockten jetzt die zwei Kontrollaffen, die ihm das Chefchen aufgebrummt hatte. Als ob die schon groß etwas ausrichten konnten!

Am Kühlschrank fiel ihm der Zettel ins Auge, die Einladung zum Zelten – wie albern! Als ob er in seinem Alter, nach all den Jahren, wie damals … Er zog das Blatt Papier unter dem Magnet hervor, zerknüllte es und warf es achtlos weg. So eine Kinderscheiße, und dann ausgerechnet noch am Männertag! Er riss den Kühlschrank auf und holte ein Bier raus, schwankte zurück in den Flur, die Treppe rauf und ins Bad, Platz schaffen für den Nachschub.

Anjas Zahnbürste fehlte im Becher, bemerkte er hinterher beim Händewaschen und sah sich um. Ihr Duschbad war weg. Ihr Föhn, das Glätteisen. Sogar ihr Rasierer, dachte er bekümmert und sackte auf den Wannenrand. Erst jetzt bemerkte er, dass er vergessen hatte, sein Bier zu öffnen, was ihn nur noch mehr runterzog. Thamm hatte keinen Bock, noch mal runterzulatschen. Stattdessen ließ er sich antriebslos und platt in voller Montur in die Wanne gleiten, lag da regungslos und ohne Gedanken, bis ihm kalt wurde. Ohne groß nachzudenken, hob er mit dem Fuß den Wasserhahn an und drehte hinterher den Stöpsel zu. Dann lag er wieder still, angenehm berührt von dem wärmenden Gefühl, das ihm seine nassen Klamotten auf der Haut machten.

Thamm ließ sich ganz auf das Wasser ein. Ja, er wartete schon beinah ungeduldig darauf, dass es über seine Ohren käme, damit er das lärmende Rauschen von dem Wasserstrahl nicht mehr hören musste. Er wollte einfach nur liegen bleiben bis dahin … und vielleicht … auch später noch.

Aber schon als das lauwarme Wasser gegen seine Eier schwabbte, kam wieder Leben in ihn. Zuerst fuhr er sich langsam in die Jeans. Zwei Monate, rief er sich niedergeschlagen in Erinnerung. Und seit dem Einzug – sie hatten es noch nie in der Wanne getrieben. Wegen der scheiß Schwangerschaft waren sie nur bis zum

Sofa gekommen, alles andere stand noch aus. Dabei hatte Anja nie schärfer ausgesehen als mit diesem prallen Bauch und ihren vollen Brüsten!
Thamm schob sich die Hose runter, um seinem Schwanz mehr Platz zu verschaffen. Im Kopf sah er Anja, wie sie sich schwer auf ihn setzte, ihn warm umgab und ihr Gesicht schließlich stöhnend in seine Schulter vergrub, ohne dabei mit den rhythmischen, animalischer werdenden Bewegungen ihres Prachthinters aufzuhören. Vor überschäumender Erregung bebend, schnellte sie plötzlich auf – Das blonde Haar war nun dunkler, braun geworden, die Brüste flacher, der ganze Körper gestreckter. Wer sich jetzt auf seinem Schwanz zuckend zum Höhepunkt ritt – war Elvi. Thamm zog die Stirn in Falten. Verdammt, er wollte Anja zurückhaben, aber er bemühte sich umsonst: Und dass sich die andere einfach nicht abschütteln ließ, machte sie – nur noch attraktiver. Er wurde sie nicht los, bekam sie nicht von sich runter, und gerade als sie ihn völlig fertigmachen wollte, kam endlich das Wasser wie eine Erlösung über ihn, schwemmte seine Hüfte, den Hals, seine Ohren beinah gleichzeitig. Thamm ließ sich nach hinten gleiten, versank vollständig in dem Bad und endlich, endlich verflüchtigte sich diese dreckige Wichsvorlage aus seinem Hirn.
Als er aus der Wanne war und seine aufgeweichten Klamotten ausgezogen hatte, als er sich abgetrocknet und mit der Zahnbürste den schalen Atem vertrieben hatte, sah er wieder klarer. Ernüchtert und erledigt wankte er zum Schlafzimmer. Das Bett, in das er kroch, war erfüllt von Anjas und Bennis Geruch. Thamm dachte an die Sache im Bad und beschämt rutschte er auf Anjas Seite, legte sich auf ihr Kissen und zog ihre Decke über sich. Doch so sehr er auch in ihren Duft eintauchte, so sehr er sich dabei auch ihre Anwesenheit herbeizufantasieren versuchte – er blieb doch allein. Und diese Leere im Zimmer schnürte ihm fast die Kehle zu. Unruhig wälzte er sich auf dem Kissen herum. Überall war sie –

und wieder nicht. Er hielt es nicht aus. Mit einem Ruck stand er auf, trat an das Fenster und blickte hinaus auf das Fliegerstädtchen, das nur von ein paar wenigen Laternen beleuchtet wurde. In allen Häusern waren die Lichter aus, alle Leute pennten schon, nur er kam nicht runter.
Und das sollte jetzt so weitergehen, ging es ihm durch den Kopf: Alle hatten was zu tun, nur er war kaltgestellt in diesem einsam gewordenen Haus, wo er nur auf Anjas Anruf warten konnte und sonst nichts? Schon der Gedanke daran machte ihn fertig. Nein, er musste hier raus, er brauchte frische Luft, wollte wieder frei atmen – weg von dieser Beklemmung hier!
Was hatte Wolff gesagt: wegfahren, für ein paar Tage raus? Und dabei vielleicht auch mal was ganz anderes – zelten?
Das hörte sich plötzlich gar nicht mehr so dämlich an.

DONNERSTAG

Jan hatte die beschissene Idee mit der Liste gehabt. Bis zum Bahnhof in Thale war Thamm noch davon ausgegangen, dass ihm Alex diesen Quatsch eingebrockt hatte. Immerhin war von dem die Einladung gekommen, in der auf die schwulstigste Weise alte Erinnerungen heraufbeschworen worden waren. Als würde da jemand von einem Ende des Lebens rührselig auf das andere zurückgucken. Dabei war das Ganze gerade mal fünfzehn Jahre her! Von gemeinsamer Jugendzeit war die Rede gewesen, von Radtouren nach der Schule und von – zumindest für Alex – unvergesslichen Abenden am Lagerfeuer. Und wie schade, dass sich die meisten von damals komplett aus den Augen verloren hatten – und ob es nicht mal an der Zeit wäre, das zu ändern. Wo ja schon zum zehnjährigen Jubiläum keiner von sich aus dran gedacht hatte, da sollte es doch – praktisch nachträglich – zum fünfzehnten Jahrestag hinhauen, oder? Und so weiter und so fort. Alex war schon immer so ein blöder Gefühlsdusel gewesen.

Aber auf die Liste war der Herr Lehrer trotzdem nicht gekommen. Die war eindeutig auf Jans Mist gewachsen. Thamm kapierte das sofort, als er aus dem Zug gestiegen war. Niemand da vor diesem heruntergekommenen Bahnhofshäuschen – nur Jan, der jetzt irgendwie genauso rüberkam wie damals. Aufgetrottelt und zurückhaltend zugleich konnte er einem problemlos freudestrahlend um den Hals fallen und dort dann hinterrücks ein heimtückisches Grinsen aufsetzen. Ein Zyniker, der es nicht mal für nötig hielt, seine Verarschen heimlich abzuziehen.

Jan also. Das war keiner zum Abschreiben gewesen, durchzuckte es Thamm schlagartig, der hatte von nichts eine Ahnung und in allen Fächern saumäßig gestanden, war aber andererseits clever genug gewesen, überall wenigstens die Mindestanforderungen zu erbringen. Minimaler Aufwand, aber kalkuliert.

„Und, hast du dich an alles gehalten?", fragte er Thamm neugierig, noch vor jedem Hallo und Handschlag. Spannung in seinem Gesicht, lauernde Schadenfreude, kaum verhohlener Spott. Und da wusste es Thamm: Diese dämliche Liste hatte Jan sich ausgedacht – ja, wer eigentlich sonst? So ein Scheiß konnte ja beim näheren Nachdenken auch nur von ihm kommen!

Thamm nickte bedächtig. Oh ja, die Liste. Jan störte sich wohl an der Zurückhaltung, die Thamm auch nach der halben Umarmung – Schulter an Schulter – behielt. Auf seiner Stirn zogen ein paar kritische Falten auf.

„Und, wie gefällt sie dir?"

„Nicht schlecht", gab Thamm kurz angebunden zurück. Und dann plapperte Jan auch schon los. „Ich dachte, damit es ein bisschen so wie früher wirkt. Ja, ich weiß, was jetzt kommt: Die Zeit kann man nicht zurückdrehen, was vorbei ist, ist vorbei – ist klar. Aber

vielleicht hilft es ja, um sich besser wieder reinzudenken. Und außerdem: Was wäre ein Zeltlager ohne Lagerregeln?"
„Ja", pflichtete ihm Thamm halbherzig bei. Und wegen diesem bisschen Lagerfeuerromantik hatte er sein Handy zu Hause lassen sollen und mit dem scheiß Zug über Halle und Halberstadt, statt mit dem Auto wie jeder normale Mensch, anreisen müssen – damit alles so wirkte wie damals, als sie noch zur Schule gegangen waren? Thamm stand nicht sonderlich auf solche nostalgischen Experimente. Sie hatten eine schöne Zeit zusammen gehabt, okay. Aber seitdem war auch einiges passiert – verdammt, *sie* hatten sich verändert und entfremdet und das war's ja auch: Weil sie heute nichts mehr mit sich anfangen konnten, war Jan auf diese bekloppte Idee gekommen, noch mal so zu tun, als ob sie alle kleine Jungs wären. Wenn nicht grad einer von denen todkrank mit Krebs zu schaffen hatte, gab es eigentlich keinen Grund, sich die Jugend so dilettantisch lebensecht heraufbeschwören zu wollen, dachte Thamm.
Aber was wollte er schon? Er hatte ja auch zugesagt, wenn auch auf den letzten Drücker. Er war ja auch hierher gekommen, hatte brav den Zug genommen, wie es auf der Liste stand. Zweimal umsteigen, jedes Mal eine halbe Stunde Wartezeit – im Schneckentempo hatte er sich dem Harz genähert. Und – wenn er ehrlich war – nicht nur, weil ihm zu Hause die Decke auf den Kopf fiel, so ganz allein. Nicht nur, weil er nichts mit sich anzufangen wusste, wenn er nicht auf Arbeit konnte. Nein, irgendwie wollte er schon gern wissen, was aus dem einen oder anderen geworden war: Micha, Florian … Und die ganze Sache hier sollte ja auch nur bis zum Wochenende dauern. War also überschaubar.
„Wo sind die anderen?", fragte er.
Jan lachte. „Also, du bist fast der Letzte. Der Rest wartet vorne am Busbahnhof auf Robert, der kommt mit dem Bus aus Harzgerode. Hatte wohl ein Familienfest dort in der Nähe, Alexisbad. Was weiß ich – auf jeden Fall sind wir dann komplett."

Sie gingen um das mickrige Bahnhofsgebäude rum und traten raus auf die Straße, die an einem Park entlangführte und in einen kleinen Kreisel mündete, an dem die Busse aus der Stadt und dem Umland hielten. Und da sah Thamm auch schon die Jungs – aber verdammt! Gerade mal zwei von ihnen saßen da an dieser gottverlassenen Straßenecke auf einer Bank. David und Micha.
„Sind das alle?“, fragte Thamm ungläubig.
„Nicht ganz“, meinte Jan. „Alex ist schon seit gestern zur Vorbereitung im Lager und Robert kommt ja noch.“
„Und Florian?“
Jan zuckte nur mit den Schultern. „Keine Ahnung. Hat nicht geantwortet“, meinte er. „Christopher übrigens auch nicht.“
„Also sechs Mann“, fasste Thamm zusammen. Auf Christopher konnte er ja gut und gerne verzichten, der war immer so ein bisschen von oben herab gewesen. Aber dass Florian nicht gekommen war, das setzte ihm schon etwas zu …
„Und Alex ist also schon im Lager?“
„War ich auch bis vorhin“, erklärte Jan grinsend. „Wir haben schon mal die Jurte aufgebaut und drei Zelte – vor fünfzehn Jahren hätten ja zwei gereicht, aber wir haben uns ja alle ein Stück weiterentwickelt.“ Thamm fühlte sich keineswegs angesprochen, er wusste, dass er top in Form war. Zumindest hatte er nicht sonst wie zugelegt. Aber Jans hämisches Grinsen verriet ihm, dass dieser elende Drecksack es trotzdem darauf angelegt hatte, ihn zu verunsichern. Konnte sich einfach nicht bremsen.
„Dass ihr den ganzen Kram hochkarrt und die Zelte aufbaut – das ist aber nicht ganz nach Liste, oder?“, fragte er tonlos. Jans Grinsen fror schlagartig ein. Das hatte gesessen, dachte Thamm zufrieden.
„Zugegeben“, meinte Jan zerknirscht, „früher hätten wir das Zeug hochgeschleppt und zusammen aufgebaut. Aber wir dachten, damit wir die Zeit zusammen besser nutzen können …“
„Jaja“, fiel ihm Thamm ins Wort.

Die Begrüßung mit Micha fiel erstaunlich kühl aus. Hier spürte Thamm zum ersten Mal deutlich, dass sich die vergangene Zeit, diese letzten fünfzehn Jahre, doch nicht so einfach überbrücken ließen, wie sich Jan und Alex das erhofften. Was er schon vermutet hatte, bewahrheitete sich nun. Micha und Flo – das waren seine engsten Kumpels gewesen. So wie Christopher und David, die damals zusammen abgehangen hatten, mehr als die anderen. Oder Robert und Alex. Sie alle waren zwar irgendwie miteinander befreundet und hatten ganze Sommer am Arsch der Welt im Harz, auf diesem kleinen Zeltplatz zwischen Wald und Schafsweiden, verbracht – was zusätzlich zusammengeschweißt hatte, weit über jede Schulfreundschaft hinaus. Aber trotzdem hatte jeder so seine ganz besonderen Verbindungen in der Gruppe, gab es interne Grüppchen.

Und nun kam da rein gar nichts von Micha. Nur so ein dünnes, reserviertes Lächeln. Startschwierigkeiten? So schüchtern hatte ihn Thamm gar nicht in Erinnerung. Oder war Micha einfach nur peinlich berührt, weil er nicht wusste, wie er mit Thamm ins Gespräch kommen sollte – weil er gerade fieberhaft überlegte, warum noch mal der Kontakt kurz nach dem Abitur so abrupt abgebrochen war? Scheiße, damit stand Micha doch nicht allein da, dachte Thamm, das ging doch hier allen so! Jahrelang zusammen und dann über Studium, Ausbildung und weiß der Teufel was gingen plötzlich alle auseinander. Und nun dieses Wiedersehen. War doch klar, dass sich da so was wie Verlegenheit breitmachte, dass sich jeder insgeheim fragte, ob er damals nicht zu wenig getan hatte, um die Freundschaften am Laufen zu halten – ob er sich zu sehr mit sich selbst, mit seiner Zukunft nach der Schule beschäftigt hatte.

David war da zum Glück nicht ganz so gehemmt. „Gut, dass du da bist“, flüsterte er Thamm zu. „Ich studiere hier schon seit einer geschlagenen Stunde diesen blöden Stadtplan – aus purer Verzweif-

lung, weil Micha das Maul nicht aufkriegt. Muss ihm alles aus der Nase ziehen. Na, und Jan – kennst ihn ja, hat sich kein bisschen verändert."
Thamm musste grinsen. Flüchtig besah er sich den Plan, der hinter der Glasplatte an der Bushaltestelle angebracht war. Thale also. Die Rosstrappe, der Hexentanzplatz, das Bergtheater – was sie als Jugendliche in ihren Ferien abgeklappert hatten, ließ ihn heute merkwürdig kalt. Da schwabbte keine Erinnerung hoch, da war nichts. Nur das Bedauern vielleicht, in so einer abgefuckt kleinen Stadt gelandet zu sein.
„Wann genau kommt denn der Bus?", fragte er in die Runde.
Jan warf sofort einen Blick auf seine Armbanduhr. „Müsste eigentlich jeden Moment … ah, was sag ich!"
Da kam er auch schon durch den Kreisel geschwenkt und hielt gleich darauf. Wenige Leute stiegen aus, unter ihnen Robert. „Na?", machte er freudig und sah sich um. „Wartet ihr etwa nur auf mich? Das wär doch nicht nötig gewesen – oder kennt ihr den Weg nicht mehr?"
Amüsierte Empörung schlug ihm entgegen.
„Zumindest quatscht er noch so klugscheißerisch wie früher."
„Und du denkst, da hilfst ausgerechnet du uns groß weiter?"
„Möcht ich sehen, dass der den Weg noch findet!"
„Hat sich einiges verändert da oben", meinte Jan. „Ihr werdet staunen."
„Na, ich weiß ja nicht." Robert blickte die Bahnhofsstraße entlang, die Rathenau-Straße, die Parkstraße – was sich alles nicht viel nahm. „Für mich hat sich hier rein gar nichts verändert. Ist das nicht furchtbar?"
Allgemeine Zustimmung, Gelächter. Jan drängte zum Aufbruch. Und nun gab es ja auch keinen Grund mehr zum Warten. Also schulterten die Jungs ihre Rucksäcke und trotteten los. Die Park-

straße hoch bis zur Bode und drüber, dann weiter an irgendwelchen verrottenden Werksgeländen am Stadtrand und raus in Richtung Benneckenrode. Und dann kam nur noch Wald.
„Alles klar?", fragte Thamm, als er zu Micha aufschloss.
„Klar", gab er lakonisch zurück. Das Grinsen kam zu spät, um überzeugend zu sein. Verdammt, Thamm wusste nicht, wie er mit dem Kumpel von einst so richtig ins Gespräch kommen sollte. Aber vielleicht brauchte es dafür auch gar kein großes Drumrumgeschleiche.
„Schon schade, dass wir uns damals … naja, irgendwie …" Micha kam ihm aber auch kein bisschen entgegen.
„Wer weiß, wofür es gut war", sagte er nur beiläufig und drehte dann zu Jan ab.
Thamm sah ihm verwundert hinterher. Und das sollte mal sein bester Freund gewesen sein – und führte sich jetzt wie ein Arschloch auf? David schlenderte neben ihn.
„Herrlich, oder?", fragte er amüsiert. „Guck dir mal die Ärsche von hinten an. Sieht man gleich, wer einen Bürojob abgekriegt hat."
Thamm betrachtete die Reihe, die sich da vor ihnen gebildet hatte. Micha, die Pfeife, Jan – natürlich in der Mitte und ausufernd über die Notwendigkeit des Fußmarschs zum Lager palavernd – und Robert, der gelegentlich mit einem leichten Kopfschütteln zeigte, wo er Jan einordnete. Von den Hintern konnte Thamm rein gar nichts ablesen, hätte es nicht mal dann, wenn er Lust dazu gehabt hätte.
„Keine Ahnung", meinte er nur. Ihm war nach Michas unverhohlener Abfuhr nicht gerade groß nach Reden. Irgendwie hatte er sich diesen Männertag anders vorgestellt, entspannter und auch insgesamt ein bisschen losgelöster. Und nun war erst Florian nicht gekommen und dann zickte Micha aus unerfindlichem Grund rum. Und das Wandern durch den Wald, immer mal an einer kleinen Lichtung vorbei, war auch nicht so erhebend, wie er sich

das gedacht hatte. Sie waren bis jetzt erst eine gute Viertelstunde gelaufen, davor waren sie keine zwanzig Minuten zusammen gewesen – und trotzdem war Thamms Laune schon im Keller. Das konnte ja heiter werden, wenn sie erst das Lager erreicht hatten und sie am dumm Rumhocken waren, dachte Thamm angenervt. Das war ja voll die Schnapsidee gewesen, sich kurz entschlossen den Jungs aus der Schulzeit dranzuhängen! Verdammt, vielleicht hätte er doch besser zu Hause bleiben sollen.
Er fischte sein Telefon aus der Hosentasche – Davids Kommentar dazu ließ wie erwartet nicht lange auf sich warten.
„Du hast ein Handy mit?", rief er staunend aus. „Aber das ist doch …"
„… gegen die Liste?", fragte Thamm höhnisch. „Scheiß auf die Liste, scheiß auf den verschissenen Jan! Hab ich irgendwann irgendeiner dämlichen Liste zugestimmt? Nicht, dass ich wüsste!"
„Okay", wehrte David ab. „Jan hat mich zwar für den Schriebs nach so ein, zwei Tipps gefragt, was eben lustig sein könnte. Aber generell bin ich auch nicht gerade so ein Verfechter von wegen zurück zur Natur. Also von mir aus – bitte."
Thamm nickte stumm. Wenigstens ein Normaler hier. Er schaute kurz nach vorn, ob sich von den drei Knollos auch keiner ausgerechnet jetzt umdrehte, dann wandte er sich seinem Telefon zu. Die Nummer, die ihn jetzt interessierte, hatte er nicht abgespeichert, er hatte sie auch noch nie zuvor gewählt und kannte sie trotzdem problemlos auswendig, weil er sie schon locker tausendmal, zu den verschiedensten Gelegenheiten, angegeben hatte.
Die Nummern klackten durch den Lautsprecher, es folgten die Klingelzeichen.
So hörte es sich also an, wenn Leute in seinem Büro anriefen.

„Telefon für dich", flüsterte Jette.
„Jetzt nicht", kam es ihr harsch entgegen.

„Es ist Till", beharrte sie.

Für einen Moment trat Stille ein, dann aber raffte sich Wolff auf. „Sag ihm, ich ruf später zurück."

Jette nickte leicht vorwurfsvoll, als wollte sie sagen „Du musst es ja wissen", und ging wieder aus dem Raum. Und Wolff blieb allein zurück – allein mit Dehmel.

„Also noch einmal von vorn", setzte Wolff mit unruhiger Stimme an. Er konnte es noch immer nicht fassen, dass sie Dehmel geschnappt hatten – so verdammt kurz nach Thamms Rausschmiss. Es ärgerte ihn, dass sein Partner nicht dabei sein konnte – und zugleich freute er sich auch darüber. Endlich bekam er mal die Chance, wirklich allein und in Eigenregie zu beweisen, was er draufhatte. Aber genau das bereitete ihm Kopfschmerzen. Bisher hatte Thamm bei allen Verhören den Ton angegeben, wohingegen Wolff eher die Strippen im Hintergrund zog und Thamm den Rücken frei hielt. Jetzt hieß es erstmals für ihn, beide Positionen zu bespielen. Entsprechend nervös drehte er an seinem Kugelschreiber rum.

„Sie erklären also, dass Sie einen Herrn Avermann nicht kennen?" Wolff mühte sich um eine einigermaßen eindrucksvolle Haltung, aber Dehmel zeigte sich davon vollkommen unbeeindruckt.

„Ich möchte einen Kaffee!", rief er genervt aus. Seit einer halben Stunde saß dieser Typ nun schon vor Wolff, weit nach hinten zurückgelehnt auf seinem Stuhl, mit verschränkten Armen – und verfolgte jede Bewegung des Kommissars aus seinen kleinen, zusammengekniffenen Augen.

Die permanente Beobachtung setzte Wolff mehr zu, als er gedacht hatte. Wie hielt Thamm das bloß jedes Mal aus? Jeden Anlauf, den er nahm, bremste Dehmel konsequent ab, er ließ nichts an sich ran. Wolff kam darüber ins Schwitzen. Eine halbe Stunde lief das Band nun schon, seit dreißig endlosen Minuten versuchte er,

Dehmel an den Eiern zu packen – und bekam ihn doch nicht zu greifen.
Ein widerwärtiger Vogel, dachte Wolff verbittert, aber so richtig. Saß da mit demonstrativ weit gespreizten Beinen, darüber hob sich ein ordentlicher Bauchansatz, Hängetitten beulten sich unter dem engen Shirt vor, dann ein wuchtiger Hals und darüber ein teigiges Gesicht mit Dreitagebart und weißlich schimmerndem, kurz gehaltenem Haar. Ausgeprägte Krähenfüße und Fältchen um die Mundwinkel verrieten den Endvierziger, die kleinen, dunkelblauen Tätowierungen an den Fingerrücken ließen die Knastvergangenheit vermuten.
„Also was jetzt, krieg ich nun meinen Kaffee oder was?"
Wolff hielt es für besser, diesen Kommentar zu ignorieren. Stattdessen bemühte er sich, das Gespräch endlich mal ein Stück weit näher an die konkreten Ereignisse zu bekommen.
„Sie haben sich also nach Ihrer Entlassung eine Wohnung in der Ölgrube genommen", setzte er an, aber weiter kam er nicht, da plautzte ihm Dehmel schon ins Wort.
„Zugewiesen bekommen", maulte er. „Die vom Amt haben mich da reingesteckt."
Wenigstens ging er darauf ein, dachte Wolff, also weiter im Text.
„Aber diese Wohnung haben Sie nie bezogen", erklärte er und versuchte, dabei möglich sachlich zu klingen. „Im Gegenteil. Sie tauchten unter. Bis die Kollegen Sie in der Sixtistraße fanden. Haben wohl ein bisschen zu viel Licht gemacht für eine nicht vermietete Wohnung, hatten wohl nicht an die Nachbarn gedacht, was?"
Unabsichtlich hatte sich Wolff doch ein bisschen hochgeschaukelt – und wartete nun angespannt auf Dehmels Reaktion. Die zeichnete sich schon auf dessen Gesicht ab, das sich schlagartig verfinsterte.
„Ich will meinen Kaffee", sagte er patzig, mehr nicht. Es blieb da-

bei, Wolff kam nicht an ihn ran. Oder sollte er die Schiene weiterfahren, sollte er versuchen, Dehmel mit purer Penetranz aus der Reserve zu locken? Okay, dachte Wolff, spiel ich eben mal die hirnlose Maschine vom Amt.

„Sie haben sich also unerlaubt in einer leer stehenden Wohnung aufgehalten", legte er mit monotoner Stimme los. Er orientierte sich jetzt ausschließlich an seinen Unterlagen, suchte nicht mehr den Blickkontakt zu Dehmel, wartete keine Antwort und keinen Einwurf ab. Wenn die Befragung nichts brachte – gut, dann bekam der Typ eben die ganze Breitseite vor den Latz geknallt. Mal sehen, wie er das verkraften würde.

„In der Nacht zum Montag haben Sie Herrn Avermann aufgesucht, den Sie aus Ihrer gemeinsamen Zeit als Bankräuber kannten. Vermutlich sind Sie ihn schon früher wegen Geld angegangen, immerhin saßen Sie ja für die ganze Truppe im Bau. Sie haben die ganzen Jahre dichtgehalten – das sollte denen schon was wert sein, vielleicht sogar ein bisschen mehr als der normale Anteil."

„Ich kenne keinen Avermann."

„Oder es ging Ihnen nicht einmal mehr um das Geld. Die Jungs von einst hatten Sie immerhin aufgegeben, als Sie bei dem letzten Überfall einen Schuss kassierten, einfach so. Gerade deshalb haben Sie sie nicht verpfiffen. Die sollten noch draußen sein, wenn Sie irgendwann mal rauskommen. Und dann haben Sie abgerechnet. Avermann war als Erster dran."

„Verdammt, ich kenne keinen Avermann!"

„Wer wäre als Nächster an der Reihe gewesen?" Wolff sah Dehmel direkt in die Augen. „Sie kommen hier eh nicht mehr weg. Die Spurensicherung stellt Ihnen gerade in diesem Augenblick die Bude auf dem Kopf. Und glauben Sie mir, wir finden irgendwas, das uns zu Avermann führt."

Dehmel warf Wolff einen hasserfüllten Blick zu. Die Adern auf

seinen Schläfen waren hervorgetreten, nur mit Mühe konnte er seine Erregung unterdrücken.
„Ich sag nix mehr", knurrte er mühsam über den Tisch.
Wolff ließ das kalt. „Benzinkanister, Rauchrückstände in Ihren Klamotten – irgendeine Kleinigkeit, die Sie übersehen haben, woran Sie überhaupt nicht gedacht haben. Und dann kommt eins zum anderen, glauben Sie mir, die Jungs von der Spusi machen das klar. Die schaufelt Ihnen ganz entspannt Ihr Grab. Blanke Wissenschaft, kein bisschen Spaß dabei. Die rattern ihr Programm runter und das war's dann. Ihr Rachefeldzug ist gelaufen. Hätten Sie nicht gedacht, dass es sich damit schon hatte, oder?"
Wolff lächelte zynisch, wie Thamm es jetzt wohl an seiner Stelle machen würde. Vielleicht half das ja. Dehmel sollte endlich mal begreifen, dass die Fakten für den Kommissar sprachen. „Da warten Sie jahrelang auf Ihre große Stunde und dann haben Sie sich noch nicht mal richtig warmgelaufen und sind schon wieder ausgebootet. Und Ihre feinen Kumpels sind wieder aus dem Schneider, die bleiben auf freiem Fuß – mit all dem Geld …"
Eine kurze Pause, um die letzten Worte aber so richtig einziehen zu lassen. Der Gedanke an seine beschissene Lage sollte Dehmel ordentlich wehtun. Keine Woche draußen und auch schon wieder drin. Versagt auf ganzer Linie. Die große Rache – verpufft.
„Es sei denn", setzte Wolff den Hebel langsam an und beugte sich dabei vertraulich in Dehmels Richtung, „Sie lassen *uns* den Rest erledigen. Okay, der Knast kommt nicht ganz an so eine Feuershow ran, wie Sie sie für Avermann abgezogen haben. Aber immer noch besser als nichts, oder?"
Dehmel reagierte nicht. Wolff zog sich wieder auf seine Seite vom Tisch zurück. „Also kommen Sie", meinte er gelangweilt. „Geben Sie mir die restlichen Namen. Sie, Avermann – und wer noch?"
Für einen Moment schien der Typ zu schwanken, dann aber rap-

pelte er sich wieder auf. Ein spöttisches Grinsen. Mit süffisanter Betonung: „Ich kenne keinen Avermann." Immer dieselbe Leier! Wolff versuchte, Dehmels selbstzufriedener Visage standzuhalten. Er würde ihn schon knacken, wenn er jetzt nur nicht klein beigab. Thamm würde jetzt einen Ausraster bekommen, würde den harten Bullen raushängen lassen. Aber nicht Wolff. Er würde ihn schon … Aber Wolff schaffte es nicht mehr – ihm platzte endgültig der Kragen. Wütend ließ er seine Faust auf den Tisch krachen.
„Verdammt noch mal, Dehmel!", brüllte er den Überraschten an. „Erst der Mist mit Avermann, dann das Gemehre mit Thamm – du steckst bis zum Hals in der Scheiße! Also …"
„Moment mal, ja?", blaffte Dehmel empört zurück. „*Was* mit Thamm?"
„Blödsinn!", machte Wolff ungehalten. „Jetzt stell dich nicht dümmer, als du bist! Willst du mir jetzt mit Thamm auf dieselbe Tour kommen wie mit Avermann? Also, bitte!"
Wolffs ironischer Nachsatz irritierte Dehmel. Verdattert glotzte er den Kommissar an. Dann aber bekam er sich wieder in den Griff. „Ich kenne keinen Avermann", sagte er gelassen. „Und jetzt sag ich nichts mehr. Ich will endlich einen Anwalt sprechen – und einen Kaffee!"
Wolff nickte langsam. Dann erhob er sich, schaltete das Tonband aus und blickte Dehmel von unten her an. Unsägliche Müdigkeit kam in ihm auf. „Du kannst mich mal", murmelte Wolff, dann verließ er das Verhörzimmer, ohne sich noch einmal umzusehen.

„Und?"
„Tja …", machte Wolff gedehnt. Das Gefühl, unendlich versagt zu haben, beschlich ihn – ein ungewohntes, neues Gefühl, mit dem er nicht so richtig umzugehen wusste. Wie um über alle ihn gerade anfallenden Zweifel wegzukommen, griff er ruckartig und zutiefst dankbar nach der ihm angebotenen Tasse.

Das Chefchen nahm gegenüber Platz. Auch mit Kaffee bewaffnet, drehte sich der Staatsanwalt eine ganze Weile schweigend in seinem Ledersessel hin und her.
„Hm", stöhnte er nachdenklich. Hatte sich wohl wesentlich mehr erhofft von dem Verhör. „Und da war wirklich nichts zu machen?" Sofort bemerkte er seinen Patzer. „Das sollte kein Vorwurf an Sie sein!", warf er eilig hinterher. „Gott bewahre! Es ist nur eben so ärgerlich."
Wolff nickte stumm, dann tauchte er wieder hinter der Tasse ab und nahm einen großen Schluck. Das Ganze hatte er sich auch irgendwie anders vorgestellt. Als die Meldung reinkam, dass die Jungs von der Streife bei einem kleinen Routineeinsatz Dehmel gekascht hatten, war die Euphorie erst einmal groß gewesen. Endlich schien mal ein bisschen Bewegung in diesen vertrackten Fall zu kommen, endlich würde die ganze Geschichte einen ordentlichen Satz nach vorn machen. Und noch dazu mit Wolff am Drücker, die große Chance zur single man show. Auch das Chefchen wirkte ziemlich erleichtert. Nachdem ausgerechnet er maßgeblich dafür gesorgt hatte, dass Dehmel überhaupt erst auf die Straße gekommen war – und dadurch ermöglichst hatte, dass der dann so eiskalt sein Ding durchzog – war jetzt die Gelegenheit da, die ganze, hässliche Affäre unter den Tisch zu kehren. Bevor die Scheiße überkochte und ruchbar wurde. Dafür ließ sich der Staatsanwalt sogar aus der Himmelfahrtsmesse in Sankt Norbert klingeln und kam ohne großes Federlesen auch am gottgegebenen Feiertag aufs Revier.
Die Erwartungen an Dehmel, an Wolff waren groß – und nun dieser Fehlschlag. Dehmel schaltete auf Durchzug und schien wieder in dasselbe Schweigen zu verfallen, in dem er auch schon die letzten Jahre im Knast abgesessen hatte. Aussichtslos.
„Und wenn Sie ihn noch mal rannehmen?", schlug das Chefchen vor. „Vielleicht heute, den späten Abend. Dann noch mal irgend-

wann in der Nacht und dann gleich wieder morgen früh vorm Aufstehen?“ Wolff sah ihn zweifelnd an. Seit sich unter den Kollegen rumgesprochen hatte, dass sich Reinhardt privat gern mal den „Letzten Bullen“ reinzog, stand seine Kompetenz noch mehr infrage als zuvor. Meistens bemerkte der Staatsanwalt einen Tick zu spät, dass er Serie und Realität durcheinanderwarf. Auch jetzt musste er wieder zurückrudern. „Vergessen Sie's“, kam halblaut über den Tisch.

Dann brüteten die beiden Männer wieder vor sich hin. Wolff war unwohl in der Haut. Zum einen ging ihm die Sache mit Dehmel ziemlich ans Eingemachte. Ihm fehlte es da an einem wirklichen Totschlagargument, einer abgezockten Strategie, einem unwiderlegbaren Beweis, der diesen Vogel einknicken lassen könnte. Aber da war einfach nichts, rein gar nichts. Und diese Hilflosigkeit fühlte sich richtig bescheiden an.

Zum andern hielt sich Wolff nicht unbedingt gern in dem Büro des Staatsanwalts auf. Die Luft war hier irgendwie dünner. Und außerdem konnte man hier nur einen Anschiss kassieren oder das Chefchen wartete – wie jetzt auch nicht anders – auf einen Vorschlag, wie es denn nun weiterlaufen könnte. So oder so war Wolff angeschmiert. Da konnte er noch so sehr jeden einzelnen Moment, jede Frage aus dem Verhör mit Dehmel noch mal durchgehen.

Es klopfte.

„Ja“, ächzte Reinhardt und mühte sich mit durchgedrücktem Rücken in seine Sessellehne rein. Diese offiziöse, aber sicherlich recht unbequeme Haltung gab er gleich wieder auf, als er bemerkte, dass es eben nur Jette war, die in sein Büro kam.

„Ach, Sie sind's, Frau Kleinschmidt“, murmelte er achtlos. „Was gibt's denn?“

„Neuigkeiten!“, trällerte Jette, heute ganz ohne die sonst übliche Verstocktheit, die irgendwie jeden überkam, sowie er das Zimmer vom Chefchen betrat. „Ein erster Zwischenbericht von Krause …“

„*Herrn* Krause?“, bot Reinhardt an. Der hatte Nerven, dachte Wolff unwillkürlich. Als ob das jetzt eine Rolle spielte!
„Wie auch immer“, fuhr ihm Jette über den Mund, ohne es überhaupt richtig zu merken. Hatte offensichtlich ordentlich Fahrwasser unterm Kiel – Wolff entfuhr ein ironisches Grinsen. „*Herr* Krause also hat sich den ganzen Kram aus Dehmels Wohnung vorgenommen, den die Spurensicherung ihm geschickt hat …“
„Moment mal“, unterbrach das Chefchen sie schon wieder. „Wieso übergibt denn die Spurensicherung Materialien an Herrn Krause – unseren Gerichtsmediziner?“
„Ganz einfach: weil *Herr* Krause schon Vorlauf hatte. Immerhin liegt ja Avermanns Leiche bei ihm schon seit einigen Tagen in der Kühlbox. Und weil er nicht auf das Gutachten der Spurensicherung warten wollte, hat er eben schon mal ein paar Proben angefordert.“
„Ich verstehe immer noch nicht ganz“, warf der Staatsanwalt ein. Jette, die sich um ihren großen Auftritt gebracht sah, holte tief Luft. Nun aber schaltete sich Wolff ein.
„Herr Reinhardt, ich denke da zum Beispiel an Benzinproben“, erklärte er nüchtern. „Die chemische Zusammensetzung, die Rauchentwicklung beim offenen Verbrennen, die Brandrückstände – das kann alles ziemlich aufschlussreich und vielleicht sogar eindeutig sein.“
„Ah“, machte das Chefchen groß. „Und weil unserer eifriger Herr Krause die Analysen der Spurensicherung nicht abwarten konnte, hat er selbst welche durchgeführt, um Vergleichsdaten zu gewinnen.“
„Ja“, stimmte ihm Wolff mit sarkastischem Tonfall zu. „Unser eifriger Herr Krause …“
Jette aber platzte der Kragen. „Kann ich nun endlich mal zum Punkt kommen?“, rief sie aus und knallte den Schriebs, den sie die ganze Zeit über in den Händen gehalten hatte, entnervt auf Chefchens Schreibtischauflage.

„Das Benzin an der Leiche ist dasselbe wie das aus Dehmels Privatbesitz?“, fragte Reinhardt dümmlich.

„Nein“, knurrte Jette beleidigt zurück. „Es ist der Strick. Die Faserreste vom Hals des Toten stammen von dem Strick, den wir bei Dehmel gefunden haben.“

Ihre miese Stimmung über den verpatzten Auftritt ging völlig unter in dem Hoch, das den Staatsanwalt spontan erfasste. „Haha“, rief er triumphierend aus, schnappte sich Krauses Bericht, überflog ihn viel zu schnell, um irgendwas davon kapieren zu können, und hielt es Wolff demonstrativ entgegen. „Haben Sie das gehört, Herr Wolff?“ Unbändige Freude stand in sein Gesicht geschrieben. „Damit kriegen wir ihn, damit kriegen wir ihn dran!“

Er lehnte sich wohlig in seinem Sessel zurück. „Wir drehen ihm einem Strick aus seinem Strick“, säuselte er entzückt über sein Wortspiel vor sich hin. Wolff erhob sich bedächtig. Wenn das Chefchen mit schlechten Witzen anfing, war es wirklich allerhöchste Zeit, zu gehen.

„Ran an den Speck!“, hörte er den Staatsanwalt hinter sich herrufen, und sogar ein für seine Verhältnisse völlig extravagantes: „*Super* gemacht, Frau Kleinschmidt!“

Dann waren Wolff und Jette wieder draußen. Die Luft wirkte auf dem Flur um einiges angenehmer.

„Wenigstens ist ein kleines Lob für dich rausgesprungen“, versuchte er ihren Gastauftritt als Glücksfee zu retten, während sie runter in die erste Etage, zu ihren Büros, gingen. „Kommt beim Chefchen auch nicht alle Tage vor.“

Jette zuckte nur mit den Schultern. „Und du?“, fragte sie nach einer Weile. „Bist ja auch nicht gerade aus dem Häuschen – wo du Dehmel doch jetzt garantiert festnageln kannst.“

Diese Nachricht hatte Wolff tatsächlich nicht sonderlich in Stimmung gebracht. Vielleicht, weil es jetzt schon fast zu einfach war.

Mit Krauses Befund im Rücken konnte nichts mehr schiefgehen. Statt sich an Dehmel zum Durchbruch abrackern zu können, war ein Geständnis jetzt beinah überflüssig. Zur Not machte es auch ein Indizienprozess. Die Sache war gelaufen – und Wolff hatte sich rein gar nichts bewiesen; Krauses Bericht war keine zweite Chance – Wolff wurde durch ihn praktisch aus dem Spiel genommen.
Vielleicht kam er aber auch nicht so richtig in Feierlaune, weil er da diesen merkwürdigen Gedanken hatte. Da war so eine kleine Ungereimtheit, die ihm aufgefallen war, als er das Verhör mit Dehmel noch mal Revue passieren lassen hatte.
„Dehmel hat die ganze Zeit über rundweg geleugnet, einen Avermann überhaupt nur zu kennen. Aber als ich ihn mit den Vorfällen um Till konfrontierte, da hakte er nach."
„Naja, Till zu leugnen, wäre auch ziemlich blöd", meinte Jette spöttisch. „Immerhin hat er ja auch Dehmel damals hochgehen lassen."
„Ja", sinnierte Wolff. „Aber trotzdem war das komisch. Eher so, als wollte er erst mal wissen, worum es da ging. Und komischerweise kam das so plötzlich raus – es klang regelrecht ehrlich."
„Dann wäre er ja schön blöd", meinte Jette. „Dehmel würde ja im Umkehrschluss bestätigen, dass er ganz genau weiß, was mit Avermann los ist."
„Genau darüber bin ich ja gestolpert", stimmte Wolff ihr zu. „Als ich über Avermann sprach, wollte er ihn nicht kennen. Er fragte nicht nach. Aber als ich auf Till kam, stritt er nichts ab, stattdessen fragte er nach."
Jette sah ihn verdattert an. „Heißt das jetzt, Dehmel hat indirekt gestanden, bei Till angerufen und eingebrochen zu haben? Und den ganzen Mist drumrum?"
„Nein", erwiderte Wolff. „Das heißt eher, dass Dehmel von all dem gar nichts wusste."

„Ach herrje, das hieße ja …"
„Genau", meinte Wolff leise. „Kannst du mich mal mit Till verbinden?"

Da saßen sie also allesamt um das Lagerfeuer herum. Robert, das Weichei, hatte sich unter eine Decke verkrochen, obwohl es noch nicht mal richtig dunkel war und einiges an Restwärme immer noch in der Luft lag. Thamm wusste natürlich, warum sich Robert trotzdem so eingemummelt hatte, als ob ein sibirischer Winter unmittelbar bevorstünde – so ein bisschen Ahnung von Psychologie hatte er dann doch. War also nicht alles von den verdammten Schulungen zum einen Ohr rein und zum anderen gleich wieder raus. Nein, nein, so viel stand mal fest: Geborgenheit lautete das Stichwort und bedeutete im konkreten Fall, dass hier jemand umarmt werden wollte, um sein Kuschelbedürfnis oder seinen Wohlfühlfaktor oder weiß der Geier was noch mehr zu steigern. Aber dass nun ausgerechnet so ein Atzen wie Robert den Kuschelbären raushängen ließ, hätte Thamm ja nicht gedacht. Saß da unter seiner Decke wie ein zu groß geratenes Baby, glotzte verträumt aufs Feuer, an dem Micha überkorrekt ein paar Holzscheite pyramidal aufschichtete, und wiegte seinen Kopf beinah unmerklich zu dem furchtbaren Geklimper, das Alex seiner Gitarre abrang. War ja klar, dass der seine Klampfe nicht vergessen hatte! Was sollte das? Ein bisschen scheiß Bob Dylan für Mittelständler, ein bisschen Bluegrass, und das Ganze auf Easy Listening gespielt? Oh Mann, ächzte Thamm innerlich, da hatte er sich ja was Schönes eingebrockt – na, wenigstens gab es keinen Knüppelkuchen! Ein schwacher Trost, aber immerhin.
Er sah sich um. Neben ihm Jan, der vorhin noch damit geprotzt hatte, ganz groß im Stadtmarketing zu arbeiten, bis dann rauskam, dass er doch nur in der Touristinfo von Sangerhausen steckte. David, als Einkäufer für irgendeine Handelskette – Thamm hatte den

Namen nicht aufgeschnappt – immer ziemlich viel unterwegs. Jetzt erzählte er, wie schwer es ihm falle, mal ruhig zu sitzen und rein gar nichts zu machen: die alte Leier vom Geschäftsmann, der erst auf Familie und so scheißt und dann nach dem dritten Bier rührselig wird und rumjammert, dass er so alleine durch die Republik zieht und eigentlich viel zu selten zu Hause ist. Und da war plötzlich an Familie nichts mehr auszusetzen – schon komisch. Daneben Alex, das komplette Gegenteil. Biederes Lehramtsstudium, Freiwilligendienst bei einer Montessori-Schule in Utrecht und irgend so eine Sache über das Katholische Auslandssekretariat der Deutschen Bischofskonferenz in Kopenhagen – kleiner ging's wohl auch nicht, dachte Thamm, als Alex von seinen hübschen Jahren in der Seelsorge schwärmte – und dann verbeamteter Oberstudienrat in Hamburg. Theologie und Englisch. Doppelhaushälfte oben in Duvenstedt, mit Frauchen und zwei Kindern, beides Jungs. Thamm musste grinsen, als er das hörte. Hatte Alex also doch nicht die perfekte Bilderbuchfamilie hinbekommen: Das Mädchen fehlte.

Micha hatte ihn überrascht. Dass er Pfleger geworden war, passte ja schon irgendwie ganz gut. Micha hatte immer so eine nachdenkliche Art, so einen sozialen Fimmel gehabt. Aber dass er wie Thamm auch als einziger der sechs Jungs in Merseburg geblieben war, damit hatte er nicht gerechnet. Die ganzen Jahre über hatten sie also quasi nebenan gewohnt und trotzdem war da kein Kontakt zustande gekommen …

Dann Robert. Webdesign in Leipzig, bei einem kleinen Startup-Unternehmen. Schwer zu begreifen, was da wirklich dran war. Wirkte auf Thamm nach dem, was Robert so kurz umrissen hatte, eher wie eine Gruppe Technik-Freaks, die nicht über ihr versifftes Studentenleben hinwegkamen.

Ein echt müder Haufen, ging es Thamm durch den Kopf. Er löffelte noch etwas Wurstgulasch, der vom Abendessen übrig geblieben war. Irgendjemand hatte das auch vorhin ausgesprochen:

dass sie allesamt ziemlich fertig waren von dem schier endlosen Fußmarsch durch den Wald, bis zum Lagerplatz. Und damit hatte er – war es nicht auch Robert gewesen? – Alex gleich die Laune versaut. Denn eins musste man ihm lassen: Alex hatte sich in die Vorbereitung dieses Wiedersehens ordentlich reingekniet. Hatte die Zelte und eine alte Jurte aufgetrieben – die Sachen von damals waren ja längst verrottet und verschwunden –, hatte das ganze Zeug aufgebaut, eine Bierzeltgarnitur in der Jurte untergebracht, dazu alle möglichen Kochutensilien und Proviant.
Als die Jungs unter Jans Führung den alten Lagerplatz erreicht hatten, sah es entsprechend anheimelnd aus. Die Zelte standen ziemlich mittig auf der unebenen Lichtung zwischen den alten, windschiefen und krumm gewachsenen Obstbäumen, die Jurte hingegen war etwas abseits gerückt worden. Sie thronte geradezu auf einer niedrigen Anhöhe, die zuerst in einen kleinen Abhang niederging, um dann unmittelbar dahinter auch schon wieder in hügeliges Waldgelände auszulaufen. Hier hatte sich kaum etwas verändert – und irgendwie zugleich auch alles. Die Bäume waren gewachsen, hatten die Lichtung etwas dunkler werden lassen, aber sonst … Das Plätschern von dem nahen Bach, zu dem die Wiese auslief, lag noch immer in der Luft. Thamm hatte versucht, auch die Schafe zu hören, die früher weiter oben, hinter der Jurte, auf einer Wiese sich selbst überlassen waren. Aber ihr Blöken war nicht bis runter zum Zeltplatz gedrungen. Oder gab es sie am Ende gar nicht mehr?
Alex hatte sich gerade am Lagerfeuerplatz zu schaffen gemacht, der war da hinter den Zelten rumgegurkt und hatte zusammengesammeltes Brennholz aufgeschichtet. Die Begrüßung war herzlich ausgefallen, er hatte einfach jeden umarmen müssen. Und war gleich dazu übergegangen aufzuzählen, was er alles mit den Jungs vorhatte. Und ausgerechnet da plauzte doch irgendwer – und das war doch bestimmt der fette Robert gewesen – raus, dass man

doch erstmal ankommen und ausruhen müsste und ja doch ziemlich im Arsch wäre von der Anreise. Außerdem sollte doch eh das Wetter nicht so sein.
Und Alex' freudestrahlendes Gesicht war schlagartig in sich zusammengefallen.
„Wollen wir was singen?", fragte er nun in die Runde. Und sah ausgerechnet Thamm dabei an. Ein leichtes Lächeln huschte über dessen Lippen. Nachdem Alex sich am Nachmittag schon von Hexentanzplatz und Roßtrappe hatte verabschieden müssen, weil die Jungs einfach nur breit waren und gleich mal signalisierten, dass sie auch am nächsten Tag keinen Bock auf Wandern hatten, wollte er wohl jetzt am Lagerfeuer wenigstens ein bisschen Stimmung aufkommen lassen.
Aber irgendwie sprang keiner darauf an. „Ich hol mal Brot zum Rösten", murmelte David und verschwand in Richtung Jurte. Sonst blieb es still am Feuer, niemand gab Alex eine Antwort. „Na schön", seufzte er wahrscheinlich um einiges mehr enttäuscht, als er sich anmerken lassen wollte, und sang sich selbst was zur Gitarre, wenn auch nur in Flüsterstimme. Weil sich auch davon keiner rumkriegen ließ, ging er zu einem Summen über, wobei sein Blick erst auf die Saiten der Gitarre gerichtet war und sich dann im Feuer verlor.
Erst Davids Brotscheiben brachten wieder Bewegung in die matte Truppe. „Und du bist also im Online-Geschäft", setzte Micha an und Robert holte großartig aus, brach dann aber schnell wieder ab. „Hat noch wer einen Stock?", fragte Jan und gab das Brot an Thamm weiter. Dann sahen sie den Brotscheiben beim Braunwerden zu – es war ätzend. Aus irgendeinem Grund kamen sie einfach nicht ins Gespräch.
„Wir müssen noch die Nachtwache klären", sagte Jan in die Runde rein. Empörung, Begeisterung. Alex, der ja immerhin so halbwegs als Gastgeber fungierte, setzte sich schließlich durch: Es würde eine Nachtwache geben, immer zwei Mann, je zwei Stunden.

„Ab wann?", fragte Robert kritisch.
„Na, ab Mitternacht so etwa", gab Alex zurück.
„Ja, aber du denkst doch nicht ernsthaft, dass wir dann schon um sechs aus den Federn sind?"
Bevor Alex schon wieder ein romantischer Traum von der wiederbelebten Tradition in die Brüche gehen konnte, schaltete sich Jan ein. „Früher haben wir uns jetzt um die Zeit immer Gruselgeschichten erzählt, wisst ihr noch?"
Das klang recht unverbindlich. Robert nickte, David grinste – wohl über die damalige Leichtgläubigkeit.
„Können wir ja jetzt auch machen", schlug Alex vor. „Till, fängst du an? Und dann die Runde rum."
Thamm war wie aus dem Schlaf gerissen. „Ich?", entfuhr es ihm überrascht. Auf Märchenstunde hatte er nun echt keinen Bock. Außerdem konnte er sich nicht daran erinnern, dass ihm da jemals großartig was eingefallen wäre.
„Kannst du nicht anfangen?", entgegnete er etwas hilflos. Aber Alex ließ nicht locker. Fühlte sich anscheinend gerade obenauf. „Kannst ja auch einfach von Arbeit erzählen. Das dürfte ja gruselig genug sein, oder?"
Sofort hagelte es Zustimmung. Ja, auf dem Revier – und dann noch bei der Kripo – und überhaupt: ob er eigentlich schon mal wen erschossen hätte.
„Oder sitzt du da den ganzen Tag im Büro und drehst Däumchen?", stichelte Jan mit sichtlicher Freude dran.
„Wisst ihr was?", fragte Thamm und stand genervt auf. „Ihr könnt mich alle mal."
„Wo willst du denn hin?", rief im Alex überrascht hinterher.
„Bier holen", schnauzte Thamm zurück, ohne sich umzusehen. Einfach nur mal eben rein in die Jurte und Luft schnappen für einen Moment. Hauptsache etwas Abstand zu den anderen. Das waren aber auch ein paar Flitzpiepen!

„Fall aber nicht den Abhang runter!“, witzelte Jan ihm nach. Thamm ging nicht darauf ein.
„Bringst du mir eine Flasche mit?“, hörte er hinter sich.
Scheiß Robert – dieser faule Sack!
„Ja“, knurrte Thamm vor sich hin.

Thamm ließ sich schwer auf die Pritsche fallen. Was hatte ihn nur geritten, mit diesen Halbfremden in den Harz zu fahren – zum Zelten! Stattdessen hätte er jetzt in aller Ruhe zu Hause sein können, das erste Mal seit Langem sogar mit sturmfrei. Aber das Chefchen hatte ihn ja rausgeschmissen aus den laufenden Ermittlungen. Und einfach so zu Hause rumhängen, das konnte er nicht. Und Wolff mit seinem besorgten Blick hatte auch nicht gerade dazu beigetragen, dass Thamm auf dem Posten geblieben war. Ach scheiße, dachte er verärgert, am Ende war er es ja selber gewesen, der einfach nur rauswollte aus diesem ganzen Schlamassel.
Er zückte sein Telefon. Ein Anruf in Abwesenheit auf dem Weg ins Lager, hatte er gar nicht mitbekommen. Wolff! Die überfällige Anstandsmeldung, nachdem er Thamm am Nachmittag so eiskalt abgewimmelt hatte – nicht mal selbst, sondern durch Jette – oder gab es etwa schon was durchzufunken? Wäre ja verdammt schnell gegangen.
Aber es war inzwischen zu spät, um sich im Büro zu melden, und bei Wolff direkt wollte Thamm jetzt auch nicht mehr anrufen. Stattdessen klickte er sich in seinem Nummernverzeichnis zwei Einträge über Stefan Wolff, zu einem so gut wie nie gewählten Vermerk: Schwiegermutter.
Wie Anja wohl inzwischen drauf war, nachdem sie einen guten Tag Zeit gehabt hatte, die Ereignisse der letzten halben Woche sacken zu lassen? War sie ein bisschen runtergekommen oder immer noch … ja, was eigentlich? Sauer, verletzt, beleidigt, verstört, überrascht, verängstigt, einsam? Scheiße, Thamm verstand sie nicht.

Und dass Heike zu ihnen gekommen war, hatte irgendwie auch nicht gerade zur Entlastung beigetragen. Im Gegenteil, jetzt klingelte Thamm Anja hinterher, auch weil er Schiss hatte, dass Heike vor ihrer Tochter gegen ihn Stimmung machte. Er müsste schon ordentlich süßholzraspeln, um Anja wieder ganz auf sich zu polen, gerade noch nach das Sache mit Elvi. Wo er das so gut konnte!
Mit einem tiefen Seufzer drückte er die Nummer und hielt sich das Telefon ans Ohr. Prügel kassieren, Vorwürfe über sich ergehen lassen, rumdrucksen, dann ein bisschen Gefühl reinlegen – vermissen und so – und dann wäre es gegessen. Augen zu und durch. Aber da war kein Anklingeln. Irritiert betrachtete er das Display. Kein Empfang! In dieser verdammten Einöde lief auch gar nichts rund! Thamm war im funktechnischen Nirgendwo gelandet! Schöne Scheiße – wenn sich da nicht irgendwo auf dieser beschissenen Lichtung ein Hauch von Netz einfangen ließ, würde er bis zum Wochenende aus der Welt sein – und Anja genauso lange einen Flunsch ziehen. War ja wieder mal super.
Entnervt steckte Thamm das Telefon wieder weg und griff sich zwei Flaschen Bier aus dem Kasten. Für Robert, der ja drauf wartete, dachte er verbissen, draußen, bei den anderen Pappsäcken.
Er ließ sich Zeit für den eigentlich kurzen Weg von der Jurte bis zum Lagerfeuer.

„Na, du?“, sagte Jan verschlafen, als er in die Jurte trat.
Er grinste Thamm an, dann besah er sich zufrieden das kleine Feuer, das Thamm zusammen mit David in der letzten Stunde am Laufen gehalten hatte. „Genau das Richtige jetzt“, meinte er und schob sich eine der Bierzeltbänke nah ran an die niedrige Umfassung aus Feldsteinen, in der das aufgeschichtete Holz mehr glühte als brannte. Die beiden Männer saßen sich nun gegenüber, Thamm in einen Pullover eingemummelt, Jan gleich unter seinem Schlafsack.

„David ist wohl gleich ins Bett?“, fragte Thamm. Wer konnte ihm das verübeln? Er selbst spürte auch eine leichte Müdigkeit in sich aufsteigen, doch die Kälte der Nacht, das klamme Gefühl auf der Haut in dieser zwischen Feuer und Wind halb kalten, halb warmen Luft hielten ihn wach. In diesem Zustand hatte er es nicht sonderlich eilig, in sein Zelt zu kommen.
„Ja“, lachte Jan leise auf. „Der stand Punkt zwei Uhr vorm Zelt und ruckelte an unseren Füßen. ‚Ablösung‘ hat er dabei die ganze Zeit gezischt. Aber wie! Hättest du mal hören müssen. Der wollte nur noch in die Koje, aber ist ja auch klar.“
„Und Micha?“
„Der hat sich keinen Zentimeter gerührt. Geschlafen wie ein Stein. Na ja, was willst du da groß Terz machen? Muss ja nicht sein. Also sitz ich die zwei Stunden eben alleine ab. Gehen so auch irgendwie rum …“
Thamm konnte sich ein hämisches Grinsen nicht verkneifen. „Also Nachtwache mit nur einem Mann?“, fragte er spöttisch. „Ist das nach Liste?“
„Gott, muss ja nicht gleich Alex erfahren“, entgegnete Jan angesäuert. „In der Praxis … das kann ja auch mal ein bisschen locker gehandhabt werden. Muss sich ja nicht sklavisch dran hochgegeilt werden!“
„Na, wenn *du* das sagst“, meinte Thamm amüsiert. Dass aber auch ausgerechnet Jan die Extranummern einführen musste. Und dabei Alex ausarschen wollte – die Scheinheiligkeit hoch zehn!
„Habt ihr noch Tee?“, fragte Jan nach einer Weile, wie um das Thema zu wechseln.
Thamm deutete auf die schwere Metallkanne, die am Feuer stand. „Nimm das Handtuch dort“, meinte er und wies in die Küchenecke hinter Jan, die Alex fein säuberlich eingerichtet hatte. „Ist heiß.“
„Ach“, gab Jan ironisch zurück, griff sich eine Tasse, fischte das

Handtuch von dem Tisch, wo es Thamm irgendwann davor achtlos hingehauen hatte, und schenkte sich, die Hand übervorsichtig gleich mehrfach umwickelt, den dampfenden Tee ein.
Thamm aber stand auf. Er war mit seiner Schicht rum. Sollte Jan hier doch alleine hocken bleiben, er hatte es ja nicht anders gewollt. Selber Schuld, wenn er Micha schlafen ließ. Er aber hatte seit eins hier gesessen, seit die Jungs allesamt ins Bett gegangen waren. Er hatte in das verdammte Feuer geglotzt und nachgelegt, Tee gesoffen und ab und an mal nach David geschaut, der wortlos in der Ecke saß und die ganze Stunde rumgekriegt hatte, ohne sich auch nur im Geringsten zu bewegen. Schien auch nicht gerade begeistert darüber zu sein, wie der Männertag hier ablief. Aber was hatte er sich auch vorgestellt?
Und Thamm – wie hatte er sich die ganze Nummer hier gedacht? Er wusste es nicht, es war ihm auch egal. Gerade merkte er, wie das Blut nach dem schnellen Aufstehen nach unten sackte, wie sich sein Körper schwer und lahm anfühlte. Auch wenn er obenrum noch einigermaßen wach war – er sollte sich trotzdem mal langsam aufs Ohr hauen.
„Hast du noch eine Minute?“, fragte da Jan genau in diesem Moment, als hätte er Thamms Absichten erraten. Ein kurzes Zögern – sollte er seinen abgespannten Körper nun endlich mal ins Zelt legen oder sich noch hinzuhocken? Ach scheiße, er könnte ja jetzt eh nicht auf Kommando einpennen und wach im Zelt rumliegen … Thamm setzte sich wieder.
„Tee?“, bot Jan an, aber Thamm verneinte.
„Schon komisch“, setzte er langsam an, „ich hab ganz vergessen, wie rauchig Tee schmecken kann. Ich möchte schwören, dass ich so einen schlechten Tee nicht mehr getrunken habe seit – seit damals. Du?“
Thamm schüttelte den Kopf. „Nein, glaube nicht.“
„Hm“, nickte Jan, in Erinnerungen schwelgend. „Siehst du, als

sich Alex bei mir meldete, bin ich voll aus den Latschen gekippt. Fünfzehn Jahre sollte das her sein, dass wir uns alle zum letzten Mal gesehen hatten? Konnte ich nicht glauben. Ich meine okay, vielleicht liegt es an mir. Ich bin ja noch nicht mal richtig über die Dreißig weg – und das seit drei Jahren! Aber trotzdem … die Jugend vorbei?“ Er lachte trocken auf. „Jetzt komm ich dir bestimmt so richtig blöd nostalgisch vor, was?“

„Nein, überhaupt nicht“, gestand Thamm und wunderte sich, dass er das wirklich nicht nur aus Höflichkeit sagte. Wieder schob Jan so ein vertrotteltes Nicken nach. „Alex muss es wohl so ähnlich gegangen sein. Naja, du verlierst dich mal eben aus den Augen – und plötzlich sind fünfzehn Jahre rum und du bist froh, wenn du über die Eltern noch einen von damals an die Strippe bekommst. Ich war sofort dabei, als er das mit dem Treffen vorschlug. Alles so wie beim letzten Mal – weißt du noch? Wir hatten gerade alle das Abi in der Tasche, Christopher war ausgemustert worden, Alex hatte als Letzter von uns ein Mädel am Start …“

„… und Micha war seins kurz davor losgeworden“, setzte Thamm nach. Warum ihm gerade das einfiel?

„Ja, genau“, ging Jan darauf ein. „Und weil David da gerade mit Blinddarm im Krankenhaus lag, war seine Schwester mit dabei – das einzige Mal, dass ein Mädel mitdurfte. Lena! Und Micha war so richtig scheiße drauf, weil er gedacht hatte, wenigstens im Zeltlager mal nicht an den ganzen Weiberkram erinnert zu werden. Aber so …“ Ein kehliges Lachen. Thamm beließ es bei einem Grinsen. Ausgerechnet diesen letzten Sommer hatte er überhaupt nicht mehr so deutlich auf dem Schirm. In seiner Erinnerung verlor sich die Jungsgruppe schon weit vorher, löste sich schon zwischen Kindheit und Jugend langsam in Nebel auf. Bis nur noch einzelne Versatzstücke blieben. Das Feeling aber war weg – und Thamm hatte es hier auch nicht wiederbekommen. Er *fühlte* es einfach nicht, dass ihm dieser rauchige Tee, dieses Lagerfeuer-

spielchen im Zeltlager mit Schlafsack und klammen Klamotten – ganz zu schweigen von den Jungs – irgendwann mal was bedeutet hatten. Komischerweise ließ ihn aber gerade das nicht kalt.
„Hörst du das?“, riss ihn Jan aus seinen Gedanken. Er hielt den Zeigefinger nach oben gestreckt. „Jetzt geht’s langsam los.“
Ein leises Tröpfeln auf den schwarzen Filz. Das fehlte noch, dachte Thamm und seine Stimmung sackte augenblicklich in den Keller. Jetzt noch so ein Regen, der hier im Gebirge ewig nicht aufhörte – und die ganze Wiese wäre ein einziges Matschfeld. Genau das, was er jetzt brauchte zu seinem Glück!
Jan grinste. „Hoffentlich hast du Gummistiefel mit“, feixte er. Thamm warf ihm einen vernichtenden Blick zu. Robert hatte doch so was angedeutet, dass sich das Wetter nicht ewig so halten würde, oder? Und das sollte jetzt kommen? Draußen setzte ein gleichmäßiges Prasseln ein. Na ja, zumindest waren nun die Ausflüge, die Alex unbedingt durchziehen wollte, endgültig gestrichen. So, wie sich das anhörte, schiffte sich das gerade richtig schön ein. Der Tag morgen war gelaufen.
Mit einem Ächzen warf Thamm noch ein Holzscheit auf das Feuer.
„Das ist aber irgendwie auch wie früher“, freute sich Jan einen ab. „Weißt du noch, damals sind wir auch durch keinen Sommer komplett trocken gekommen. Einmal kam eine halbe Sintflut runter. Ich frag mich, warum wir trotzdem jedes Mal wieder ausgerechnet hierher gefahren sind …“
„Vergiss es, ja?“, schnauzte ihn Thamm da an. Ihm reicht es nun wirklich langsam mal mit dieser beschissenen Nostalgie. „Es ist überhaupt nichts wie früher, kapierst du das nicht? Wir sind keine achtzehn mehr, keiner heult mehr seiner Jugendliebe hinterher – hier kennt überhaupt keiner mehr irgendwen und es war eine saublöde Idee, bei diesem Mist mitzumachen!“
Jan sah in ihn mit großen Augen an. Die pure Verständnislosig-

keit. Ja, er spielte immer gern von oben her, aber umgekehrt mit klaren Ansagen, wie Thamm jetzt eine rausplatzen lassen hatte, kam er nicht zurecht. „Was habt ihr nur?“, fragte er fassungslos. „Micha und David sind auch so komisch drauf. Habt ihr echt so große Probleme, euch mal lockerzumachen und einfach drauf einzulassen?“

Das war Thamm nun eindeutig zu viel. Er feuerte die sowieso schon seit Ewigkeiten leere Blechtasse, die er aus Langeweile in der Hand gedreht hatte, in die Kochecke. „Ach, leck mich!“, knurrte er Jan im Vorbeigehen an, dann schlug er die Plane zurück und trat tief Luft holend in den immer dichter werdenden Regen.

Woher kam der Schrei?

Thamm konnte im ersten Moment überhaupt nichts sehen in dem dunklen Zelt. Stockdustere Nacht, nur der Regen verortete ihn irgendwo, machte die Dunkelheit real und zu einem fassbaren Raum. Thamm schlief nicht mehr.

Und der Schrei ... er hätte ihn für einen letzten Rest aus seinem unbekannten Traum gehalten, aus dem er eben aufgeschreckt wär – wenn er nicht die vagen Konturen von David vor der Zeltwand, ebenfalls halb aufrecht sitzend, ausmachen konnte. Thamm hatte sich diesen markerschütternden Schrei also nicht eingebildet!

„Was war das?“, flüsterte David nervös.

„Ich hab keine Ahnung“, gab Thamm zurück. Beide spitzten die Ohren, doch da war nur der Regen zu hören.

„Vielleicht ein Ast, der irgendwo abgebrochen ist? Durch einen Blitz?“, fragte David.

„Es gewittert nicht“, meinte Thamm tonlos.

„Kann doch trotzdem sein.“

Thamm verkniff sich eine Antwort. Er hatte ja selbst keinen blassen Schimmer, woher der Schrei – oder dieses wahnsinnige Geräusch – gekommen sein könnte. Es wiederholte sich auch nicht.

Und so durchforstete Thamm seine Datenbank. Wie genau hatte der Schrei geklungen, aus welcher Richtung …?
„Hat die Nachtwache nicht aufgepasst?“, versuchte es David wieder, „Und die Jurte ist unter dem Regen auf ihr eingestürzt?“
Möglich war alles, dachte Thamm, so, wie das draußen jorschte. Aber hatte sich dieses Geräusch wirklich nach umstürzenden Zeltplanen und Holzstangen angehört? Das war doch nicht so ein Radau, eher … ein Schrei! Da gab es keinen Zweifel für Thamm. Aber vielleicht lag David gar nicht mal so sehr daneben – und die Nachtwache hatte die Jurte auf den Kopf bekommen?
„Wir sollten mal nachsehen“, hörte sich Thamm sagen und seufzte. Die bekannten zwei Seelen in seiner Brust: Der Schweinehund in ihm wollte sich eigentlich viel lieber wieder aufs Ohr hauen und den Schlafsack weit über sich ziehen, damit er den Regen und vor allem Davids Geschnarche nicht zu hören brauchte. Der Kommissar in Thamm hingegen wollte raus, in den scheiß Regen, und das Ganze abklären.
Da hörten sie ein Klatschen wie durch Pfützen schnell auf sie zukommen. Im nächsten Augenblick flog der Reisverschluss an ihrem Zelt mit einem einzigen Ruck hoch und …
„Scheiße, wer …?“, entfuhr es David und obwohl es wahrscheinlich fordernd klingen sollte, war der Schrecken in seiner Stimme leicht rauszuhören.
„Jan!“, rief die Stimme des Unsichtbaren, der aber alles andere als nach Jan klang. Und auch sonst: verzerrt, überschlagen, zittrig.
„Alex?“, fragte Thamm in das Dunkel.
„Ihr … kommt – kommt, verdammt noch mal!“, rief Alex, ohne auf Thamms Nachfrage einzugehen. „Jan … oh Gott, jetzt kommt doch endlich!“
Okay, hier war irgendwas daneben, schoss es Thamm durch den Kopf. Eilig wühlte er sich aus dem Schlafsack, dann tapste er vorsichtig Alex hinterher, dicht gefolgt von David, der ebenso wie

Thamm über den dunklen, aufgeweichten Rasen mehr stolperte als rannte. Alex dagegen hatte sich scheinbar schon an die Schwärze gewöhnt, er steuerte zielstrebig in Richtung Jurte, warf die Plane am Eingang zurück – und das kleine Feuer, mehr noch aber das Gewirr von Taschenlampen in dem Schwarzzelt gaben David und Thamm eine Orientierung.

Mit großen Schritten lief Thamm durch die Wasserlachen, den Schlamm – und er hatte nur seine Halbschuhe dabei. Hoffentlich hatten die Jungs einen handfesten Grund, ihn mitten in der Nacht rauszuholen – ansonsten konnten sie sich auf was gefasst machen. Aber er musste ja nur in ihre Gesichter schauen. Michas Augen weit aufgerissen, die Tränen der Hysterie nur flüchtig weggewischt. Robert saß zusammengekauert in der hintersten Ecke der Jurte, mit starrem Blick, bebenden Lippen, als wollte er gleich losheulen wie ein Baby. Immer wieder fuhr er sich durchs Haar, schüttelte den Kopf, jammerte vor sich hin.

„Komm", raunte ihm Alex zu und führte Thamm in die Mitte der Jurte, zum Feuer. Die Bank dort war umgestürzt, die Teekanne ebenfalls, Jans Schlafsack lag weit über den Raum ausgebreitet am Boden und darunter verdeckt – Jan selber, zusammengekrümmt, die Hände und den Oberkörper auf der steinernen Umfassung, das Gesicht, unmittelbar neben dem Feuer – entstellt und bis zur Unkenntlichkeit verkohlt.

„Oh mein …", ächzte David schwer hinter ihm. Thamm brauchte einen Moment länger, um zu realisieren, was hier geschehen war. Aber anders als David war Thamm schon über den emotionalen Teil hinweg, ihn bewahrte der Rückgriff auf die Routine vor jeder Art von Schock. Während die anderen erst mal überhaupt mit dem Anblick des Toten klarkommen mussten, ratterte in Thamms Kopf das ganze Programm runter: War er eingeschlafen und nach vorn gesackt? Nein, er wäre durch das Feuer, vielleicht auch schon im Fallen wach geworden. Er wäre mit dem

Schlafsack, in ihm eingehüllt, gestürzt, mit ihm zusammen hätte Jan Feuer gefangen – an dem Schlafsack war aber nichts zu sehen. Überhaupt lag das Ding viel zu weit ausgebreitet. Jan hatte sich nicht darin eingemummelt, als er in das Feuer kam. Der Schlafsack hatte auf der Bank gelegen und war mit ihr in den Raum gestürzt.
Thamm kniete sich zu dem Toten nieder. Dessen Hände an den Steinkranz gekrallt – er hatte sich zur Wehr gesetzt, war von hinten in das Feuer gedrückt worden!
„Wie kann so was passieren?“, hörte er Alex mit beklommener Stimme hinter sich ausrufen.
„Ganz einfach“, erklärte Thamm langsam. „Irgendwer ist in die Jurte gekommen. Es kam zum Handgemenge.“ Er sah sich um. Die Küchenecke hatte auch was abbekommen, da lag auch so einiges durcheinander. „Jan ging zu Boden und der andere drückte ihn mit dem Kopf ins Feuer.“ Die höllischen Schmerzen der Glut, die sich in Jans Gesicht presste, wollte sich Thamm gar nicht erst vorstellen. Er wandte den Blick von Jan ab, bevor ihn der Ekel vollends überkam und konzentrierte sich stattdessen auf die Teekanne. So, wie sie lag, musste sich ihr Inhalt halb auf den Steinkranz verschüttet haben. Aber davon war nichts mehr zu sehen. Thamm tastete die Erde darum ab. Überall in der Nähe des Feuers war sie gleichmäßig warm, nur neben der Teekanne feucht.
Nachdenklich erhob er sich wieder.
„Wer macht so was nur?“, wimmerte Robert aus seiner Ecke hervor.
„Keine Ahnung“, meinte Thamm nachdenklich. „Aber auf jeden Fall hat er es vor schätzungsweise nicht mal einer halben Stunde getan.“

Thamm sah reihum in entsetzte Augen. Aber was sollte er schon großartig sagen? Die Sache schien glasklar: ein Mord.

Robert fasste sich als Erster. Mühsam rappelte er sich aus seiner Ecke. „Warum?“, fragte er nur. „Warum, hm? Kann mir das irgendjemand mal erklären? Weil, ich versteh’s nicht so ganz! Warum?“ Seine tonlose Stimme hatte etwas Unangenehmes, Drückendes, das nicht ohne Wirkung blieb. „Die Frage ist doch jetzt eher, wer das getan hat!“, versuchte Alex, die sich anbahnend Debatte zu steuern. Er griff sich den Schlafsack, der immer noch ausgebreitet im Raum lag, und zog ihn mit einigen vorsichtigen Bewegungen ganz über Jans toten Körper. Nur noch die Umrisse unter dem Stoff, der leichte Schatten, verrieten, dass sich darunter eine Leiche verbarg, grausam ermordet, das Gesicht in die Glut gedrückt, bis der Schmerz, ein irrsinniger, über alle Sinneszellen dröhnender Schmerz, das Hirn lahmgelegt hatte. Thamm atmetet tief durch. Wenn er nicht an diesen verkohlten Kopf dachte, der da auf dem Gras, mitten zwischen ihnen lag, ging es. Dann konnte er sogar einigermaßen klar denken.

„Till?“, fuhr Alex mit beneidenswerter Ruhe fort. „Du hast am meisten Erfahrung mit so was …“

Thamm nickte kurz. „Täter oder Motiv?“, fragte er in die Runde. Und da ihm niemand antwortete, er allenfalls irritierte Blicke erntete, rollte er die Spule ab. „Motiv – bislang völlig unklar. Wer wusste, dass wir hier sind? War Jan gezielt oder willkürlich ausgesuchtes Opfer? Raubmord?“ Er hielt kurz inne in seinen Überlegungen. Jetzt müsste er wohl Jans Taschen durchsuchen, ob irgendwas fehlte. Aber jetzt schon die Decke anheben und vor aller Augen in der Hose rumwühlen? Unsicher sah er in die Runde. Alle Augen waren erwartungsvoll auf ihn gerichtet.

„Unwahrscheinlich“, half ihm David aus der Patsche. „Wer sollte Camper wie uns überfallen? Was sollten wir schon dabeihaben?“

Thamm wusste aus Erfahrung, dass das ein absolut haltloses Argument war. Es waren schon Leute für ganz andere Sachen umgebracht worden – für Nichtigkeiten, zehn Euro oder so was. Trotz-

dem war er dankbar für Davids Vorlage. Für den Moment konnte er sich ersten Gedankenspielen hingeben, ohne noch mal an Jan ran zu müssen.
„Genau", stimmte er also zu, obwohl er es besser wusste. „Das Motiv ist also unklar … zumindest zunächst erst mal. Bleibt also die Frage nach dem Täter …"
„Scheiße, mir reicht das jetzt!", schrie da Robert auf. „Ich bin doch nicht bei der Polizei, verdammt noch mal! Was wir jetzt machen sollen, will ich wissen!" Kopflos rannte er durch die Jurte. „Ich muss hier raus", murmelte er, aber Micha hielt ihn zurück. „Du bleibst hier!", knurrte er ihn eindringlich an. „Hörst du? Hier drin!"
Robert hielt sich an Michas Arme geklammert, sein Körper zuckte vor Erregung, vor Ekel und Angst. Aus seinem Gesicht wich jede Bewegung, alles Blut, sein Blick verlor sich starr im Nirgendwo. Plötzlich warf er sich zur Seite und kotzte zwischen die umgestürzten Bänke.
„Na, super", entfuhr es David unwillkürlich. Micha sah ihn vorwurfsvoll an. „Kannst du mal deine blöde Klappe halten?", fuhr er ihn an.
Wieder schlichtete Alex die aufgepeitschte Stimmung. „Okay, jetzt hört mal alle zu – auch du, Robert, ja?" Der Angesprochene rollte über die Bank zurück und fuhr sich mit dem Ärmel über den Mund. Der war echt durch, dachte Thamm.
„Das hier ist eine echte Ausnahmesituation. Und wir alle sollten jetzt unbedingt die Nerven behalten, verstanden?" Alex legte eine geradezu dröhnende Stimme an den Tag, die Thamm ihm niemals zugetraut hatte. Fast machte es den Eindruck, als würde dieser piefige Oberstudienrat erst im allgemeinen Chaos zu seiner wahren Größe finden. Thamm konnte sich nicht erinnern, dass Alex früher schon mal so … *massiv* aufgetreten war.

„Es ist jetzt irgendwas nach halb fünf“, fuhr Alex fort. „Wir bleiben alle hier in der Jurte zusammen, bis es hell draußen wird und der Regen dann hoffentlich nachlässt. Dann gehen wir zurück nach Thale – zusammen, kapiert? Wenn wir zusammenbleiben, kann nix mehr passieren.“

Robert sah ihn mit großen Augen an. „Was meinst du mit … passieren?“, fragte er hilflos. Ein neuer Würgereiz schien sich durch seinen Brustkorb zu schieben.

„Dass einer hier noch durchdreht“, fuhr ihn Alex gereizt an. Sein Blick wanderte von einem zum anderen. Niemand wagte, was zu entgegnen. „Okay“, schloss Alex deshalb ab. „Dann also …“ Er besah sich den Schlafsack, unter dem sie alle den ermordeten Jan wussten. Mit einem Schauder wandte er sich ab. „Till, kommst du mal?“, flüsterte er Thamm im Vorbeigehen zu.

„Folgendes“, meinte er, kaum dass sie die Plane hinter sich zugeschlagen hatten und sich unter dem schmalen Rand der Jurte vor dem Regen wenigstens halbwegs wegdrückten. „Du hast vorhin … nach dem Täter gefragt. Ich wollt das bloß mal wissen – nur eben nicht vor den anderen drin – reicht, wenn einer durchdreht. Da muss nicht noch mehr Öl ins Feuer …“

Alex verstummte. Dachte wohl beim Stichwort Feuer gleich wieder an Jan. Thamm nickte. „Was willst du wissen?“, fragte er.

„Alles“, gab Alex prompt zurück. „Alles, was uns jetzt was helfen kann.“

„Ich sehe da zwei Möglichkeiten“, setzte Thamm vorsichtig an. „Einmal ein Täter von außen. Kommt hierher und macht Jan nieder. Spuren – siehst du ja selbst!“ Thamm deutete mit einer kurzen Bewegung auf die Wiese vor ihnen, sie sich unter dem permanenten Dauerregen längst in Schlamm aufgelöst hatte.

„Und die andere Möglichkeit – einer von uns?“ Alex sah ihn unsicher an. Es lag ja auf der Hand, dachte Thamm, aber okay, auch

er tat sich schwer damit, in diese Richtung zu denken. „Ja", sagte er leise. „Einer von uns." Sie sahen eine Weile hinaus in die Landschaft, die langsam von der hinter einem milchigen Wolkenvorhang verdeckten Sonne in ein morgendliches Grau gehüllt wurde.
„Wer hat ihn denn als Erster gefunden?", fragte Thamm schließlich.
„Ich", meinte Alex. „Ich hab mir den Wecker an der Uhr gestellt – für alle Fälle. Und ... Jan und Micha kamen ja auch nicht. Komisch, dachte ich, bin zur Jurte und Robert ist zu ihrem Zelt. Tja, und Jan lag da ... scheiße! Ich zieh ihn raus, in purer Panik, laufe raus, wo mir Robert und Micha entgegenkommen – und bin zu euch ans Zelt. Ohne nachzudenken – kein Gedanke, alles ... aus so einer absoluten Panik raus."
„Hör zu, das ist völlig normal, dass du im ersten Moment erst mal neben der Spur bist", versuchte Thamm, ihn zu beruhigen. „Du hast alles richtig gemacht."
„Wirklich?" Alex klang nicht gerade überzeugt. „Gerade denk ich nämlich, das war von Anfang an alles falsch – und wir alle haben irgendwie Schuld daran. Wäre Micha mit wach gewesen – hätte ich nicht diese scheiß Idee mit der Nachtschicht gehabt – und hätte Jan nicht diese verdammte Liste erstellt – jetzt haben wir nicht mal ein Handy, um Hilfe zu holen!"
„Doch", warf Thamm mit einem recht unmotivierten Grinsen ein und holte sein Gerät aus der Tasche. „Aber das bringt hier eh nichts. Kein Empfang!"
Alex überhörte Thamms letzten Kommentar. Es schien, als ob der Anblick von dem Telefon ihm neue Hoffnung versprach, unendliche Erleichterung verschaffte. „Und wenn du's hier von weiter oben probierst? Oder vielleicht hinten am Lagerplatz? Vielleicht kommst du ja irgendwo hier ins Netz ..."
Thamm hatte nicht gerade viel übrig für solche vagen Hoffnungen. Gleich im Keim ersticken, dachte er, bevor sich so was auswuchs

und unkalkulierbar würde. „Alex“, meinte er drohend, „glaubst du allen Ernstes, hier wäre im Umkreis von – scheiße! – *Kilometern* irgendein Funksignal zu kriegen? Denk doch mal nach! Wo wir hier sind! Der letzte Anruf ging bei mir irgendwo hinter Thale ein – nicht mal auf dem halben Weg hierher!“
Alex versuchte zu lächeln. „Ja“, sagte er nur. „Ja, klar, hast ja recht. Ich dachte halt nur …“ Weiter kam er nicht. Mühsam kämpfte er ein Schluchzen nieder. Wieder starrte er raus in den Regen.
War wohl doch nicht so weit her mit dem Macker im Lehrer, dachte Thamm überrascht.

„Kannst ruhig sagen, was du denkst!“, fauchte Micha ihn an. Thamm fuhr erstaunt herum. Robert hatte sich inzwischen einigermaßen eingekriegt, David und Alex hielten die Klappe und tranken kaltes Wasser aus dem Kanister, um über die Zeit zu kommen – das Feuer anzumachen, wo Jan noch halb daneben lag, und Tee zu kochen, hatte sich keiner getraut –, aber Micha kam aus irgendeinem Grund nicht runter. Jetzt starrte er Thamm aus hasserfüllten Augen an.
„Na los, oder traust du dich nicht?“
„Ich hab keine Ahnung, was du von mir willst“, gab Thamm trocken zurück. Was auch immer da mal gewesen war an Freundschaft – er verspürte nichts mehr an dieser Stelle. Micha führte sich einfach nur unmöglich auf. Ein richtiges Arschloch!
„Ach nein?“, rief er nun mit heiserer Stimme. „Du warst doch vorhin so schön dabei. Erst das Motiv, dann der Täter, oder? Also, warum sagst du’s nicht, hm? Einer von uns! Das denkst du doch die ganze Zeit – gib’s doch zu!“
Das hatte Thamm gerade noch gefehlt! Micha machte die Jungs kirre mit solchen scheiß Äußerungen. Na klar ging Thamm in Gedanken alle Möglichkeiten durch: Robert, Alex, David, Micha – oder doch jemand von außen, der große Unbekannte? Aber jetzt

solche Gerüchte zu streuen – damit hetzte Micha doch nur die ganze Gruppe gegeneinander auf. Und Unruhe war in dieser sowieso schon angespannten Situation nun wirklich das Letzte, was Thamm gebrauchen konnte. Er sah es ja jetzt schon, spürte doch Roberts fassungslose Blicke – David, lauernd, was da jetzt käme – Alex, hinter der ruhigen Fassade bis in die kleinsten Nervenstränge angespannt. Wenn Micha weiter so sticheln würde …

„Also, nur zu, Herr Kommissar!“, blaffte der aufgekratzt, „wen hast du dir denn schon rausgepickt? Oder warst du's am Ende selb …“

Thamm schmetterte ihm mit aller Wucht seine Faust in die dumme Fresse. Mit der Bewegung des Arms warf er sich selbst hinterher, krachte samt Bank nach vorn und landete schwer auf Micha. Der hatte die erste Überraschung über den plötzlichen Angriff ziemlich schnell überwunden und drosch jetzt wie ein Berserker in Thamms Seite – immer schön in Richtung Nieren, der Drecksack!, durchzuckte es Thamm –, aber die Schläge kamen zu schwach und so unpräzise, dass sie ihr Ziel größtenteils verfehlten. Doch Thamm konnte auch keinen zweiten Volltreffer mehr landen. In halber Umklammerung von Micha, die Bank zwischen den Beinen verquer, lag er zu dicht auf diesem blöden Penner, um noch mal ordentlich auszuholen und einen richtigen Haken zu platzieren. So rangen sie ziemlich planlos auf dem Boden miteinander, wüteten keuchend und irgendwie auch recht plump gegeneinander an, bis Thamm eine Hand in seinem Nacken fühlte und mit festem Griff von Micha weggezogen wurde.

Alex zerrte ihn zurück, warf ihn geradezu rückwärts auf den Hintern. Ohne ein Wort zu sagen. Von David und Robert kam ebenfalls kein Ton. War es der Schock über die kurze, heftige Prügelei? Oder allgemeine Ratlosigkeit? Thamm versuchte vergeblich zu kapieren, was hier gerade Phase war – und wie er die hochkochenden Stimmungen dämpfen konnte. Scheiße, dachte er und konnte sich ein Grinsen nicht verkneifen, als ihm bewusst wurde,

dass er ja auf die anderen auch nicht gerade ansprechbar wirken musste.
David hielt dem aus der Nase blutenden Micha ein Taschentuch hin, aber der schlug es ihm ruppig aus der Hand. „Ist doch wahr!“, knurrte er. „Der hat uns doch alle auf dem Schirm.“
„Klar“, meinte Thamm, da nun schon mal nichts mehr zu retten war. Vorsichtig massierte er sich den unteren Rücken, wo Micha seine besten Treffer gelandet hatte. „Aber mal ganz ehrlich: Wie blöd muss man denn sein, um gleich von vornherein einen Täter aus der Gruppe auszuschließen?“
Blankes Entsetzen auf den Gesichtern. Na toll, dachte Thamm, lauter Traumtänzer.
„Und was ist mit dir?“, fragte Micha und erhob sich vom Boden. „Nimmst uns alle aufs Korn – aber was ist eigentlich mit *dir*? Du könntest Jan genauso gut wie wir alle umgebracht haben. Knallst dich hinterher in dein Zelt und tust, als ob du schläfst. Immerhin hast du ihn ja als Letzter lebendig gesehen, oder?“
Thamm zuckte die Schultern. „Na, und? Was willst du jetzt hören? Dass ich es nicht war? Dass Jan noch lebte, als ich aus der Jurte gegangen bin? Dass der Mörder nach dem Ende meiner Schicht und vor der von Alex und Robert gekommen sein muss? Ich kann dir das alles sagen, aber das würde jeder hier an meiner Stelle machen. Viel wichtiger ist, das Ganze auch zu beweisen – und das kann ich nicht, und das kannst du auch nicht! Das muss erst ermittelt werden und bis dahin …“
Micha lachte auf. „Du kotzt mich so was von an mit deinem abgebrühten Bullenjargon“, flüsterte er mit völlig veränderter Stimme.
„Leute“, warf Alex beruhigend ein – doch umsonst.
„Scheiße, das kann doch nicht wahr sein!“, brüllte Micha quer durch die Jurte. „Das kann euch doch nicht so arschkalt lassen, dass Till hier jeden von euch für einen potenziellen Mörder hält! Aber vielleicht ist es ja auch ganz anders …“

„Leute!“, rief Alex wieder, diesmal mit wesentlich festerer Stimme. Aber auch jetzt achtete kaum jemand auf ihn. David und Robert hingen geradezu an Michas Lippen – auch Thamm wartete auf den nächsten Einsatz. In welche Richtung wollte Micha jetzt wieder ausholen?
„Täter – Motiv, jaja, Herr Kommissar“, fuhr der fort, nun wieder zurückgefallen in diesen lächerlichen Flüsterton. „Aber haben wir da nicht was vergessen? Das Opfer! Täter – Motiv – Opfer, oder? Und da frag ich mich: Warum Jan? Hatte er Feinde? Till, gib zu, du würdest sagen: vielleicht. Aber genauso gut kann der Mörder sich auch vertan haben.“
Micha verstand es, sich in Szene zu setzen, das musste Thamm ihm lassen. Genau an dieser Stelle machte er eine eindrucksvolle Pause – und sofort griff sein Gedanke über. Robert verfiel in dämliches Wimmern. Hatte wohl Schiss um seinen fetten Arsch. Alex hielt sich bedeckt, versuchte wahrscheinlich, sich die ganze Sache ein Stück weit auf Distanz zu halten. Bei David ratterte es. „Du meinst, der Mörder hat sich vertan?“, fragte er unsicher. „Aber wen hätte er dann …? Also – dich? Du hattest doch mit Jan Schicht.“
Für einen Moment wirkte Micha verunsichert, dann aber fing er sich wieder. „Nein“, sagte er bestimmt, aber nicht völlig überzeugend. „Der Täter hört zwei Stimmen im Zelt, einer kommt raus, den kann er aber in der Dunkelheit nicht erkennen. Weil so ein Überfall draußen zu viel Lärm machen könnte, versucht er es mit dem, der noch in der Jurte ist. Er erkennt seinen Fehler – aber Jan muss trotzdem sterben, weil er jetzt weiß, dass da jemand im Lager ist, der nicht hierher gehört. Und an Till traut sich der Kerl nicht mehr ran, weil der inzwischen im Zelt bei dir ist, David.“
„Nette Geschichte“, murmelte Thamm angespannt. Er spürte regelrecht, wie die anderen eine gegenteilige Erklärung von ihm einforderten. „Hat aber ziemlich viele Wenn und Aber, deine Theo-

rie. *Wenn* es ein Täter von außerhalb der Gruppe ist, *wenn* er nicht auf Jan aus war, *wenn* es um einen anderen ging …"

„Ja, wer hat denn hier wohl am ehesten solche Typen am Hals – von Berufs wegen?", fiel ihm Micha aufgebracht ins Wort. „Ich kann mir nicht vorstellen, dass sich Jan in der Stadttouri von Sangerhausen annähernd so viele Feinde macht – du etwa?"

Schweigen. Zu konstruiert, wollte Thamm dagegenhalten, zu plakativ, zu sehr Klischee. Was hatten die denn für Vorstellungen davon, was einem Polizisten für Leute hinterher waren – zu viele Krimis gelesen? Aber dann dachte Thamm an Dehmel – und ärgerte sich gleich darüber. Fing er jetzt auch schon an, rumzuspinnen? Die paar Blümchen im Vorgarten, die albernen Anrufe, die Ratte – verdammt, selbst der Einbruch: Das war um Längen nicht zu vergleichen mit Jans Tod. Und noch dazu anderer Ort, andere Zeit, anderes Kaliber. Dehmel war in erster Linie Bankräuber, der hatte nur seine falschen Kumpels von damals im Visier! Und woher, bitte schön, sollte der wissen, wo sich Thamm gerade aufhielt? Das war ja nicht mal den Plinsen vom Personenschutz aufgegangen!

Er sah sich um. Irgendwas musste er trotzdem sagen. Die Jungs erwarteten das von ihm. Vielleicht sollte er Micha ein bisschen entgegenkommen und die ganze Kiste mal ein wenig deeskalieren? Was auch nicht gerade seine Stärke war, darauf hatte sich eher Wolff spezialisiert. Thamm suchte nach einer Lösung, da – Blöken. Plötzlich: Blöken.

Erst glaubte Thamm, sich verhört zu haben, aber dann drang es ganz eindeutig durch das Prasseln des Regens.

„Sind das Schafe?", fragte nun auch Robert.

„Gott, *Leute*!", rief Alex nun schon zum dritten Mal. „Das will ich euch doch die ganze Zeit sagen! Da draußen rennen irgendwelche Schafe rum!"

Die Jungs sahen einander verwundert an. Schafe, okay. Das wussten sie ja alle, dass da mal eine Koppel weiter oberhalb gestanden

hatte. Okay, sie war noch in Betrieb. Aber wie waren die Schafe ausgerechnet jetzt hier runter gekommen?
„Oh, mein Gott!“, stieß Robert aus und wich von der Zeltplane zurück.
„Mensch, das war nur eins von den Viechern!“, wies ihn David zurecht. „Und die sind doch damals auch immer mal ausgebüxt. Also hab dich nicht so!“
Schon streifte das nächste Schaf die Jurte.
„Ich halt das nicht aus!“, jammerte Robert. Wahrscheinlich völlig durcheinander, dachte Thamm und schob die Plane am Eingang zurück. David leuchtete ihm raus in die Nacht. Regen, aufgepeitschtes Gras, da – ein Schaf flog geradezu durch den Lichtkegel und verschwand wieder in der morgendlichen Dämmerung. „Wir sollten sie einfangen“, meinte Thamm. „Wie früher. Kommst du mit?“
„Keine Chance“, prustete David und zog sich wieder in das Zelt zurück. Auch Robert sah ihn verständnislos an.
„Immer noch besser, als bei jedem Schaf, das gegen die Zeltbahn rennt, einen Herzinfarkt zu kriegen“, sagte Thamm in Roberts Richtung und nicht ohne Vorwurf. „Außerdem lenkt uns das vielleicht mal ein bisschen ab – bis wir runter nach Thale gehen können – Mensch, nun habt euch nicht so, es wird ja schon hell!“
„Genau“, stimmte ihm Alex zu. „Eine Übersprunghandlung, die ein bisschen von dem hier“ – er deutete kurz auf den Boden der Jurte, zu der Decke, unter der Jan lag – „ablenkt. Und die Stimmung kühlt sich auch gleich mit ab. Wäre für uns alle besser“, fügte er hinzu und warf Micha einen vielsagenden Blick zu.
Robert konnte das alles nicht fassen. „Ihr wollt doch da nicht allen Ernstes raus? Und wenn da jemand ist?“
Alex sah kurz zu David, dann zu Thamm. „Ich denke, da sind nur Schafe, da draußen“, meinte er schließlich.

Micha war schon aus Prinzip dagegen. Weil der Vorschlag von Thamm kam. Robert verweigerte sich rigoros und auch Alex, der mit gutem Beispiel einfach so aus dem Zelt marschierte, konnte ihn zu nichts bewegen. „Vergiss es", knurrte Robert ihn an.
David zögerte. „Hör mal", murmelte er und zog Thamm auf die Seite. Wollte wohl nicht als Feigling dastehen. „Ich … wie fang ich's an?"
„Du hast Schiss!", meinte Thamm kalt.
David aber schüttelte heftig den Kopf, um bloß auch entschieden genug diesen Verdacht von sich zu weisen. Trotzdem druckste er etwas hilflos rum. „Dein Handy", sagte er schließlich. „Kannst du mir das geben – nur für den Fall …"
„Ich hab keinen Empfang."
„Trotzdem!" David lächelte betreten. „Ist nur so zur Beruhigung. Als psychologische Stütze."
Thamm wollte es erst nicht so richtig glauben, aber David machte ernst. Erst drehte Robert am Rad und verfiel ins Jammern, dann rastete Micha aus – Alex hielt sich zumindest noch einigermaßen zurück – und nun kam ihm David auf die weinerliche Tour? Knickte der als Nächstes ein?
Er zog sein Telefon aus der Tasche und schob es ihm möglichst unauffällig rüber. David steckte es genauso dezent wieder ein. Zumindest hatte er kapiert, dass hier nicht gleich jeder mitbekommen musste, dass Thamm mit Telefon unterwegs war. Vorwürfe, enttäuschte Hoffnungen – das konnte er jetzt echt nicht brauchen.
„Also los", meinte Thamm, „ist ja schon beinah hell draußen. Und wir bleiben einfach immer schön in Sichtweite, ja?"
David nickte zögerlich, trat dann aber doch mit Thamm gemeinsam auf die Wiese.
Es schüttete immer noch wie aus Kübeln. Blaue Strähnen von Wasser trübten die Luft ein, das Gras hatte eine hellbraune Far-

be angenommen und war zu einer unförmigen, weichen Masse verkommen. Thamm zog die Kapuze über. Ein richtig beschissenes Wetter war das – und ob es irgendwann in nächster Zeit mal aufklären würde? Am Himmel deutete nichts darauf hin. Diese dunkelgrauen Wolken dort machten mehr als fraglich, wann sie nach Thale aufbrechen könnten, ohne komplett durchzuweichen. Das konnten locker noch ein paar Stunden werden, die sie hier abwarten müssten, schätzte Thamm.
„Da seit ihr ja endlich!“, krakeelte Alex aufgekratzt und völlig durchnässt aus einiger Entfernung herüber. „Die haben die Zelte umgenietet, diese Scheißviecher. Einfach so! Und jetzt sind sie querbeet über die Lichtung. Passt mal auf, wir müssen die zurückscheuchen, bevor die unten über den Bach machen. Und dann rauf auf die Koppel, verstanden? Also ich gehe von links rum und Till, du kommst von rechts auf sie zu. David, wenn wir sie hierher treiben, musst du sie auf den Weg die Anhöhe rauflotsen. Aber unbedingt so aufstellen, dass sie nicht neben dem Hügel den Abhang runtersausen. Alles klar, soweit?“
Die Jungs verteilten sich, wie es Alex vorgeschlagen hatte. Thamm hatte fast den Eindruck, als hätte Alex hier draußen den ganzen Ballast wegen der Sache mit Jan und dem Stress mit den anderen glatt vergessen. Er rannte im Schweinsgalopp über die Wiese, dass der Dreck nur so spritzte. Thamm hingegen, jetzt hier draußen im Regen, konnte sich nicht mehr so leicht für das Unternehmen Schafeinfangen begeistern. Mit jedem Schritt in Richtung Bach runter versank er ein Stück tiefer im Schlamm, seine Schuhe wurden schwerer von dem Zeug, das an ihnen klebte, und machten schmatzende Geräusche, wenn er sie aus dem feuchten Boden hochzog. Die verdammte Nässe zog sich durch das Leder – seine Halbschuhe waren endgültig im Arsch, so viel stand schon mal fest. Da sah er die ersten Schafe. Sie hatten sich an dem Bach gesammelt – und es wurde wirklich höchste Zeit, hier mal einzugrei-

fen: Die ersten Tiere hopsten schon auf das andere Ufer und in den Wald. Thamm hielt Ausschau nach Alex, konnte ihn aber zwischen den Bäumen nicht ausmachen. Der Regen fiel zu dicht, dazu das ganze Gestrüpp … Wenn er jetzt loslegte, rannte ihm vielleicht noch die ganze Herde über das Wasser und war weg. Er musste auf Alex warten.
„Und das soll es jetzt bringen?“, hörte er da Micha hinter sich. Der stand da wie aus dem Nichts gekommen. Durchnässt, mit dreckigen Hosen und einem entsprechend begeisterten Gesichtsausdruck – aber immerhin war er hier, dachte Thamm, hatte wohl auch zu viel gekriegt von Roberts Gejammer.
„Wenn Alex von links kommt, gehen wir zwischen die Schafe und den Bach“, erklärte Thamm. „Und dann …“
„Ich hab schon verstanden – bin ja nicht blöd“, knurrte Micha. „Und wo ist Alex jetzt?“ Er sah sich suchend um und auch Thamms Blick irrte durch das Gesträuch. Man müsste näher ran, dachte er, aber das würde die Schafe aufscheuchen …
In diesem Moment kam Alex aus den Büschen gesprungen, hatte irgendein dämliches Indianergeheul angestimmt und wedelte wie wild mit einem Ast vor sich her. Die Schafe stoben panisch auseinander und flüchteten in alle Richtungen. „Der hat sie doch nicht mehr alle“, fluchte Micha, dann war er nun auch seinerseits aus dem Unterholz raus und stellte sich den galoppierenden Schafen in den Weg. Ein paar der Tiere rannten an ihm vorbei, Thamm baute sich etwas versetzt in Michas Rücken auf und breitete die Arme aus. Was hatte aber auch diesen bekloppten Alex geritten, hier einen auf starken Mann zu machen! Mühselig gelang es Micha, den Großteil der in Fahrt geratenen Tiere auf die Lichtung zu leiten. Thamm lief den ausgebüchsten Viechern hinterher – bald gab er es auf. Wenn die zu deppert waren, sich ihrer Herde anzuschließen – selbst schuld. Er ging zurück auf die zermatschte Wiese, sah Micha auf der einen, Alex weit drau-

ßen auf der anderen Seite. Rufe, Gejohle – und die Schafe rammelten an der Jurte vorbei in Richtung Anhöhe. Alles lief zumindest ungefähr so, wie sich Alex das vorgestellt hatte. Jetzt lag es an David, sich so hinzupflanzen, dass die Tiere nicht in der Versenkung verschwanden, sondern den Weg den Hügel rauf einschlugen. Von Thamms Standpunkt aus war diese knifflige Ecke nicht einzusehen, auch Alex war wieder hinter dem Regenvorhang verschwunden. Wollte das denn überhaupt kein Ende nehmen?

Micha als einziger Fixpunkt in diesem Chaos. „Und?", fragte Thamm, als er zu ihm aufgeschlossen hatte.

„Guck's dir selber an!", meinte der. „Die Schafe haben von allein Halt gemacht, als sie an den Vorsprung gekommen sind."

„Also keines den Abhang abgeschmiert?"

„Nee", gab Micha zurück. „Aber so richtig hoch sind sie auch nicht. Hätte da nicht noch jemand stehen müssen?"

Alex hopste regelrecht zu ihnen. „Saubere Sache, was?", tönte er aufgedreht – und bekam von Micha gleich eine geschwalbt. „Hast du ne Macke, so einen Budenzauber abzuziehen?", schrie er ihn an. „Jetzt sind die Schafe komplett plemplem. Die Hälfte ist über den Bach oder sonst wohin und der Rest steht hier überall rum, nur nicht auf dem Weg nach oben."

„Das sollte doch David …", sagte Alex verdattert.

Micha ließ sich damit nicht beschwichtigen. „Wie soll denn der allein was lenken, wenn dem die Viecher auf der ganzen Breitseite entgegenkommen? Hast du daran mal gedacht? Das Ganze hätte viel gesitteter ablaufen müssen! Aber du Dämlack …"

„Ja, und wo ist David jetzt?", unterbrach ihn Thamm mit harter Stimme.

„Na, da vorne, wo der Weg hochgeht …", fing Alex plötzlich ganz entgeistert an. „Eben nicht!", fiel ihm Thamm ins Wort. „Oder siehst du da wen?"

„Aber das kann doch gar nicht sein!" Alex rannte in heller Panik auf die enge Stelle zu, an der sich der Weg von der Lichtung hoch auf die bewaldete Anhöhe gabelte, hinter der die Koppel lag. „Er sollte doch hier stehen, genau hier!", rief er immer wieder. „David!"

Thamm sah sich um. Ein paar Schafe stoben da auseinander, wo sich Alex kopflos einen Weg bahnte. „David! David!", plärrte er aufgebracht. „Mensch, der war doch die ganze Zeit hinter uns!"

Thamm zuckte mit den Schultern. Er hatte David voll vergessen bei der Jagd nach den Viechern. „Micha, hast du …?"

„Nee", meinte der. „Woher sollte ich denn wissen, dass David nicht mit euch runter ist? Ich mach doch nicht erst noch einen Rundumcheck!"

„David! David!" Alex brüllte sich die Seele aus dem Leib. Lief die Anhöhe halb hoch, guckte doof aus der Wäsche, kam wieder runter. „Ich versteh das nicht!", keuchte er. „Dem wird doch wohl nicht …" Es lag ihm auf der Zunge – wie Micha auch, wie Thamm –, aber er wagte nicht, es auszusprechen. Diesen Verdacht, der sich da mit einem Mal breitmachte.

Alex schrie gegen das beklemmende Gefühl an, immer wieder. „David! David!"

Robert kam, von dem Lärm endlich doch mal aufgescheucht, aus der Jurte geschossen. „Was habt ihr denn?", knurrte er in so einer ekligen Mischung aus Vorwurf und Schiss. „Was ist denn mit David?"

Nun schwirrte auch Micha quer über den Platz. War David doch mit runter zum Bach, war er irgendwo zwischen der Lagerfeuerstelle und den eingerannten Zelten unterwegs? Alex durchkämmte das Gestrüpp bei der Weggabelung – und Robert stand nur blöd in der Landschaft, bibbernd und mit den Händen in den Hosentaschen vor Kälte.

Thamm dachte nach. Warum sollte David ihnen hinterhergelaufen

sein? Er hatte ja seinen Posten von Alex zugewiesen bekommen. Aber da war er ja nun offensichtlich nicht. Langsam traute er sich an den Gedanken ran, den bis jetzt keiner zugelassen hatte. Wenn David – wie Jan ermordet worden wäre – draußen, im Rücken der anderen, geräuschlos in diesem scheiß Regen – dann konnte das nur an zwei Stellen passiert sein: Vorn an dem Weg, wo Alex wie ein Wahnsinniger rumwühlte – oder am Ende der Lichtung, wo sie in diesem Abhang auslief, hinter dem der Hügel aufragte. Thamm ging darauf zu, ohne Eile. Er wollte nicht recht haben mit seiner Vermutung. Das Gras ging in einen dünnen Saum Geröll über, er nahm die Hand vor die Augen, um gegen den Regen in die Tiefe sehen zu können.
Robert heulte hinter ihm auf, fast im gleichen Moment sah Thamm David dort unten liegen.

„Ich bleib hier keine Sekunde länger!"
Robert war vollkommen von der Rolle. Wie ein gehetztes Tier rannte er kopflos zwischen den Jungs rum. „Da drin liegt ein Toter", rief er und deutete auf die Jurte, „hier draußen – David! Gott, wir hätten nie hierher kommen dürfen. Da war ein einziger Fehler! Am Arsch der Welt, komplett abgeschnitten …"
„Wir warten lieber", warf Alex angekaut ein. Immerhin hatte er ja die Idee von dem großartigen Wiedersehen gehabt, dass jetzt – so viel musste er ja doch zugeben – großartig in die Binsen ging. Er klang auch nicht sonderlich überzeugt, als er nun aufzählte, was alles gegen einen sofortigen Aufbruch nach Thale sprach. Erst mal das Wetter. Bis sie dort unten in der Stadt sein würden, wären sie komplett durch, bis auf die Knochen. Also doch besser darauf hoffen, dass es bald mit diesem verdammten Regen aufhörte und auch ein bisschen heller würde. Dann das Lager: Da müsste ja auch erst noch gesichtet werden, was die Schafe da mit den Zelten angestellt hätten, was im Eimer und was noch zu retten war. Und

nicht zuletzt die Jurte. Die würde doch glatt zusammenkrachen, wenn sich Pfützen auf der Plane bilden würden.
„Ich pfeif auf deine Jurte!", knallte ihm Robert an den Latz. „Ich will hier weg, verstanden? Einfach nur raus aus diesem beschissenen Wald, und wenn ich sonst wie nass werde dabei. Ich *scheiß* auf deine Jurte!"
„Du hast sie ja auch nicht gemietet!"
Thamm beobachtete Alex aus den Augenwinkeln. Was war das? Drehte jetzt auch Alex durch? „Nun macht mal halblang", versuchte er, die Lage einigermaßen zu entspannen. „Ich würde sagen, wir gehen da jetzt erst mal rein ins Trockene und dann überlegen wir in aller Ruhe, was wir weiter machen, okay?"
„Mich kriegen da keine zehn Pferde wieder rein!", stieß Robert aus und trat wie zum Beweis demonstrativ einen Schritt von der Jurte weg. Jetzt, wo er einmal draußen war, schien es ihm schwerzufallen, wieder in die Nähe von Jan zu gehen, der ja da immer noch auf dem Boden lag.
„Ich glaub's einfach nicht!", schaltete sich nun auch Micha ein. „Der eine denkt an seine Kohle und der andere will mit einer Arschruhe erst mal einen Debattierklub gründen. Verdammt, da liegen zwei Tote, juckt euch das gar nicht? Zwei von unseren Kumpels – Jan, David – Alex, echt mal! Da kommst du nur auf diese dämliche Jurte? Wegen dir sind wir doch alle nur hergekommen. Hast du mal daran gedacht, dass die beiden jetzt vielleicht noch leben könnten …"
„Jetzt reicht's aber!", fiel ihm Thamm ins Wort. Solche komischen Überlegungen führten doch zu nichts.
„Ach ja?", wandte sich Micha nun völlig unbeeindruckt an Thamm. „Und wie sieht's mit dir aus? *Du* hast Jan als Letzter von uns gesehen." Er tippte ihn mit dem Zeigefinger auf die Brust. Und gleich noch einmal: „*Du* hast doch David erst dazu überredet, rauszugehen und die Schafe einzufangen."

„Hör mit diesem scheiß Kieksen auf!", knurrte Thamm und rieb sich die Brust. „Und überhaupt, was willst du damit sagen? Soll ich jetzt schuld sein an …"

„Du ziehst eine echt blutige Spur hinter dir her, Keule!", raunte Micha. „*Das* will ich damit sagen. Macht von mir aus, was ihr wollt, aber ich gehe mit Robert nach Thale. Und zwar sofort."

„Du spinnst ja!", rief Alex.

„Ach ja?", gab Micha zurück. „Dann bleib du doch hier mit Till, wenn du dich traust."

Thamm glaubte, sich verhört zu haben. Machte Micha hier etwa allen Ernstes Stimmung gegen ihn? Noch erstaunter aber war er, als Alex ihn so betreten von der Seite her anguckte, und sich dann kleinlaut zu Robert und Micha machte. Die glaubten doch nicht wirklich, dass er etwas mit dieser Sache hier zu tun hatte?

Idioten, dachte Thamm verärgert – auch darüber, dass er sich trotzdem für sie verantwortlich fühlte. Wenn es noch härter kommen sollte: ein Lehrer, ein Computer-Weichei und ein Pfleger – dass würde er sich nie verzeihen, wenn da was passierte. Ihn juckten dabei weniger irgendwelche alten Verbindungen, Freundschaften, es ging ihm schlichtweg um seinen Job. Immerhin gab es da dieses bekloppte Berufsethos.

„Also schön", meinte er zur allgemeinen Überraschung. Micha grinste ihn schäbig an. „Genau", sagte er langsam. „Wollen wir mal."

Damit ging er voran, quer über die Lichtung, dicht gefolgt von Robert. Alex war ein paar Schritte hinterher, sah sich nach Thamm um – aber auch dieser saudumme Kerl hielt ihn doch tatsächlich auf Abstand. Als hätte Thamm die Pest am Hals. Micha hatte sich als Fixpunkt herauskristallisiert, an ihn klammerten sich jetzt diese schwachen Gemüter.

Thamm zog die Jacke enger um sich. Half ja doch nichts, dachte er angepisst. Erst das Schaftreiben auf der Lichtung, dann diese völlig sinnlose Diskussion vor der Jurte – sein Haar triefte, sein Kragen war durch und seine Schuhe suppten regelrecht. Mit jedem Schritt schwabbte vorn eine Ladung Wasser raus. Schöne Scheiße, stöhnte Thamm, und so noch eine halbe Ewigkeit durch den Wald – immer gegen das verdammte Wetter –, trotz des Tempos, das Micha vorlegte.

Überhaupt Micha. Spielte sich hier so kontra auf, aber war trotzdem mit rausgekommen, als es an die Schafe ging. Er hätte, unbemerkt von allen, David locker den Abhang runterstürzen können … Oder Alex, dachte Thamm, der hatte David ja selbst ins Abseits geschickt. Und während Thamm Richtung Bach ging, hätte Alex genauso gut … immerhin hatten Micha und Thamm ordentlich auf ihn warten müssen, bevor er dann in einem Affentempo angerannt kam.

Und wie sah das überhaupt mit Robert aus? War der wirklich so durch den Wind von all dem hier oder markierte der nur den Schwachmat? Während Micha, Alex und Thamm mit dem Schafen am Rummehren waren, hätte Robert in aller Ruhe zu David schlendern können …

Das wäre aber echt der Oberhammer, dachte Thamm. So eine abgezockte Nummer wollte nicht so richtig zu dem kleinen Pummelchen passen, das sich jetzt an Michas Rockzipfel hielt. Aber wie leicht konnte so was auch täuschen!

Und wo sie jetzt so allmählich aus dem Funkloch rauskamen, hatte er sein Telefon nicht dabei, wurde ihm plötzlich bewusst. Schöner Mist! Die Kollegen aus Thale, aus Halberstadt, woher auch immer, verdammt – Wolff! Die hätten allesamt viel schneller rangeholt werden können, als es diese kaputte Truppe hier jemals runter in die Stadt schaffen würde! So ein elender Dreck, dachte Thamm, was hatte er sein Handy auch weggeben müssen! Das lag jetzt unten bei David. Was hatte Micha gesagt: eine blutige Spur, die er hinter sich herzöge? Was für ein Schwachsinn! Als

ob Thamm irgendetwas dafür könnte, dass hier jemand durchdrehte!
Aber so völlig kalt ließ es ihn dann doch nicht. David – mit dem hatte er sich noch am besten verstanden seit seiner Ankunft hier. Und auch Jan, so arschig, wie er früher auch gewesen war, aber so was hatte er echt nicht verdient. Den hatte Thamm zuletzt angepflaumt, als er ihn allein in der Jurte zurückgelassen hatte …
Bloß nicht dran denken, ging es ihm durch den Kopf, bloß nicht dran denken. Das fehlte ihm noch, dass er jetzt in irgendwelche Gefühlsduseligkeit versank.
Also nicht an Jans verkohltes Gesicht, nicht an David in dem Abgrund – bloß nicht daran denken!
Eilig versuchte er, zu den anderen aufzuschließen.

FREITAG

„Was soll denn das jetzt wieder heißen?“ Jette kam aus dem Staunen nicht raus. „Also war es nun doch Dehmel?“
Wolff flüchtete sich vor ihrem stechenden Blick hinter seinen Schreibtisch. „Was weiß ich!“, seufzte er. „Mal denk ich: zwei Brandleichen, da muss es doch einen Zusammenhang geben. Ist ja hier nicht Chicago. Und dann sehe ich wieder nur Unterschiede: Avermanns spektakulärer Tod, der andere in Halle, in irgendeinem Hinterhof. Avermanns Zunge, bei dem anderen – nichts … ich hab keine Ahnung.“
„Hast du Till erreicht?“
Jette ließ sich einfach nicht abschütteln. Schon auf der Fahrt ins Büro dieses lauernde Schweigen. Und dann war nun Wolff schon extra schnell an ihrem Büro vorbei, um bloß nicht noch ein biss-

chen beim Kaffee schnackern zu müssen – und da kam ihm nun Jette mit dem Kaffee einfach hinterher.
„Sein Telefon ist aus“, murmelte er betreten.
„Hat da oben wahrscheinlich keinen Empfang“, vermutete Jette, reichte ihm eine Tasse und setzte sich kurzerhand auf seinen Tisch. Was für eine Figur, schoss es Wolff augenblicklich durch den Kopf. Hätte er ihr auch am liebsten gesagt, gestern schon, als sie zum Frühstück vorbeigekommen war. Aber irgendwie hatte es sich nicht so richtig angefühlt, nicht so richtig gut, und er hatte sie kurzerhand rauskomplimentiert, bevor sich da was tun konnte. Aber dann hatten die Jungs von der Streife Dehmel aufgegabelt und Wolff war Jette wieder im Revier über den Weg gelaufen. Okay, da hatte er sich noch unter Kontrolle gehabt. Dehmel vor sich, das Chefchen im Nacken – sein Kopf war auch so schon voll genug gewesen. Aber dann, wieder zu Hause, als alles weg war, hatte er sich den ganzen verdammten Abend das Hirn darüber zermartert, was wohl passiert wäre, wenn er sie gleich am Morgen noch zum Mittag eingeladen hätte. Schöner Männertag!
Und jetzt saß sie da mit ihrem hammerharten Body – mit Absicht? – und da war auch schon wieder dieser Gedanke – scheiße, hatte Thamm recht? Ging da langsam was los, ohne dass es Wolff mitkriegte?
„Also was willst du jetzt machen?“, fragte Jette völlig harmlos. Trotzdem brachte ihre Frage Wolff komplett aus der Fassung. Ja, was? Wenn das schiefgehen sollte, wäre das ganze Arbeitsklima im Arsch. Andererseits …
„Tja“, machte er langsam. „Dehmel noch mal ranzitieren und vorknöpfen … aber ob das groß was bringt …“
„Du wirst ihm übrigens immer ähnlicher in letzter Zeit“, meinte Jette.
Wolff verstand nicht. „Dehmel?“

„Nein, nicht dem", lachte sie kurz auf. „Till natürlich. Ist mir schon gestern aufgefallen beim Verhör. Und hinterher beim Chefchen. Ab und zu hörst du dich echt wie Till an. Und manchmal benimmst du dich auch ein kleines bisschen wie er."
Wolff stutzte. Das war nun ausgerechnet das Letzte, was er wollte: So rüberzukommen, als würde er Thamm imitieren, den Ermittlungen – die er nun doch ganz allein zu verantworten hatte – nicht seinen eigenen Stempel aufzudrücken. Ein eigener Stil …
„Ich wie Thamm", versuchte er zu scherzen, aber Jette ging nicht darauf ein. „Und", fragte er wesentlich ruhiger, „ist das schlimm?"
Jette ließ die Beine baumeln. „Weiß ich noch nicht."
Es klopfte.
„Ja", rief Jette und drehte sich erwartungsvoll um. Wolff schaute an ihrem Hintern vorbei.
„Elvi Korhonen – ich weiß, ich komme bestimmt ungelegen."
Wolff stutzte. „Nein, eigentlich nicht." Da war sie also ein zweites Mal, die Kollegin aus Halle, die Thamm mitten in der Nacht aus dem Bett geklingelt hatte – und deren Erwähnung Anja schon ganz fuchsig machte.
Das Lächeln auf Elvis Lippe wirkte aufgesetzt, so als ob sie sich damit nur aus reinen Förmlichkeit abgab. „Auch gut", würgte sie jede Begrüßung gleich im Keim ab. „Sie sind sicherlich auch so ganz gut im Bilde, oder? Ich nehme mal an, Sie haben sich in der Zwischenzeit mit Till über unseren Fall ausgetauscht – trotz seiner Beurlaubung?"
„Till?", fragte Jette verwundert nach.
„*Unser* Fall?", staunte Wolff nicht weniger.
Elvi überging solche Zwischenkommentare. „Die Sache ist die: Wir haben unseren Toten endlich identifizieren können. Der Bericht aus dem Labor ist noch keine Stunde alt."
Damit stöckelte sie in straffem Tempo durch den Raum und knallte Wolff einen schmalen Hefter auf den Tisch. Jette wich ihr ins-

tinktiv aus. Mit ihrer Kaffeetasse bewaffnet, zog sie sich von Wolff zurück, ohne Elvi auch nur eine Sekunde aus den Augen zu lassen. Wolff besah sich flüchtig die Akte. „Ja, und?“, fragte er schließlich. „Christopher Straub … na gut. Aber hätten Sie das nicht auch faxen können?“

„Der Kerl wohnt in Merseburg!“, erklärte Elvi ungehalten. „Ich dachte, dass wir da jetzt gleich mal zusammen vorbeischauen könnten.“

Ein dünnes Grinsen huschte über Wolffs Gesicht. Klare Sache, das Weib tat so, als ob sie hier die Befugnisse im fremdem Revier achten würde und keinesfalls auf eigene Faust in Merseburg unterwegs sein wollte. Aber eigentlich …

„Verstehe“, nickte er. „Sie wollen sichergehen, dass wir hier keinen Mist bauen.“

Ein kurzer Moment der Überraschung, dann hatte sich Elvi wieder gefangen. „Okay, ich mach es kurz, weil ich keinen Bock auf irgendwelche Muskelspielchen habe“, erklärte sie von oben herab. „Ich kann verstehen, dass Sie sauer sind, weil ich Ihnen den Partner abgeworben habe. Aber mal ehrlich: Was hätten Sie an meiner Stelle gemacht? Und so dünn wird doch die Personaldecke bei Ihnen nicht sein, dass Ihnen gleich der ganze Laden krachengeht, wenn mal ein Posten für ein paar Wochen unbesetzt ist, oder? Hier, in Merseburg?“

Jaja, dachte Wolff perplex, in Halle dürfte schon mehr los sein. Er nickte wie fremdgesteuert. Und was sollte das für eine Sache mit Till sein …?

„Am Ende liegt es eh bei Till, wie er sich entscheidet“, schloss Elvi ihre Ausführungen ab. Wolff sah kurz zu Jette rüber. Ein ungläubiger Blick – sie hatte also auch noch nichts davon gehört. Aber das musste er ja jetzt nicht vor dieser Schnepfe aus Halle raushängen lassen. Nein, diese Blöße brauchte er sich nun wirklich nicht zu geben.

„Sie sagen es“, meinte er zähneknirschend und erhob sich langsam.

Passte ja auch alles herrlich zusammen. Kaum fiel dem frischgebackenen Familienvater zu Hause die Decke auf den Kopf, musste er es noch mal wissen wollen, ja? Und die erstbeste Gelegenheit wurde beim Schopf gepackt. Karriere, raus aus der Provinz, mal zeigen, dass er es noch konnte? Oder war es, weil Thamm die Angst vor dem Biedermeier überkam und er deshalb gleich drauf ansprang, wenn irgend so eine Elvi mit ihrem Glockengold in seine Richtung schwenkte? Verdammt, hatte Anja am Ende wirklich Grund zur Panik?
Aber sollte er doch! Deswegen hatte es Wolff noch lange nicht nötig, hier irgendeine Show abzuziehen. Nicht wegen Thamm und erst recht nicht vor Elvi Korhonen.
„Also schön", meinte er möglichst ungerührt und zog seine Jacke von der Sessellehne. „Dann wollen wir mal. Wo, sagten Sie, wohnte dieser … Straub, ja?"

Elvi parkte den Wagen im absoluten Halteverbot, aber Wolff wäre wohl der Letzte gewesen, der sie darauf hingewiesen hätte. Und wenn schon – sie hatte ja diesen albernen Polizei-Teddy in der Heckablage. Da würde sich eh kein Straßenmädchen vom Ordnungsamt ranmachen. Und damit rechnete Elvi wahrscheinlich sogar, dachte Wolff verbissen.
„Hier ist es also", setzte sie an und sah sich kritisch um. Viel zu sehen gab es hier, unterhalb des Domviertels, nicht gerade. Da war oben die ehemalige Domapotheke, in der ab und an die Studenten der FH irgendwas machten, dann der kleine Platz mit dem Venusbrunnen – DDR-Kunst, im DDR-Stil mit Betonplatten umgeben –, dann eine Zeile Plattenbauten in Richtung Markt, bis runter zum Café Am Entenplan und weiter zur Stadtkirche, auf der anderen Seite ein paar halbwegs sanierte Häuser ohne erkennbaren Stil. Die Burgstraße eben. „Und wo kommen wir rein?"

„Durch den Tiefen Keller", meinte Wolff und deutete auf die kleinen Schlippe, die von der Straße aus zu den Hinterhöfen führte.
„Na super, Abstieg ins Kleinbürgertum", murmelte Elvi wenig begeistert und marschierte vorneweg. „Ich versteh immer noch nicht, warum Sie nicht gleich jemand von der Spurensicherung mitgenommen haben."
„Weil Ihr Auto nur zwei Sitze hat", gab Wolff lakonisch zurück und deutete wie zur Erinnerung auf ihren Smart. Was erwartete die denn? Sollte er hier eine halbe Hundertschaft auffahren? Erst warb sie ihm rotzfrech Thamm ab und jetzt wollte sie ihm auch noch erklären, was er zu tun hatte – in seinem eigenen Revier? Das ging ihm dann doch ein bisschen zu weit.
Wolff stand noch immer komplett neben der Spur. Er hatte keine Ahnung, wie er mit Elvi umgehen sollte. Diese Unverfrorenheit, hier einfach so aufzukreuzen – andererseits hatte sie ja recht: Die finale Entscheidung lag bei Thamm. Und wenn der bislang nichts über dieses Jobangebot aus Halle fallen lassen hatte: Kam das dann für ihn überhaupt nicht infrage oder hatte er einfach nicht den Arsch in der Hose gehabt, es mal anzusprechen? Versteh einer diesen Pappsack, ächzte Wolff in sich hinein. Zum Glück gab es die Arbeit, an die er sich halten konnte.
„Wir haben also diesen Straub, sagen Sie?", setzte er an und zückte sein Notizheft. Wie bei Till, schoss es ihm dabei durch den Kopf. Wie bei seinem Partner stellte er sich auch bei Elvi automatisch in die zweite Reihe und machte aus reiner Routine auch bei ihr den Protokollanten. In diesem Moment hasste er sich dafür.
„Ja", antwortete Elvi schnell, wohl auch nicht gerade unglücklich darüber, dass das Gespräch wieder in friedlichere Bahnen kam. „Anfang dreißig, Fotograf, wohnt in der Burgstraße Nummer …" Elvi sah von ihren Notizen auf. „Ach, da haben wir's ja schon."
Wolff musterte das Eckhaus am Ende des Hofs. Zuerst checkte er dabei die gesamte Front. Die Parterre kam ohne Fenster aus –

wahrscheinlich die Lagerräume des Geschäfts an der Straßenseite. Darüber drei Etagen, allesamt bewohnt: Die Gardinen, die Grünpflanzen und die relativ frisch geputzten Fensterscheiben sprachen für Wolff eine eindeutige Sprache. Bastelkram an einem Fenster in der ersten Etage: Familie.

Als Nächstes kam die Türgegend dran. Vier fette Briefkästen, überall wenig drin – außer bei Straub, da hatten die Auslieferer sämtliche kostenlose Zeitungen bis zum Get-no reingewürgt. Bedeutete, dass sich Straub bei keinem im Haus abgemeldet hatte, dass niemand seine Post entgegennahm. Umgekehrt schien er aber auch nicht vermisst zu werden. Obwohl der Briefkasten überquoll, scherte sich niemand darum.

Dann die vier Klingelknöpfe – irgendein Klamottenladen. Üstgül. Voigt. Straub – das gab nicht sonderlich viel her.

„Sieht nicht so aus, als bräuchten wir hier unten die Spurensicherung", kramte Wolff noch einmal das leidliche Thema raus. Hier würden sich unter der Woche alle möglichen Leute die Klinke in die Hand gegeben haben – ein normales Wohnhaus eben. Fingerabdrücke dürfte es dementsprechend in Hülle und Fülle geben.

„An diesem verramschten Ding ließe sich nicht mal ein Einbruch nachweisen", stimmte ihm Elvi zu und deutete auf die abgewetzte Türklinke. „Hier ist ja nicht nur die Klinke, auch das ganze Schlossbrett total hinüber. Schauen Sie sich nur mal an, wie locker die Schrauben sitzen! Glatt weggerostet!" Wie um Wolff den desolaten Zustand der ganzen Tür zu veranschaulichen, schubste Elvi sie kurzerhand und ohne die Klinke zu drücken auf. „Also immer hereinspaziert", lud sie Wolff lächelnd ein.

„Wir sollten uns vielleicht mal darüber verständigen, was wir eigentlich in Erfahrung bringen wollen", meinte Elvi, als sie die Treppe hinaufstiegen. „Ich für meinen Teil interessiere mich in erster Linie für den Vorfall insgesamt. Wer, wo, wie, wann – die

üblichen Fragen eben. Ganz zentral für mich: Kommen wir über Straub an seinen Mörder ran?"
„Das ist *Ihr* Fall", erwiderte Wolff distanziert, „und geht mich weiter nichts an. Ich will nur wissen, ob Dehmel da die Finger drin hatte oder nicht. Wenn nicht, ist die Sache für mich gegessen. Dann können Sie hier von mir aus machen, was Sie wollen …"
„Und wenn doch?", unterbrach ihn Elvi lauernd.
„Tja, dann … hätten wir wohl oder übel noch einen Weile miteinander zu tun."
Elvi beäugte ihn mit einem schelmischen Lächeln. „Also immer schön brav sein, man weiß ja nie", meinte sie amüsiert und ging die Treppe rauf. Wolff hätte ihr am liebsten eine auf den Knackarsch gegeben, den sie jetzt so appetitlich vor ihm hin und her schwang. Berechnung oder hatschte Elvi immer so? Wolff versuchte, gar nicht erst weiter darüber nachzudenken. Das führte ja doch zu nichts. Nur wurde ihm immer klarer, mit welchen Argumenten Elvi Thamm nach Halle gelockt haben könnte.
Sie stoppten in der ersten Etage. „Lass mich das machen, ja?", forderte sie und drückte schon die Klingel. Bitte schön, dachte Wolff. Wenn sie das volle Programm durchziehen wollte inklusive Nachbarschaftsbefragung – sollte sie man machen.
Doch niemand öffnete. „Nanu, keiner da?" Elvi drückte die Klingel noch mal, aber länger und mehrmals in kurzen Stößen hintereinander. Endlich ging die Tür ein Stück weit auf, gerade breit genug, dass eine dunkelhaarige Frau den Kopf rausstecken konnte.
„Ja?", fragte sie gereizt.
„Korhonen, Kriminalpolizei Halle", warf ihr Elvi entgegen und zückte ihren Dienstausweis. „Das ist mein Kollege Wolff, Kripo Merseburg. Wir hätten da ein paar Fragen an Sie …"
Weiter kam sie nicht. Die Frau schüttelte automatisch den Kopf. „Ich kein Deutsch", leierte sie wie auswendig gelernt runter und

war im nächsten Augenblick auch schon wieder hinter der Tür verschwunden.
Elvi drehte sich verdutzt nach Wolff um. Der hob erwartungsvoll die Augenbrauen. Was würde sie nun machen?
„Na warte, dir werd ich helfen!", knurrte Elvi und versenkte wütend den Klingelknopf in der Wand. „Von wegen kein Deutsch!"
„Das bringt doch nichts", lachte Wolff auf. „Glauben Sie wirklich, die macht jetzt noch mal die Tür auf? Die haben Sie ordentlich verschreckt."
„Hätten Sie's besser hingekriegt?", blaffte ihn Elvi an.
„Naja", räumte Wolff achselzuckend ein. „Zumindest hätte ich ihr nicht gleich die Kriminalpolizei um die Ohren gehauen. Und irgend so ein ‚iyi günler' oder ‚merhaba' wäre vielleicht auch ganz gut angekommen."
„Bitte, was?", fragte Elvi verständnislos. Wolff genoss es ein wenig, ihr gegenüber den Klugscheißer raushängen zu lassen. „Guten Tag, Hallo – rund drei Millionen Leute in Deutschland sprechen Türkisch. Da macht es sich ganz gut, ein paar Brocken davon draufzuhaben. Soll das Zusammenkommen erleichtern."
Mit einer eleganten Bewegung ging er an Elvi vorbei und weiter die Treppe hoch. „Super", hörte er sie entnervt hinter sich. „Dann können Sie ja gleich mal bei der nächsten Adresse klingeln, Sie Sprachgenie."
Aber das war nicht nötig, denn von oben herab hörten sie da gleich eine Stimme. „Bei mir reicht Deutsch!"
Überrascht sahen die beiden Kommissare rauf. Eine ältere Frau hielt sich dort am Geländer fest und blickte ihnen halb misstrauisch, halb neugierig entgegen.
„Sie müssen Frau Voigt sein", eröffnete Wolff einigermaßen um Charme bemüht das Gespräch. Die Alte nickte. „Jaja, seit dreiundsiebzig wohne ich hier. Erst mit meinem Mann, seit acht Jahren alleine."

„Aha", tat Wolff interessiert. Nun, da er direkt vor ihr stand, reichte er ihr die Hand zum Gruß, die die Frau schnell ergriff, um sie dann nur flüchtig zu schütteln. „Wir sind die einzigen Mieter, die hier so lange wohnen. Bei den anderen wechselt das dauernd."
„Aha", machte Wolff wieder. „Aber über den jungen Mann über Ihnen …"
„Da unten weiß ja kein Mensch, wer von denen da wirklich wohnt", fuhr Frau Voigt ungerührt fort. „Die kommen und gehen – einen ganze Horde. Und den ihre Fahrräder versperren den ganzen Weg im Keller. Wissen Sie, bei den Kümmeltürken bleibt ja die Frau immer zu Hause. Kann kein Wort Deutsch und wirft jedes Jahr ein Kind, möchte man meinen, bei den Kümmeltürken. Eine ganze Horde ist das – und genauso viele Fahrräder."
„Ja …" Der Kommissar rang sich ein unverbindliches Lächeln ab. Alte Nazibraut, dachte er, aber ihm war gerade nicht nach einer Grundsatzdiskussion. Nicht mit diesem festgefahrenen Weib. „Um noch mal auf den Mieter *über* Ihnen zu kommen, den Herrn Straub …"
„Ein netter junger Mann!", nahm Frau Voigt den Faden gleich auf. „Der trägt mir manchmal den Einkauf hoch. Aber diese Achmeds da unten – da können Sie lange warten, dass von denen einer mal mit anpackt."
Würde ich bei dir auch nicht, schoss es Wolff durch den Kopf. „Ja, noch mal zu Herrn Straub", versuchte er es wieder. „Wann haben Sie den denn das letzte Mal gesehen? Und hatte er vielleicht öfters mal Besuch in letzter Zeit?"
„Ja, ist denn da was passiert?", bohrte Frau Voigt interessiert nach, aber Wolff wusste ihre Neugier auszubremsen. „Das wollen wir ja gerade von Ihnen wissen."
„Ach wissen Sie …" Nun wich die Alte doch ein Stück von ihm ab. „So genau beobachte ich meine Nachbarn nicht. Ich bin ja keine Spannerin. Und außerdem hab ich ja auch mein eigenes Leben,

um das ich mich kümmern muss, nicht? Ist ja nicht wie bei denen da unten, wo der Staat ihnen alles in den …"
„Ja, vielen Dank auch!", fiel ihr Wolff ins Wort, bevor es ihm zu bunt wurde. Eilig reichte er ihr die Hand und sah zu, dass er Land gewann. Nur weg! Elvi bewachte seinen Rückzug mit einem freundlichen Lächeln auf den Lippen und grinste Frau Voigt nach der Verabschiedung einfach so lange abwartend an, bis es der Alten, die schon wieder ans Geländer wollte – diesmal, um Wolff hinterher nach oben zu illern –, endlich zu viel wurde und sie sich wieder in ihre Wohnung verkroch.
„Soso", meinte Elvi spöttisch, als sie zu Wolff aufgeschlossen hatte. „Du kannst das ja so richtig gut mit den Frauen."
„Nicht mein Semester, diese Eva Braun", gab Wolff gelassen zurück. Die Befragungen waren allesamt blöd verlaufen. Aber zumindest schien sich hier nichts *wirklich* Auffälliges ereignet zu haben. Das hätte die alte Voigt doch sofort zum Besten gegeben. Wie auch immer – im Moment interessierte ihn die verschlossene Tür von Straubs Wohnung wesentlich mehr als das hirnlose Treppenhausgeschwätz der Alten.
„Lass mich raten", stöhnte Elvi, als sie Wolff etwas ratlos vor Straubs Tür stehen bleiben sah und das Dilemma erkannte. „Der Hausverwaltung haben Sie auch nicht Bescheid gegeben. Na großartig! Sind Sie immer so auf Alleingang aus? Und wie sollen wir da jetzt reinkommen?"
Wahrscheinlich sollten ihn Elvis Vorwürfe an seiner Berufsehre kratzen, dachte Wolff überrascht, aber komischerweise fühlte er sich – ausgerechnet an seiner Männlichkeit gepackt. Ein ungewohntes und irgendwie auch unangenehmes Gefühl.
„Gefahr im Verzug", presste er eilig heraus und warf sich gegen die läppische Tür, die augenblicklich aus dem Schloss sprang und Wolff den Weg freigab. Und da stand er also, mittendrin im Flur von Straubs Wohnung.

„Hören Sie mal, ich will ja jetzt nicht nerven …“, wagte sich Elvi langsam vor.
„Klingt gut“, murmelte Wolff, ohne richtig zugehört zu haben. Diese verwinkelte Wohnung nahm ihn vollkommen in Beschlag. Was aus so einem Altbau am Ende alles rauskommen konnte, wenn über die Jahrzehnte mal hier eine Wand eingezogen und mal da ein Durchbruch gemacht wurde! Vorsichtig arbeitete er sich durch die einzelnen Zimmer und kam dabei immer wieder an Elvi vorbei, die sich nach einer nur flüchtigen Besichtigung wieder in den Flur zurückgezogen hatte.
„… ja!“, machte sie nun ziemlich angesäuert. „Aber vielleicht wäre es jetzt doch mal langsam an der Zeit, die Jungs von der Spurensicherung anzuklingeln. Ich meine, hier gibt's jetzt nichts Offensichtliches. Hier liegt keine Leiche rum und nach einem Kampf sieht es auch nicht gerade aus. Umgeworfene Schränke oder eine riesige Blutlache oder was weiß ich.“ Sie versuchte zu lachen. „Also sollten wir doch lieber die Fachleute für den Kleinkram ranholen, oder?“
Gespannt wartete sie auf Wolffs Reaktion. Aber der zog nur wortlos an ihr vorbei, ohne von seinem Notizbuch aufzusehen. Elvi sah ihm verdutzt hinterher. So langsam ging ihr dieser rumstreunende Kollege, der da zum gefühlt hundertsten Mal durch die Küche gangerte, ziemlich auf den Geist. Entsprechend ungehalten rief sie ihm hinterher: „Weil diese ganze Nummer von wegen Sherlock Holmes und so, die Sie hier abziehen – naja, das ist nicht unbedingt das, was ich so unter professioneller Polizeiarbeit verstehe, wissen Sie?“
Stille. Aus der Küche waren keine Schritte mehr zu hören. War er jetzt endlich wieder ansprechbar?
Plötzlich steckte er seinen Kopf in den Flur. „Ich fand Dr. Watson immer spannender“, erklärte er kurz angebunden. „Können Sie mal eben kommen?“

Elvi stieß einen Seufzer aus. Der hatte sie doch nicht mehr alle. Betont langsam folgte sie Wolff in die Küche.
„Also, es sieht meiner Meinung nach wie folgt aus“, setzte der an, kaum dass Elvi das Zimmer betreten hatte. „Hier ist definitiv nicht eingebrochen worden …“
„Wie können Sie da so sicher sein?“, unterbrach ihn Elvi perplex.
„Die Wohnungstür ist völlig intakt – oder war es bis jetzt, besser gesagt. Und wenn der Täter mit einem Dietrich oder einem Zweitschlüssel reingekommen wäre, hätten wir hier irgendwo Ihre geliebten Kampfspuren, die Sie so schmerzlich vermissen …“
„Ist gut, ja?“, würgte Elvi ihn ab. „Gott, sind Sie immer so?“
Wolff dachte nach. Normalerweise gab Thamm in solchen Situationen den Ton an – wie in allen anderen auch. Aber wo er nun mal nicht hier war, was blieb Wolff anderes übrig, als sich an sein Notizbuch zu klammern? Bürohengst, würde Thamm spotten. Sollte er doch, Wolff kam nun mal aus der Verwaltung, na und? Immer noch besser, als völlig hilflos Elvi das Feld zu überlassen.
„Ja, rufen Sie die Spurensicherung …“, meinte er schließlich.
Sichtlich erlöst griff Elvi nach ihrem Telefon.
„… aber Ihre“, schob Wolff nach. „Ich bin hier fertig.“
Elvi sah ihn mit großen Augen an. „Sagen Sie mal, … können Sie auch mal Klartext reden? Was soll denn das jetzt bitte schön heißen?“
„Schauen Sie sich doch mal bitte um!“, forderte Wolff sie auf. Mit einem Schritt war er schon wieder im Flur, wo er sich nach Elvi umdrehte. „Dort hinten, das Fotolabor – sieht das nach dem großen Geldregen aus? Der hat ja nicht mal ein richtiges Atelier! Avermann hat sich von seinem Teil der Beute ein ganzes Taxiunternehmen geleistet – und Straub wohnt so billig? Ich checke noch mal sicherheitshalber die Bankauszüge, aber eins kann ich Ihnen jetzt schon sagen: Straub war definitiv nicht Teil in der Räuberbande, die Dehmel damals sitzen lassen hat – und somit kann er für Dehmels

Rachefeldzug gar nicht interessant gewesen sein. Nein", schloss er seine Ausführungen ab und klappte das Notizbuch zu, „Straub und Avermann sind zwei Paar Schuhe. Und wer Straub nach Halle gelockt und dort fertiggemacht hat – das ist Ihre Sache!"
Damit wandte er sich zum Gehen, beinah erleichtert. Alles, was seinen Mordfall verschlankte, machte die Ermittlungen leichter. Der Tag bekam doch noch was Positives.
„Und das soll's jetzt gewesen sein?", hörte er Elvi fassungslos hinter sich ausrufen. „Schon mal was von Amtshilfe gehört?"
Wolff schlenderte gelassen zu ihr zurück. „Sie dürfen Ihre Leute nach Merseburg holen, ohne dass ich mich einmische. Das dürfte Amtshilfe genug sein fürs Erste", sagte er und spielte dabei voll auf Größe. Tat enorm gut, das Weib mal in ihre Grenzen zu verweisen. „Und falls Ihnen das nicht reicht, dann hier noch ein Tipp unter Kollegen: Nehmen Sie doch mal Straubs näheren Bekanntenkreis unter die Lupe. Rein statistisch findet sich da mit an Sicherheit grenzender Wahrscheinlichkeit sein Mörder. In seinem Arbeitszimmer da hinten steht ein Adressblock auf dem Schreibtisch und hier" – Wolff deutete auf eine mit allerhand Zetteln zugemüllte Pinnwand über dem Kühlschrank – „dürften Sie seine aktuellsten Interessen finden. Aber den Rest …" Er stockte.
Wie gebannt starrte er auf das Wirrwarr an der Wand. Diese alberne Grafik – das Zelt mit dem verspielten Schriftzug im Halbrund darüber: Einladung – zwischen Kassenbons und dem Flyer einer Pizzeria: dieselbe Karte, die er auch schon bei Thamm gesehen hatte! Hastig riss er den Schriebs von der Pinnwand. Eine Reißzwecke flog durch den Raum, aber das kümmerte Wolff nicht. Fieberhaft las er die rührseligen Zeilen: „… und da nun schon das zehnjährige Jubiläum unbemerkt verstrichen ist, schaffen wir es vielleicht, sozusagen nachträglich, zum fünfzehnten Jahrestag unseres letzten …"
„Ist das was?", fragte Elvi trotzig. Wahrscheinlich war sie ange-

pisst, weil Wolff ihr erst großspurig das Feld überließ und dann doch noch irgendwas ausbrütete.
„Die Einladung", hauchte Wolff verwirrt. „Wie bei Till – der Einbruch dort …" Langsam dämmerte es ihm. „Verdammt, das ist *doch* mein Fall! Und Till …", stieß er aus, dann lief er schon los, raus aus der Küche, raus aus dieser verdammten Wohnung, die Treppe runter …
„Was soll denn das jetzt bitte schön heißen?", rief Elvi ihm durchs Treppenhaus hinterher, aber Wolff hatte schon keine Ohren mehr dafür. Sein Gefühl hatte ihn doch nicht getrogen. Dehmel hatte mit den Angriffen auf Thamm tatsächlich nichts am Hut, die Sache war erledigt. Aber jemand anderes – wer …? Nervös zog er sein Telefon aus der Tasche. „Komm schon", murmelte er ungeduldig, aber er kam nicht durch. Verdammte Scheiße, fluchte er in sich rein. Was musste Thamm auch ausgerechnet an den Arsch der Welt fahren! Aber war das nicht am Ende Kalkül? Wolff ging auf die Kurzwahltaste.
„Jette", rief er aufgeregt in das Gerät, „hast du eine Ahnung, mit wem Till weg ist? Warum du? Na, warum …!" Gute Frage, schoss es ihm durch den Kopf. Warum auch sollte sich Thamm auch *nur einmal* irgendwem anvertraut haben!
„Scheißkerl!", fluchte Wolff.

Der Wald triefte vor Nässe. Zwischen den Bäumen hing ein diesiger Nebel aus kleinsten Wassertropfen. Der immer noch dicht fallende Regen trommelte hart auf die Blätter, sodass sich im Hinterkopf ein nerviges Geräusch festsetzte, das Thamm ordentlich auf den Geist ging. Dazu der schmierige Weg, über den sich das Wasser in Hunderten Bächen zog, der scheiß kalte Wind – und das Blöken der Schafe, die in heller Aufregung und völlig orientierungslos durchs Unterholz stoben. Da knackte hier ein Ast, da raschelte es dort im Laub vom letzten Winter – und urplötzlich kam so ein gelbweißes Vieh über den Weg gerannt, rutschte im dümmsten Fall vielleicht noch mit den Hinterbeinen aus und strampelte sich wieder hoch auf alle Viere, dabei extreme Schreie von sich gebend, die Thamm noch nie zuvor gehört hatte.

Die Jungs schwiegen sich aus, weil es nichts zu sagen gab. Micha gab einen Stechschritt vor, der es den anderen schwer machte, den Anschluss nicht zu verlieren. Alex schob immer mal ein paar Hopser ein, um überhaupt dabeizubleiben. Sie hatten zu tun, quälten sich übermüdet, frierend und pitschnass bis auf die Knochen mit ihren eigenen Gedankengängen ab – und gerade deshalb schien sich die Stimmung allmählich zu einem neuen Höhepunkt hochzuschaukeln.

Thamm bemerkte es an Robert, der jedes Mal zusammenzuckte, wenn von irgendwo aus dem Wald ein unerwartetes Geräusch kam. Der panische Blick, der instinktive Schritt mehr zur Mitte des Wegs hin … Oder Micha: Mühte sich an der Spitze der kleinen Gruppe ab, das vorgegebene Tempo zu halten, als wäre seine Position gefährdet, wenn er mal einen Gang runterschalten würde. Dabei wurde es mit jedem Schritt schwieriger, die Schuhe aus dem Schlamm zu ziehen, gegen die durchweichten Hosenbeine anzukämpfen – überhaupt einen festen Tritt auf dem schrägen, schwammigen Boden zu setzen.

Für Thamm war es bloß eine Frage der Zeit, bis einer die Nerven verlor, bis die sich durch den Wald schleppende Kolonne einbrechen würde.

„Bleib mir bloß vom Hals!“, blaffte Robert aufgekratzt und machte einen Satz von Thamm weg. Wieder mal. Der Scheißer hatte es echt nicht drauf.

„Pappsack!“, knurrte ihm Thamm hinterher. Und sah doch zu, dass er mit den anderen Schritt hielt, ohne dabei jemand Bestimmtes von den drei Jungs auf die Pelle zu rücken. Er hatte keine Ahnung, was er von den Vorfällen hier im Wald halten sollte.

Zwei seiner Kumpels von früher waren tot, drei andere flüchteten zurück in die Zivilisation. Waren das nun allesamt Opfer von irgendeinem Wahnsinnigen hier draußen oder zog einer von ihnen hier ein echt durchgeknalltes Spielchen ab? Spätere Ermittlungen, dachte Thamm ungeduldig, würden es klarstellen. Aber für den Moment war alles unklar – so oder so, er müsste sie alle drei im Auge behalten, auch wenn er es war, dem sie wegen Michas alberner Aufhetzerei gerade am meisten misstrauten.

Und wieder, als hätte dieser Scheißkerl nur auf einen Vorwand gewartet, um sein mörderisches Tempo aufzugeben, fing Micha die alte Leier an. Schnappte Roberts Panik und Thamms Anranzer auf und gab nun auch seinen Senf dazu. „Musst du gerade sagen!", fing er irgendwie ziellos an. Er suchte Thamms Blick – eindeutig, schoss es dem Kommissar durch den Kopf, der suchte was, um sich dran aufzuziehen. Musste sich wohl den Frust von der Seele rotzen. Aber wenn Micha jetzt einknickte, war da die Chance, Alex und Robert mal wieder ein bisschen zur Vernunft zu bringen – oder würde dann die ganze Gruppe restlos auseinanderbrechen und Panik schieben?

„Komm, ja?", versuchte Thamm, die Sache zu entschärfen. Er hatte keine Ahnung, wie er Michas Wut auffangen sollte. Und wollte es ja eigentlich auch gar nicht. Am liebsten hätte er ihn einfach niedergestreckt, einfach eine aufs Maul, dass endlich Ruhe wäre. Aber dann würde zumindest Robert definitiv vollkommen durchdrehen, so viel stand mal fest.

„Vielleicht solltest du lieber vorneweg gehen", meinte Micha gehässig. Und weil Thamm nicht reagierte: „Oder du bleibst uns überhaupt mal auf Abstand. Robert hat schon recht!"

„Bitte?" Thamm glaubte, sich verhört zu haben. Aus dieser Richtung wehte also der Wind? Micha wollte ihm doch jetzt nicht wieder mit dieser saublöden Theorie kommen, dass ausgerechnet er Jan und David …

„Jetzt hör aber mal auf mit dem Scheiß!“, fuhr er Micha an. „Wenn du mal dein Hirn einschalten würdest, dann wüsstest du, dass wir gerade jetzt unbedingt zusammenbleiben müssen!“

Aber Thamms Einwurf prallte an Micha einfach ab. Kapierte der denn nicht, dass sie gegen jemand von außen genauso wie gegen jemand aus ihrer Mitte nur dann eine Chance hatten, wenn sie sich gegenseitig im Auge behielten? Überlegen grinste Micha ihn an. „Du willst es nicht begreifen, oder?“, meinte Micha hart. „Hier hat keiner Bock auf deine Meinung!“

Thamm sah abwechselnd zu Robert und Alex. Warum war Micha nur so scharf darauf, ihn ins Abseits zu drängen? Und warum hatte keiner von den Jungs was dazu zu sagen? Steckten die am Ende etwa alle unter einer Decke? Aber nein – Robert, das Weichei, wich seinem Blick scheu aus. Keinen Arsch in der Hose! War wohl froh, Michas Gehirngespinst glauben zu können, nur um sich irgendwo dran festzuhalten.

Und Alex? Scheiße, Alex war doch nicht so ein Dummkopf! „Micha hat recht“, sagte der nun zögerlich und mit einem Gesichtsausdruck, als würde er Thamm dabei um Verzeihung bitten. „Komm schon, Till – wäre das wirklich so schlimm für dich?“

„Sag mal, hackt's bei dir?“, entfuhr es Thamm. Die hielten ihn doch tatsächlich für den Mörder von Jan und David – für einen *Mörder*! Folgten blindlings Micha und brachten sich dadurch in Gefahr.

„Okay“, sagte er langsam und rang um Fassung. „Okay, ich hab's verstanden. Ihr denkt, ich hab die anderen kaltgemacht. Schön – ist ja prima!“, schrie er seine Wut über so viel Dummheit raus. Im nächsten Moment aber hatte er sich schon wieder im Griff. „Alles klar. Aber stellen wir uns doch mal vor – nur für einen Augenblick –, dass ich es *nicht* war. Denkt ihr nicht auch, wir sollten uns deshalb nicht alle zusammenhalten?“

Er konnte es nicht glauben. Nein, so doof war Alex doch nicht. Wenigstens Alex nicht, nein! Die zweifelten, ja. Sie waren ver-

wirrt, überfordert, völlig breit und runter mit den Nerven. Okay, das konnte er akzeptieren … aber er kriegte sie nicht rum, bekam sie in ihrem verdatterten Zustand einfach nicht gebändigt.
„Oder, wenn euch das besser gefällt, wir gehen alle nebeneinander“, schlug er vor. „Eine Viererkette, auf Sichtweite. Da kann sich keiner an irgendwen ranmachen, ohne dass es die anderen mitbekommen … also?“
„Nee“, wimmerte Robert allein schon bei der Vorstellung, auch nur halbwegs auf sich allein gestellt zu sein. Aber Alex grübelte noch. Hatte ihn Thamm wachrütteln können, kam da endlich mal wieder ein bisschen Verstand durch?
„Also gut“, pflichtete ihm – zu seiner Überraschung – nun ausgerechnet Micha zu. „Eine Viererkette, schön. Aber auf dich hab ich ganz besonders ein Auge.“
Und so zogen sie also durch den regennassen Wald und verteilten sich. Thamm ging ganz nach rechts außen, gefolgt von Micha. „Wann bist du eigentlich so ein Arschloch geworden?“, fragte Thamm nach hinten. Plötzlich hatte er irrsinnig Lust, Micha noch eins reinzuwürgen. „Ach halt!“, tat er überrascht. „Damals war's! Als du gerade abserviert worden bist, in unserem letzten Lager – da warst du genauso unterwegs! Gott – hat dich etwa wieder eine sitzen lassen?“
„Schnauze!“, knurrte Micha zurück.
Aber Thamm war noch lange nicht fertig. Wie hatte sie nur geheißen, Michas Flamme? „Komisch – du hast sie uns nie vorgestellt“, wunderte er sich nun. „Hat es die überhaupt gegeben?“
Micha sah ihn wutentbrannt an. „Was weißt du schon!“
Ja, was wusste Thamm schon? Micha hatte eigentlich nie irgendeine Freundin angeschleppt, die ganzen Jahre nicht. Hatte, wenn, dann immer nur von Verflossenen gequatscht … War der nur ein Aufschneider oder schwul? Und dann tat er jetzt immer nur mit ihm so doof …

„Könnte man ja glatt denken, du stehst auf mich“, frotzelte Thamm rüber zu Micha. Der wandte ihm einen verächtlichen Blick zu. „Bild dir bloß nichts ein!“
Damit sah er zu, dass er Abstand gewann und ließ Thamm verwundert zurück. Was sollte das jetzt bitte schön gewesen sein? Hatte Thamm da etwas nicht mitbekommen und gerade voll ins Schwarze getroffen? War Micha sackig auf ihn, weil Thamm damals und nun wieder auf der Leitung gestanden hatte? Er schaute Micha nachdenklich hinterher, aber der stierte nur blindlings geradeaus. Dahinter Alex auf der anderen Seite vom Weg und zuletzt Robert, am weitesten von Thamm entfernt.
Der reinste Kindergarten, dachte der Kommissar in ihm und hatte Michas halbes Outing schon gar nicht mehr auf dem Schirm. Die alte Wut kochte wieder in ihm, dazu absolutes Unverständnis über die Jungs. Aus purer Verzweiflung hatten die sich auf ihn als Täter eingeschossen – und wussten nun nicht, ob sie das Misstrauen gegen ihn komplett zulassen sollten oder mal ein paar Zweifel an dieser so schnell gefundenen Erklärung für das Unfassbare dulden dürften – auch um den Preis, die falsche Sicherheit, in der sie sich wiegten, aufgeben zu müssen. Scheißkerle, und mit denen hatte er mal seine Sommer verbracht, verdammte Saubande!
Thamm kämpfte sich verärgert durch das Unterholz. Das blöde Gestrüpp ging ihm auf die Nerven, auch das Laub, das sich an seinen aufgeweichten, dreckverschmierten Schuhen festsetzte und jedes Fortkommen noch schwerer machte, als es so schon war. Pass auf, aus Schiss machen die dich noch kalt, ging es ihm angewidert durch den Kopf. Ja, er ekelte sich regelrecht vor seinen einstigen Kumpels. Was waren das nur für Schwachmaten, dass sie so dermaßen das große Flattern kriegten. Zwischen den Bäumen bekam er manchmal Micha zu sehen, der ihm grimmige Blicke zuwarf. Oder irrte sich Thamm? Der Regen lag wie ein grauer Schleier über dem Boden, der alles verschwinden ließ, was nicht

auf Armlänge in Reichweite war. Und als er schon glaubte, Micha völlig aus den Augen verloren zu haben, kam das Geräusch von aufgewühlten Laub mit einem Mal immer näher, rasant näher – Thamm stockte der Atem, bis plötzlich – ein Schaf, verdammtes, an ihm vorüberzog. Und als es blökte, war es schon wieder von dem nasskalten Nebel verschluckt worden.
Er sank erschöpft gegen einen Baumstamm. Scheiße, drehte er jetzt auch langsam durch?

Woher der Schrei kam, wusste Thamm nicht. Er klang irgendwie gellend und auch wieder dumpf. Und dann war er weg, urplötzlich.
Aber er konnte sich nicht getäuscht haben. Das war doch keine Einbildung! Er schaute nach links, wo er die Jungs vermutete – erst Micha, dann Alex, Robert – aber da war niemand. Hatten sie sich abgesetzt, war er zu schnell gegangen und aus der Linie ausgeschert? Oder waren sie vor ihm? In dem allesfressenden Grau, unter dem permanenten Trommeln des Regens sah er, hörte er nichts.
Aber diesen Schrei, den hatte der Wald nicht verschlucken können. Der war *real* gewesen, nur woher war er gekommen? Thamm arbeitete sich durch die Sträucher, schob niedrig hängende Äste und Farne beiseite. Aber da kam keiner, er stieß auf niemanden. Immer schneller bahnte er sich einen Weg durch das Unterholz, suchte nach dem Schrei, durchforstete seine Erinnerung. Von links, ja, aber mehr von hinten oder eher von vorn? Und wo waren die anderen?
Nervös suchte Thamm nach Orientierung. Den in Schlamm aufgelösten Weg hatte er längst überquert, eigentlich müsste er sich jetzt genau zwischen Micha und Alex befinden – und trotzdem sah er keinen. Hatten die sich so sehr verlaufen in diesem scheiß Dunst?

Nun kam er schon langsam auf Roberts Position und noch immer: nichts. Er wollte nach ihnen rufen – doch der Schrei blieb ihm in der Kehle sitzen. Eine dunkle Masse hatte im gleichen Augenblick seine Aufmerksamkeit erregt, ein Klumpen zwischen Schlamm und Laub, ein Haufen irgendwas. Im Sekundentakt sah Thamm klarer, bekam der Schatten vor ihm auf dem Boden eine Kontur, zeichneten sich Beine ab, Arme, der schwere Körper – Thamm rannte auf Robert zu. „Scheiße!“, fluchte er halblaut vor sich her, immer wieder: „Scheiße!“ Was waren sie auch auseinandergegangen, was mussten sie sich auch aus den Augen verlieren!
Er sank neben dem reglosen Körper auf die Knie. Für diese Trantüte hatte er nie viel übrig gehabt und doch fiel es ihm schwer, jetzt einen einigermaßen kühlen Kopf zu bewahren. Ausgerechnet er, der am meisten Schiss hatte, dem die ganzen Ereignisse hier am härtesten angefressen hatten … der blutverschmierte Stein lag noch neben ihm im Laub, die Austrittsstelle am Hinterkopf war durchweicht von Wasser und verdünntem Blut, das den Kragen der Jacke hellrot färbte und darunter den Hals hinabsiffte, vom Regen unaufhaltsam angetrieben.
Thamm atmete tief durch. Aber manchmal war der Puls einfach zu dünn, um am Handgelenk festgestellt werden zu können – da musste er an den Hals ran, wenn er auf Nummer sicher gehen wollte. Was musste dieser Pappsack auch direkt auf das Gesicht fallen, dachte Thamm angewidert, andernfalls hätte die Augenstellung doch schon alles gesagt. Oder er hätte Robert nur den Finger unter die Nase halten müssen und die Atmung wäre gecheckt und alles klar gewesen. Aber nein, das wäre ja auch zu einfach gewesen. Und dass, wo Thamm nichts mehr hasste als Leichen. „Wehe, du bist wirklich tot“, murmelte er mahnend vor sich hin und ohne den Blick auf Robert zu senken, fuhr er ihm mit der Rechten unter den aufgestellten Kragen, zum Hals hin – und presste zwei Finger gegen die blutverschmierte Haut, dort, wo irgendwo da so in etwa

die Halsschlagader verlaufen musste. Thamm fuhr nach oben, tastete weiter nach unten, bis er das Schlüsselbein, den Kehlkopf erkannte. Aber da war nirgends etwas. Scheiße, durchzuckte es ihn und blitzschnell zog er seine Hand zurück. Robert war tatsächlich tot.

Und Thamms Hand voller wässrigem Blut. Er versuchte, das eklige Zeug auf dem durchgeweichten Laub abzuwischen, aber zwischen den Fingern klebte immer noch was davon. In ihm stieg ein mulmiges Gefühl auf, ein Druck vom Magen her.

Plötzlich ein Rascheln, das ihn aufhorchen ließ. Micha löste sich aus dem Dunst, Alex kam von irgendwoher weiter hinten. Warum erst jetzt, abgejagt – wie konnten die Deppen nur so ins Abseits geraten? Was hatten die für eine bekloppte Orientierung?

„Warum wart ihr nicht auf Linie?", blaffte Thamm die beiden an. „Warum wart ihr nicht hier – Alex, du solltest doch in Roberts Nähe sein …!" Wie besessen streichelte er sich durch das Laub und trotzdem bekam er das verdammte Blut nicht runter! Es war zum Verrücktwerden.

Und Micha glotzte ihn nur an – nicht Thamm allein, sondern das ganze Bild, das sich ihm da bot: der tote Robert, erschlagen, Thamm neben ihn kniend, halb am Durchdrehen, die blutverschmierte Hand … Erst als auch Alex nah genug rangekommen war, um sich einen Überblick zu verschaffen, erst als er entsetzt aufschrie und mit weit aufgerissenen Augen Thamm anstarrte – erst da kapierte der, dass die Jungs die Situation ja völlig missverstehen konnten: das verdammte Blut überall … „Hey", setzte Thamm an, um einen vertraulichen Ton bemüht, „hey Leute, ganz ehrlich, ich hab keine Ahnung, wer …"

„Ich hab's gewusst!", stieß Micha entgeistert aus. Ja klar, dachte Thamm, dem war nicht mehr zu helfen. Aber Alex, Alex musste er überzeugen. „Das ist nicht so, wie es aussieht", wandte sich Thamm an ihn – und hätte sich dafür im selben Augenblick ohrfeigen kön-

nen. Kam er Alex ausgerechnet mit so einem hohlen Spruch. Er war aufgestanden, versuchte, an die Jungs ranzukommen, diese beklemmende Distanz zwischen ihnen zu überwinden. Sie mussten doch zusammenbleiben, ja, gerade jetzt, nach der Sache mit Robert … Aber Alex ließ es nicht zu.
„Geh weg!", rief er panisch und machte einen Schritt zurück. Auch Micha, dem irgendwie doch die Spucke weggeblieben war angesichts dieser vertrackten Situation, hielt Abstand zu Thamm.
„Nun spinn dir mal keine Beule ans Knie!", meinte der, nun alles andere als um Entspannung bemüht, und kam ein paar Schritte auf Alex zu. Aber sein Versuch, mal eben klärend durchzugreifen, ging voll nach hinten los.
„Hau ab!", plärrte Alex nur, durch und durch aufgelöst, dann stürmte er los, bloß weg von Thamm, tiefer in den grauen Wald hinein. Und Micha wurde es wohl instinktiv auch zu heiß, fast gleichzeitig seilte er sich ab und rannte blindlings drauflos, Hauptsache weg und Land gewonnen.
Thamm sah ihnen verdutzt hinterher, wie sie sich schnell immer weniger von dem vom Regen hingestäubten Dunst abhoben und schließlich ganz in ihm verloren gingen.
„Ihr Idioten!", schrie er ihnen nach. „Ihr habt doch nicht mehr alle Tassen im Schrank, also echt!" Wohin nur mit der plötzlich hochkochenden Wut? Verärgert boxte er sich mit der Rechten in die andere, offene Handfläche. Und jetzt war nicht mal genug Zeit, diesen zwei Deppen mal gehörig die Köpfe zu waschen – da drang ja überhaupt kein vernünftiges Argument mehr zu ihnen durch! Und dann mussten sie auch noch wegrennen wie zwei blöde Kinder. Missmutig setzte Thamm zur Verfolgung an. Wie bekloppt war das denn, dachte er und versuchte, seinen Ärger über Alex und Micha in seine Beine zu lenken, die schwer und müde von der halb durchgemachten Nacht und diesem scheiß Marathon durch Mist und Matsch waren. Allein kamen sie doch

gleich mal gar nicht durch! Und Thamm konnte sich doch nicht zerteilen!

„Jetzt bleibt doch mal stehen!“, rief er durch das Unterholz, ohne dass er irgendjemanden ausmachen konnte. „Ihr Saftsäcke!“, schob er keuchend hinterher. Nur die Geräusche ihrer eiligen Schritte über knackendes Gehölz und raschelndes Laub dienten ihm als grobe Hinweise, wohin Alex und Micha rannten. Und wenn ihn sein Gehör nicht völlig täuschte in diesem Wirrwarr aus allen möglichen Tönen, die ein Wald im so richtig eingeschifften Dauerregen von sich geben konnte, dann bewegten sich Alex und Micha immer weiter auseinander.

„Gott, seid ihr bekloppt!“, knurrte Thamm und hielt kurz inne, um wieder zu Atem zu kommen. Was hatte er aber auch für eine beschissene Kondition! Beide zu erreichen, war unmöglich. Also musste er sich auf einen konzentrieren, aber welchen? Denk wie er, ermahnte sich Thamm, doch es half nichts. Er konnte sich nicht in diesen mysteriösen Täter reinversetzen, weil es einfach keine Hinweise zu ihm gab. Nur das: Aus irgendeinem unbekannten Grund metzelte er sie alle der Reihe nach ab. Und mehr gab es nicht zu ihm. Die Jungs hatten von Anfang an viel zu panisch reagiert und sich dann viel zu leichtgläubig auf Thamm als Täter eingeschossen, statt die Vorfälle eingehender zu analysieren. Wenn sie sich mal den Tatsachen gestellt hätte, ja dann hätte Thamm auch ganz anders agieren können. Aber nein, die Jungs hatten sich lieber gleich mal mit der ihnen zugewiesenen Opferrolle abgefunden, als dem Täter offensiv entgegenzutreten. Nachdenken, Befragungen – Dann wäre er vielleicht schon längst dahintergestiegen.

Oder verlangte Thamm da zu viel, hatte er nicht auf dem Schirm, dass sie ja allesamt von den sich überstürzenden Ereignissen erschlagen werden mussten, einfach weil sie nicht wie Thamm mit solchen Sachen vertraut waren? Und *mussten* sie sich nicht auch

geradezu zwangsläufig an Thamms nüchterner Herangehensweise reiben? Langsam setzte er sich wieder in Bewegung.
Alex oder Micha – diese Frage stellte sich längst nicht mehr, da drang nichts mehr zu ihm, was auf einen der beiden gedeutet hätte, sie waren schon zu weit weg. Jetzt galt es nur noch, irgendwie in dieselbe Richtung zu driften, aufzuschließen, grob dahin, wo er den Weg und Thale vermutete. Musste doch dort vorne irgendwo sein, verdammt noch mal!
Thamm ackerte sich hektisch durch den Wald, bog Äste aus seinem Gesichtsfeld, stolperte durch Büsche und latschte in vollgelaufene Senken, dass ihm das eiskalte Wasser über die Knöchel schwabbte und seine Schuhe nun endlich restlos durchweichte. Es kostete ihn immense Anstrengung, jeden Schritt auf den unsicheren, unebenen Waldboden einigermaßen auszugleichen – Thamm stolperte mehr, als dass er überhaupt zum Laufen kam. Was waren das auch für ein paar Idioten, fluchte er immer wieder vor sich hin – und nahm denn dieser beschissene Wald überhaupt kein Ende mehr? Keuchend sah er sich um: nichts als Bäume, graues Laub, diesiger Regen. Na toll – jetzt war er es, der sich hoffnungslos verlaufen hatte. Wer zögert, verliert den letzten Rest Gewissheit, schoss es ihm durch den Kopf, und er arbeitete sich wahllos in irgendeine Richtung durch, Hauptsache weiter – so oder so musste dieser Wald ja mal aufhören.
Er trat in ein Erdloch, der plötzlich übermäßig belastete Fuß schmerzte. Thamm zog ihn humpelnd nach, verhedderte sich an einer herausragenden Wurzel, bekam den Schuh nicht schnell genug wieder frei, verlor den Halt, taumelte und stürzte. Eine wahre Bilderflut von Laub und Bruchsteinen, Ästen und Wurzeln verhinderte, dass er rechtzeitig einen Ansatzpunkt fand, um sich abzustützen. Er fiel ungebremst – eine knorplige Wurzel – dann nur noch Schwärze, tiefe, endlose Schwärze um ihn.

„So – und jetzt?“ Wolff sah sich suchend um. Da draußen gab es nichts, was ihm verraten hätte, wo er war oder wohin er fahren sollte. Einfach nur noch so eine Weggabelung, wie schon endlos viele zuvor. Wieder ging es nicht so richtig voran.
„Na, was denn nun?“, knurrte er den Polizisten auf dem Beifahrersitz an. „Kennen Sie sich hier nun aus oder nicht?“
Der Angesprochene warf ihm einen vernichtenden Blick zu. „Nach rechts“, brachte er knirschend hervor. Der anschließende Fluch ging in dem Aufheulen des Wagens unter.
„Hören Sie“, meinte der Mann, nachdem der Wagen wieder Ruhe gab und sich einigermaßen resolut durch die Schlammfluten wälzte, die sich über den Waldweg schoben. „Ich hoffe, Sie wissen, was Sie hier draußen eigentlich wollen.“
Wolff schaltete hoch. „Was soll denn das jetzt bitte schön heißen?“, fragte er den Polizisten, ohne ihn anzusehen.
„Naja, ich meine ja nur …“, zögerte der andere. „Immerhin werden hier Einsatzkräfte gebunden, die jetzt eigentlich viel dringender in Thale gebraucht werden. Bei diesen Regenfluten …“
„Verstehe“, murmelte Wolff. Dadurch ermutigt, setzte der Polizist nach. „Und dann noch ohne Weisung vom Chef, in einem ganz anderen Revier – Sie wissen doch, dass wir hier schon zur Polizeidirektion Nord gehören, oder?“
„Ja“, machte Wolff kurz.
„Und dass wir da einfach so mal eben zur Amtshilfe ausrücken, nur weil ein Kollege aus Merseburg plötzlich aufschlägt, das ist da keinesfalls selbstverständlich, müssen Sie wissen. Da ist sozusagen …“
Wolff bremste den Wagen abrupt ab. Er holte tief Luft, dann wandte er sich dem Kollegen zu. „Ich hab's verstanden, Sie brauchen da jetzt nicht ewig drauf rumreiten“, sagte er mit Nachdruck. „Und es tut mir leid, dass Sie wegen mir Ihren Arsch aus der Wache hieven mussten.“

„Na also, hören Sie mal!“, ereiferte sich der Polizist, aber Wolff ließ ihn nicht zu Wort kommen. „Von mir aus meckern Sie, wie Sie wollen. Aber wenn die Sache hier wegen Ihnen schiefgeht, dann haben Sie sich Ihren Arsch die längste Zeit in Ihrem verträumten Revierkommissariat platt gesessen! Und jetzt, verdammt noch mal, sagen Sie doch mal, wo es hier langgeht!“

Der Kollege wies wortlos den Weg und Wolff brauste los. Hinter ihm folgte die zweite Streife.

Wolff hatte hoch gepokert, das wusste er selbst. Dafür brauchte er nicht erst so einen kurzsichtigen Dorfsheriff, der ihn mit seinem Behördenschimmel traktierte. Wenn der wüsste, dass Wolff nicht nur alle verfügbaren Kapazitäten aus Thale eingespannt, sondern auch noch das Kommissariat in Blankenburg auf Unterstützung angefunkt hatte! Wolff war auf der Herfahrt die Karten durchgegangen: Wenn alles so lief, wie er sich das gedacht hatte, müssten sich jetzt die mobilisierten Einsatzwagen aus allen möglichen Zugangsrichtungen dem Zeltplatz nähern. Und dann würde es heißen: einsacken, sicherstellen, durch die Mangel nehmen.

Zu lange waren sie der falschen Fährte gefolgt, hatten die beiden Todesfälle in einen Topf geworfen. Thamm hatte es ja von vornherein bezweifelt – nun stand es für Wolff fest: Die Sache mit Avermann war geklärt, Dehmel anhand der Indizien eindeutig überführt. Das Ganze hatte zwar ohne ein Geständnis einen kleinen Schönheitsfehler, aber den zu beheben, war nicht mehr seine Angelegenheit. Das sollten mal schön die Leutchen vor Gericht klären. Und vielleicht kam dann auch von der richtigen Stelle gleich noch die Frage auf, wer überhaupt für Dehmels vorzeitige Entlassung verantwortlich war.

Aber Straub, der Tote Nummer zwei … Da hatten sie echt gepennt, hatten sich trotz Thamms Zweifel zu lange auf einen Zusammenhang mit Avermanns Tod konzentriert. Verdammte Scheuklappen – der reinste Tunnelblick! Wolff hatte sich endlos den Kopf zermartert: Diese dünne Verbindung zwischen Straub und Thamm, dieselbe Einladung zu diesem merkwürdigen Campingspaß – ein blöder Zufall oder der entscheidende Hinweis? Wolff hatte sich darauf festgelegt, der Spur zu folgen. Und zwar mit vollem Programm. Wenn er sich geirrt haben sollte, dann würde er einen völlig nutzlosen Rieseneinsatz zu verantworten haben. Dazu noch die Scherereien wegen Missachtung der normalen Wanderung über sämtliche Vorgesetzte. Und das würde so richtig Ärger geben – wenn die Revierleiter und Staatsanwälte nur annähernd so selbstherrlich wären wie das Chefchen – na dann, gute Nacht!

Aber Wolff hatte es trotzdem riskiert, hatte alles auf eine Karte gesetzt. Er wollte das jetzt verdammt noch mal wissen, was da in diesem Zeltlager vor sich ging! Wenn hier kein Zufall am Werk war – dann machte sich entweder irgendwer Außenstehendes oder ein Mitglied von Thamms einstiger Jugendgruppe über die Jungs her. Und da wollte Wolff nun endlich Klarheit – auch wenn im dümmsten Fall der Fälle alles okay war bei denen und er sich mit seinem alarmierten Aufgebot zum Deppen machte!

„Und jetzt?“, fragte er wieder. Der Regen draußen fraß sich regelrecht durch den Wald. Eine irgendwie befahrbare Straße war längst nicht mehr auszumachen. Es ging nur noch darum, gegen den Sog zu steuern und das Auto einigermaßen auf dem nicht bewachsenen Streifen zwischen den Bäumen zu halten. Die Scheibenwischer warfen hektisch ganze Wasserlachen aus Wolffs Blickfeld.

Und dieser blöde Kerl reagierte permanent zu spät! Wolff musste erst den sowieso schon kaum zu bändigenden Wagen abbremsen, bevor der Klapser was mitbekam! Als würden sie das Spielchen nicht schon zum hundertsten Mal treiben!

„Prohaska, könnten Sie vielleicht mal …!“, rief Wolff aufgebracht. Der Polizist neben ihm zuckte zusammen wie aus dem Schlaf er-

wacht. „Guten Morgen!“, knurrte ihn Wolff polemisch an und fuhr in die daraufhin eilig angedeutete Richtung. „Nimmt denn dieser verdammte Wald überhaupt kein Ende?“
„Das ist Naturpark“, giftete ihn Prohaska leise an. „Wegen der Wildkatzen und dem Raufußkauz, der auf der Roten Liste …“
„Toll!“, unterbrach ihn Wolff. „Genau das wollte ich jetzt wissen. Scheiße!“
Da war plötzlich dieser Typ aus dem Nichts auf die Schlammpiste geschliddert – Wolff bremste zu stark ab, der Wagen drehte sich weg, das Hinterteil rutschte nach vorn und glitt komplett über den Weg. Wolff brauchte einen Moment, um aus seiner geduckten Haltung rauszukommen und über das Lenkrad zu schauen. Ein kurzer Rundumblick. Alles schien heil. Nur dieser verrückte Kerl … der rannte auf das gerade erst zur Ruhe gekommene Auto, lauthals lachend, und riss die Fahrertür auf.
„Endlich!“, kicherte er albern, „endlich! Und dann auch noch die Polizei! Dein Freund und Helfer!“ Er kam aus diesem gefistelten Lachen gar nicht mehr raus.
„Jetzt beruhigen Sie sich mal!“, meinte Wolff und schob den Mann beiseite, um ihm hinterher aus dem Wagen steigen zu können. Der Typ war nass bis auf die Knochen. Schon allein sein Anblick machte frösteln. Instinktiv zog sich Wolff die Kapuze seiner Windjacke hoch, auch wenn das nicht viel bringen würde bei dem Unwetter.
„Wohin gehören Sie denn?“, fragte Prohaska von innen, über den Fahrersitz gebeugt. Okay, das war sein Revier, er leitete das Revierkommissariat in Thale, wie sich die heruntergekommene Hundehütte nannte, bei dem Wolff ihn und seine Leute aufgesammelt hatte. Aber trotzdem hatte Wolff das Gefühl, dass er hier allein schneller ans Ziel kommen würde. Kurzerhand schlug er die Fahrertür hinter sich zu. Prohaska, die Pflaume, konnte ihn mal kreuzweise.

„Kommen Sie“, meinte Wolff und führte den halb zitternden, halb Freudentänze aufführenden Mann unter einen dichten Nadelbaum. Hilft auch nicht viel, dachte Wolff, aber immerhin war es ein Anfang.
„Gehören Sie zu der Gruppe von Till Thamm?“, fragte er den Kerl und hielt ihn mit beiden Armen fest, damit er gezwungen war, wenigstens einigermaßen stillzuhalten.
„Ich könnte dich glatt knutschen vor Freude!“, wieherte der andere ihm entgegen.
„Hallo!“, mahnte Wolff unbeeindruckt an. „Kann ich mit Ihnen sprechen? Kommt da was an? Ich frage noch mal: Gehören Sie …“
„Wir wollten nur zelten“, wimmerte der andere plötzlich. „Wir wollten doch nur zelten! Als Erstes … und dann ist Robert durchgedreht. Oh Gott, und jetzt liegt er im Wald, irgendwo hier …“ Er fiel Wolff kraftlos in die Arme, krallte sich an ihm fest, und die Zuckungen, die den Weinenden erschütterten, gingen auf Wolff über. Er konnte den Mann nicht länger halten, der zog ihn einfach mit runter. „Ist ja gut!“, konnte Wolff gerade noch so zur Beruhigung murmeln, dann landeten sie auf dem Hosenboden.
Kalter Schlamm durchweichte Wolffs Jeans, er saß wie in abgekühlter Gülle. Eilig rappelte er sich wieder auf. „Jetzt reißen Sie sich doch mal zusammen!“, blaffte er den Mann an, der zusammengekauert unter dem Baum hockte, so ganz von einem Heulkrampf geschüttelt und dann wieder kindisch lachend. Was der wohl durchgemacht hatte? Auf jeden Fall löste sich jetzt einen ordentliche Portion Anspannung, so viel stand fest. Und das ausgerechnet jetzt, dachte Wolff verärgert. Hätte er es nicht noch die paar Minuten zurückhalten können?
„Hören Sie“, versuchte es Wolff wieder und beugte sich weit zu ihm runter. „Sie sind doch ein harter Kerl, oder? Zumindest sehen Sie so aus. Sie haben ganz schön was mitgemacht, oder?“
Zu seiner einfühlsamen Stimme bemühte er sich um einen recht

offenen Blick. Der Mann sah ihn aus verheulten Augen an, suchte irgendwas in Wolffs Augen – und dann nickte er, nickte und verfiel wieder in dieses blöde Gejammer.
„Sie gehören zu den Jungs um Thamm, stimmt's?", fragte Wolff wieder. Aber der Mann schüttelte nur heftig den Kopf. „Nein", murmelte er unterdrückt, „nein. Der wollte uns umbringen."
Wolff traute seinen Ohren nicht. „Wie bitte?"
„Der wollte – der *hat* alle umgebracht!", rief der Mann nun und sah Wolff mit festem Blick an. „Und … der ist noch da draußen!"
„Sie sind ja völlig durch den Wind!", entfuhr es Wolff. Aber er hielt sich noch zurück. „Und wie viele sind noch im Wald?"
„Einer … nur noch einer!" Der Mann hatte schon wieder die Fassung verloren. Er funzte und kicherte in einem und rief immer wieder: „Und dann gleich die Polizei! Ausgerechnet ihr!"
Wolff ließ von ihm ab. Prohaska hatte sich inzwischen ebenfalls aus dem Auto gemacht und stand nun etwas ahnungslos neben seinen Leuten. Ihre Gesichter sprachen Bände: allgemeines Desinteresse und enorm überschaubare Begeisterung darüber, hier im Wald zu halten – mitten im größten Regen.
„Der ist völlig hinüber", erklärte Wolff und deutete hinter sich. „Den sammeln Sie ein und behalten ihn im Auge, okay?"
„Sollen wir mit ihm in die Diakonie nach Elbingerode?", bot sich einer der Männer an. Hatte es wohl ganz besonders eilig, hier aus dem Regen zu kommen.
„Ja, oder in die Klinik nach Bad Suderode?", fragte nun auch ein zweiter Polizist.
„Wohin? Nein!", rief Wolff. „Ich brauch hier jeden Mann. Einer von Ihnen bleibt mit dem Mann bei den Wagen. Die anderen" – Wolff checkte sie ab: sechs Mann, nicht gerade der Hammer in diesem Riesenwald – „kommen mit mir. Sie sind hier im Wald. Irgendwo zwischen hier und dem Zeltplatz. Sie wissen, was das heißt."
„Sie wollen doch nicht allen Ernstes …", protestierte Prohaska.

„Und wie ich das will!“, meinte Wolff. „Also?“
Missmutige Blicke bei der Aussicht, ausgerechnet bei dem Sauwetter den Wald zu durchkämmen. Fragend schauten sie sich an, wer wohl der Glückliche sein würde, der im Wagen zurückbleiben dürfte.
„Na los, Prohaska“, forderte Wolff ungeduldig. „Lassen Sie einen hier und dann – ziehen Sie mal den Finger!“
Missmutig trotteten die Männer ab, zuerst über den Weg, dann in den Wald hinein. Immer breiter schwärmten sie aus – endlich, dachte Wolff, waren sie so weit auf Abstand zu ihm, dass er diese angepissten Gesichter nicht mehr sehen musste. Endlich kam er Thamm um einiges näher.

Weiß, dann grau – ein Flimmern … dann sackten ihm die Augen wieder zu. Eine tiefe Müdigkeit machte sich in ihm breit. Wie angenehm, sich jetzt einfach fallen zu lassen, rein in diese grenzenlose, wohlige Wärme …
Mühsam kämpfte er dagegen an, zwang seine Augen ein zweites Mal auf. Wieder nur weiß, was er da sah. Er versuchte, einen Gedanken zu fassen, irgendeinen. Wo war er – und was hatte er da vor sich? Langsam zogen die Konturen nach, gewann das Bild an Tiefe. Der Kopf ließ sich nur schwer bewegen, der Nacken war steif geworden vom Liegen in dieser überdehnten Haltung. Ja, er lag! Thamm wurde mit einem Schlag bewusst, wo er sich befand. Die unterschiedlichsten Eindrücke stürmten seinen sich wieder sammelnden Verstand. Das nasse Laub an seiner Wange, der stechende Schmerz auf der Stirn – er war gefallen, auf dieser verdammten Wurzel gelandet: Er musste bewusstlos gewesen sein. Aber wie lange? Er spürte die Kälte durch seine Jeans hochziehen. Die musste völlig versifft sein vom Regen, der dröhnend auf ihn niederprasselte, vom Schlamm, von dem ganzen Zeug, das so im Wald rumlag. Nadeln, kleinste Zweige, Rindenstücke, Ameisen und anderes

Viehzeug … Thamm lächelte. Sein Hirn war wohl noch nicht ganz auf der Höhe, dass es jetzt sämtliche Bestandteile des Harzer Waldbodens runterratterte … Und das da vor ihm – war das ein Schaf? Ja, das weiße Knäuel stand regellos neben ihm, keinen Meter entfernt, und glotzte Thamm bedripst an. Als er sich regte und langsam aufrichtete, huschte es weg und verschwand im Unterholz. Thamm sah ihm nachdenklich hinterher. Wie schade eigentlich, dieses scheue Tier so verschreckt zu haben. Aber er konnte es ja nicht ändern, konnte sich ihm ja nicht verständlich machen. Allmählich bekam er wieder den kompletten Durchblick. Auch er war gerannt, aber nicht vor etwas weg, sondern hinter jemand her. Alex, Micha – wo sie wohl inzwischen sein mochten? Ob sie Thale erreicht und Hilfe verständigt hatten? Wurde nach ihm gesucht? Er versuchte, sich zu orientieren. Aber da war nur Wald um ihn herum, in jede Richtung bot sich derselbe Anblick von regennassen Bäumen, aufgeweichtem Boden, grauem Dunst. Wo der Weg lag, ließ sich nicht feststellen, Thamm wusste nicht einmal genau, woher er gekommen war und wohin er sich wenden müsste, um schnellstmöglich aus diesem Wald zu kommen. Auf Leute zu stoßen, aus diesen Klamotten raus zu können, endlich mal wieder einen klaren Gedanken fassen und den ganzen Laden hochgehen lassen …

Ein Schrei – in seinem Hirn überschlugen sich die Gedanken: ein Déjà-vu, ein Erinnerungsfetzen aus der Nacht, als Alex panisch das Zelt aufgerissen hatte? Stand Thamm kurz davor, sämtliche Erlebnisse im Schnelldurchlauf noch mal vorgeführt zu bekommen von seinem Gedächtnis, das sich nach dem Sturz erst wieder umständlich hochfahren musste? Oder war der Schrei tatsächlich echt gewesen, aus dem Hier und Jetzt, ein Geräusch aus den Tiefen des Waldes, das von überallher stammen konnte? Thamm zögerte, diese Vermutung anzunehmen … war er am Ende doch nicht allein hier draußen? Aber das konnte doch nicht sein, Alex und Micha mussten doch inzwischen längst ganz woanders, weit weg von ihm sein! Hatten sie sich verlaufen, genauso wie er, und gangerten hier noch irgendwo rum? Oder waren sie zurückgekehrt, suchten ihn vielleicht sogar?

Aber ein *Schrei*! Thamm richtete sich auf. Er ging stockend wie auf Stelzen. Sein ganzer Körper war im Arsch, völlig steif und lahm von der scheiß Kälte. Ein Schrei, ging es ihm immer wieder durch den Kopf. Da waren mindestens zwei Leute! Und einer von ihnen – das Jagdfieber packte ihn, ließ ihn die Schritte schneller setzen in jene Richtung, aus der das Geräusch herzurühren schien. Ein Schrei – ein Opfer – scheiß drauf! – *der Mörder*!

Jetzt glaubte er, auch ein Wühlen, ein Rascheln im Unterholz zu hören. Er hatte sich nicht geirrt, kam dem Ort des Geschehens immer näher. Ein letzter Strauch, der die Sicht versperrte – Thamm schob ihn beiseite …

Am Boden rangen zwei Männer miteinander. Sie keuchten, würgten einander, eine Hand löste sich, setzte zum Schlag an …

„Halt!", rief Thamm energisch, doch die Hand sauste dessen ungeachtet auf den unter ihr liegenden Körper zu, etwas blitzte silbern glänzend auf, bevor es unter der Jacke des am Boden Liegenden verschwand. Es folgte ein Röcheln, ein Wimmern, die obere Gestalt wich zurück, die untere krümmte sich zusammen. Thamm schnellte hervor, warf sich dem Verletzten zu – Alex! Lag da zuckend im Dreck, hielt die Hände auf den Bauch gepresst und dazwischen färbte sich der Stoff rot, quoll Blut über seine Finger.

„Drück fest zu", murmelte Thamm, kam sich dämlich vor, weil es so überflüssig zu sagen war, weil er sich ekelte vor der Verletzung, den blutigen Händen – und weil er dem angstverzerrten Gesicht von Alex nichts mehr als ein irgendwie unsicheres Lächeln entgegenzuhalten hatte, das doch aufmunternd und tröstend wirken sollte. „Du packst das, ja? Das wird schon wieder", schob er nach, ohne dass es ihm gelang, dem armen Kerl die Beruhigung

zu vermitteln, die der jetzt brauchte. Nur keine Panik. Hilfe ist unterwegs. Bleib ganz ruhig liegen. Ist nicht so schlimm, wie es aussieht – was für bekloppte Floskeln! Zum ersten Mal störte es Thamm, dass er nichts Besseres als diese abgedroschenen Phrasen drauf hatte.
Er riss sich los von Alex' stierenden Blick. Micha also, dachte er wütend und richtete sich auf. Da stand er, ihm gegenüber, in geduckter, lauernder Haltung, das Messer fest in der Hand. Kein Gedanke an Flucht, sondern bereit zum Angriff, zum zweiten Schlag. Erst Alex, dann Thamm – dann wäre die Liste komplett. Aber warum? Thamm suchte den Blickkontakt, wollte eine Antwort in dem Gesicht des Mörders finden – und erstarrte. Das war ja … gar nicht … Micha! Er traute seinen Augen nicht.
„David? Aber …"
Ein höhnisches Grinsen machte sich auf Davids Gesicht breit.
„Ja", sagte er halblaut, „damit hast du nicht gerechnet, was?"
Thamm war noch immer voll von der Rolle. „Aber wie kannst du …? Du warst doch – tot?!"
David lachte gellend auf. „Tot, wirklich? Schade, gerade dir hätte ich ein bisschen mehr zugetraut. Die anderen waren ja von Anfang an komplett durch den Wind, von denen war nichts mehr zu erwarten. Aber du … wenn einer die Nerven dazu gehabt hätte, zu mir runterzusteigen und mich genauer unter die Lupe zu nehmen, wie ich da so schön hinter dem Abhang lag – Till, um ehrlich zu sein, es hat mich schon ganz schön enttäuscht, dass du nicht runtergekommen bist."
Thamm verstand noch immer nicht. „Nur warum?", fragte er verdattert. Er dachte an die toten Jungs: Jan. Robert. Alex? „Warum?"
Aus Davids Gesicht wurde er einfach nicht schlau. Das Lachen war jetzt von ihm gewichen, seine Lippen waren hart aufeinander gepresst, seine Augen stierten Thamm an. „Wusstest du, dass sich im Frühjahr die meisten Menschen umbringen? Kein Scheiß. Ich

dachte immer, im Herbst, weil es da dunkler wird und so. Aber nein, es heißt, im Frühjahr, weil dann die Kaputten mitbekommen, wie alle anderen durchstarten – nur sie eben nicht."

Was sollte das? Drehte David jetzt vollständig durch?

„Wie wär's, wenn du erst mal das Messer weglegst …", setzte Thamm an, aber David reagierte überhaupt nicht.

„Weißt du, ich hätte ja nie gedacht, dass sie sich jetzt noch umbringen würde – nach all den Jahren." Plötzlich kam Leben in ihn, David stieß mit der Klinge in Thamms Richtung. „Und daran seid ihr schuld, ihr allesamt!"

Noch lagen gut drei, vier Meter zwischen ihnen. Zu wenig für David, um zu fliehen – zu viel, um einen überraschenden Angriff zu starten. Thamm graste den Boden ab. Mit einem Knüppel könnte er ihn auf Abstand halten, sollte es zum Äußersten kommen. Ein Satz nach unten, dann im Aufstehen gleich den Schlag, bevor David zustechen konnte.

„Angst?", fragte David von oben herab. Thamm suchte sofort wieder den Blickkontakt zu ihm. Nur keine Schwäche zeigen, nur ihm jetzt nicht das Gefühl der Überlegenheit geben. Aber auch nicht zu aggressiv gegen ihn halten, das könnte ihn reizen und zur Attacke anstacheln. Wie hieß es bei diesem beknackten Konfliktbewältigungsprogramm? Im Gespräch bleiben, die Aufmerksamkeit des Gegenübers *binden*. Absoluter Schwachsinn, dachte Thamm auch jetzt. Im Ernstfall war ihm ein Knüppel tausendmal lieber als irgendwelches Psycho-Gelaber.

„Wusstest du eigentlich, dass Lena nie allein klargekommen ist? Erst hat sie bei den Eltern gewohnt und dann bei mir. Hast du überhaupt eine Ahnung, was das für ein beschissenes Leben ist – wenn du nichts gebacken kriegst, jahrelang auf Tabletten stehst, von einem Nervenklempner zum nächsten ziehst – und trotzdem nicht auf den grünen Ast kommst?"

Thamm runzelte die Stirn. Lena?

„Deine Schwester?“, fragte er ungläubig.
„Deine Schwester“, äffte ihn David nach. „Ja, verdammt – meine Schwester! Ihr habt sie vergessen, ihr alle. Hab ich nicht anders erwartet. Für euch war sie nur – ja, was! Aber *sie* hat immer an euch gedacht, jeden Tag ihres bekloppten Lebens, an jeden einzelnen von euch.“
„Ja, aber ...“
„Was das mit dem hier zu tun hat? Das hat mich Jan auch gefragt. Und Robert auch. Keiner kam drauf!“
„Hast du etwa jedem so eine dämliche Gardinenpredigt gehalten?“, platzte Thamm raus. Wollte David sich hier künstlich in Szene setzen und seine Verbrechen – Morde immerhin! – in irgendein günstiges Licht stellen, sie am Ende noch *rechtfertigen*? Kleines Arschloch, dachte Thamm, spielst auf Zeit ... „Denk doch mal an Alex“, meinte er, „der röchelt sich hier einen ab. Mensch, der muss doch jetzt nicht noch ...“
„Schnauze!“, blaffte ihn David an. „Schnauze, verdammt! Alex hat's doch verdient – noch mehr als Jan und Robert und ... mit dem fing es doch an, mit seiner scheiß Einladung kam doch alles wieder hoch. Lena war ja komplett aus dem Häuschen und ...“
„Und was?“ Langsam wurde Thamm hier alles zu bunt. Holte David tatsächlich zur großen Predigt aus? Und je länger er da so rumstand und sich Thamm an das gegen ihn gerichtete Messer gewöhnte, umso sicherer wurde er sich, dass er David überwältigen könnte. Ein Sprung zu dem nächstbesten Knüppel – das musste doch drin sein, oder?
„Vergiss es“, meinte David verächtlich. Er grinste schief und deutete mit einem kurzen Nicken zu dem Ast in Thamms Nähe. „Probier's und du hast mein Messer im Hals.“ Thamm zögerte – und verfluchte sich dafür. Weil er nicht sofort auf diese Ankündigung reagiert und David in die Schranken gewiesen hatte, schwamm der wieder klar im Oberwasser.

„Und jetzt", setzte er drohend fort, „möchte ich hören, wie du sagst, dass es dir leidtut. Das mit Lena."
„Mit Lena?" Thamm stutzte. Was hatte der nur für einen Fimmel mit seiner Schwester? Thamm konnte sich kaum an sie erinnern. Aber bitte, wenn er so drauf bestand. „Okay", meinte er halbherzig, „es tut mir leid, dass sie sich umgebracht hat ... und was jetzt?"
Komm schon, dachte er, komm endlich aus der Reserve, raste aus, verlier die Nerven – dann landest du definitiv keinen Treffer bei mir mit deinem Tortenheber. Aber David lachte nur. „Netter Versuch", entgegnete er langsam. „Die anderen wollten mir auch so blöd kommen. Aber das meine ich nicht. Ich meine, was bei unserem letzten Zeltlager passiert ist – *eurem* Zeltlager, genauer gesagt. Ich war ja nicht dabei. Also streng mal deine grauen Zellen an!"
Könnte dir so passen, dachte Thamm trotzig. Er hatte keine Lust, weiter nach Davids Pfeife zu tanzen. „Nein", knurrte er deshalb. „Du hast deinen Spaß gehabt und jetzt ist gut. Mir ist arschkalt, ich möchte endlich raus aus den Klamotten – Alex braucht schleunigst einen Notarzt – und was du hier noch vom Stapel lassen willst", schob er verächtlich hinterher, „das kannst du mir auch auf dem Revier sagen, wenn ich dich in U-Haft habe, verstanden? Also komm jetzt – weg mit dem scheiß ..."
Thamm machte einen Schritt nach vorn, spielte ganz auf Autorität, um David zu verunsichern – ein gewagtes Vorgehen, das war ihm klar, aber wohl auch die einzige Möglichkeit, die er sah, um aus diesem Schlamassel einigermaßen flott rauszukommen. Die Chancen standen vielleicht fifty-fifty, dass sich David von Thamms energischem Durchgreifen beeindrucken lassen würde ... Komm schon, dachte Thamm, den Blickkontakt um jeden Preis haltend, während er auf David zuging. Die anderen konntest du umbringen, okay. Die hast du dir der Reihe nach rausgepickt. Aber mich doch nicht, ich bin dir doch hier völlig ungeplant über

den Weg gelaufen – verdammt, wir haben zusammen in einem Zelt übernachtet!
Noch zwei Schritte, dann würde es sich zeigen – David rührte sich nicht, sein Gesicht verriet eine gewisse Unsicherheit, hinter diesem verbissenen Gesicht arbeitete es – noch einen Schritt, dann …
„Na, komm schon", murmelte Thamm und streckte die Hand nach dem Messer aus, da warf sich David plötzlich nach vorn. Der Mistkerl zielte doch tatsächlich auf seinen Bauch, schoss es Thamm durch den Kopf. Der wollte ihn einfach so niedermachen, genauso kaltblütig wie Alex und die anderen. Thamm riss den Arm instinktiv hoch, um sich David auf Abstand zu halten – umsonst. Ein ungewohnter Schmerz durchzuckte seinen Unterarm und lähmte seine Gedanken. Thamm hatte der Wucht, mit der David auf ihn zustürmte, für den Bruchteil von Sekunden nichts mehr entgegenzusetzen. Und als er sich wieder fassen konnte, war es schon zu spät. Davids Masse warf ihn einfach nach hinten um.

„Weißt du, auf dich hatte ich eigentlich immer den meisten Hass. Auf dich und Christopher. Ich meine, wie kann jemand so abgebrüht sein und nach dieser Sache ausgerechnet noch Polizist werden wollen! Das ging mir einfach nicht in den Kopf."
Thamm saß gegen einen Baum gelehnt und bewegte vorsichtig seinen verletzten Arm. Die Wunde blutete nicht gerade besonders, zumindest drang nur wenig Blut aus dem Jackenärmel und es fühlte sich auch nicht so an, als ob da insgesamt wesentlich mehr rauskam. Aber die Sehnen – war da was kaputt? Er ließ das Handgelenk langsam kreisen, bewegte sämtliche Finger in alle möglichen Richtungen und war noch längst nicht fertig mit seiner Untersuchung. Nur so viel stand schon mal fest: Wenn er den Arm generell aus seiner gebeugten Haltung nahm, durchzuckte ihn schon auf den ersten Zentimetern ein hammerharten, stechender Schmerz. Auf den Arm konnte Thamm vorerst nicht mehr zählen.

Damit hatte sich seine Lage empfindlich verschlechtert. Nicht nur konnte er kaum so ohne Weiteres auf die Beine kommen und David irgendwie doch noch überwältigen. Auch um eine mögliche Verteidigung sah es ziemlich schlecht bestellt aus.
Ihm blieb nichts weiter übrig, als David am Quatschen zu halten, um seinen letzten Angriff möglichst lange hinauszuzögern. Wäre ja gut möglich, dass Thamm doch noch eine Verteidigungsstrategie einfiel. Und dann war da noch diese vage Hoffnung, dass sie doch nicht allein im Wald waren und wenigstens vielleicht noch Micha …
„Also schön", murmelte er. „Fangen wir ganz von vorne an. Du hast also die Einladung von Alex bekommen und deine Schwester ist deswegen ausgetickt und hat sich umgebracht. Und warum das Ganze? Was hat das mit mir zu tun?"
David stürzte auf ihn zu. „Denk nach!", knurrte er bedrohlich. „Du willst von vorne anfangen, ja? Dann geh mal fünfzehn Jahre zurück!"
Thamm runzelte die Stirn. Was hatte er da schon noch großartig an Erinnerungen? Verblasste Zeit, diese paar schönen Sommer in den letzten Schuljahren – alles trübe, was da vor der Fachhochschule der Polizei lag. Ja, dort fing eigentlich erst sein Leben so richtig an, in diesem scheiß Aschersleben, das er so sehr mit einem schönen Bild seiner Heimatstadt abgebügelt hatte, dass er heilfroh war, wieder nach Merseburg gekommen zu sein – und zu seiner Überraschung dann eben doch nicht die tolle Stadt vorgefunden hatte. Sah eigentlich genauso kleinkariert wie Aschersleben aus …
Aber davor?
Lena also. Immerhin war ihm noch der Name präsent. Lena hatte damals mitgewollt, weil David ausgefallen war. Blinddarm. Nein, halt: Deswegen war ein Platz im Camp frei geworden, aber mitgenommen hätten sie die Jungs allein deshalb noch lange nicht. Christopher hatte ihnen damals in den Ohren gelegen, wegen ihm

hatten sie schließlich zugestimmt. War er vorher schon mit ihr zusammen gewesen oder hatte sich das erst im Lager ergeben? Thamm wusste es nicht mehr.

„War ein scheiß Lager gewesen", erinnerte er sich. Dauernd diese komische Beklemmung mit dem Mädel dabei. Nichts war mehr so ungezwungen gewesen wie in den Jahren davor – nackt im Bach liegen: unmöglich. Die ganzen blöden Witze: hatten nicht richtig gezogen. Wettklöppeln ins Lagerfeuer: war nicht mal dran zu denken gewesen. Stattdessen diese alberne Lovestory: Christopher und Lena, überall nur noch zusammen, immer mit den Lippen aneinander, damit es auch niemand übersehen konnte: Christopher hat eine und ihr alle nicht. Ja, so richtig frei waren sie eigentlich nur im Wald gewesen, wenn Lena nicht mitkam und Christopher deswegen auch nicht.

„Deine Schwester war nett", wagte sich Thamm langsam vor. „Christopher hing ziemlich an ihr, saß immer bei ihr rum …"

„Ihr habt gesoffen!", fiel ihm David ins Wort. Thamm sah ihn fragend an. Getrunken hatten sie irgendwie an jedem Abend, klar. Und eigentlich nicht nur dann. War doch David bekannt, der war oft genug dabei gewesen in all den Jahren davor. Aber gleich gesoffen …?

„Ihr habt sie betrunken gemacht!"

Langsam dämmerte Thamm, worauf Christopher hinauswollte. „Ah, du meinst, weil sie es getrieben haben? Verstehe", lachte er amüsiert auf. Jetzt, wo David ihn drauf gestoßen hatte, erinnerte er sich ganz gut daran. Das war am letzten Abend gewesen – zugegeben, da hatten sie wirklich etwas mehr intus gehabt als sonst. „Der große Bruder muss seine kleine Schwester beschützen. Gott, David, sie war damals schon siebzehn – komm mal klar, ja? Das war völlig harmlos."

David kniete jetzt neben ihm, das Gesicht wutverzerrt. „Ach ja?", sagte er leise. „Klarkommen soll ich?" Er kniff plötzlich mit voller

Wucht in Thamms verletzten Arm, der Schmerz schoss quer durch seinen Körper und benebelte sein Hirn. „Scheiße, du Arschloch!", schrie Thamm auf, da hatte David schon wieder losgelassen.
„Vergewaltigt hat er sie", murmelte er. „Vergewaltigt, verstehst du? Und ihr habt alle nichts gemacht. Saßt keine drei Meter weg und habt alle weggesehen, ihr Schweine."
Thamm fiel aus allen Wolken. War sein Kopf noch ganz von dem stechenden Schmerz blockiert, der in diesem scheiß Arm pulsierte, oder drehte David jetzt voll durch? Aber der meinte das ernst, verdammt noch mal! Eilig suchte Thamm nach einer Erinnerung, graste diesen einen Abend noch mal ab. „Nein", flüsterte er, „das kann nicht sein, das ist nicht möglich."
„Oh doch, ihr habt alle weggesehen und geschwiegen. Niemand von euch hat ihr geholfen. Und das hat Lena noch fertiger gemacht als das, was Christopher ihr angetan hat."
Ja, sie hatten alle ordentlich einen im Tee. Das stimmte. Und Alex hatte angefangen zu singen, der Rest zog mit. Nur Christopher war irgendwie nicht bei der Sache, fummelte dauernd an Lena rum – und die biss sich an ihm fest. Irgendwann … alle waren irgendwann mal gegangen! Pinkeln, Bier holen – es war das reinste Kommen und Gehen. Gott, ja, dann sind Christopher und Lena halt ab und die anderen Jungs wussten allesamt, was da jetzt ablaufen würde. Zuerst vielsagende Blicke, dann ein paar anzügliche Bemerkungen – erst das Gestöhne hatte die Stimmung verdorben. Konnten die es nicht im Zelt machen, hatten sich die Jungs damals gefragt, musste Christopher es ihnen noch vorheulen, dass er zum Zug gekommen war? Und sie alle nicht. Peinliches Schweigen, betretene Blicke auf das Feuer gerichtet, die Flasche in der Hand.
Aber Vergewaltigung?
Thamm versuchte, sich an Lena zu erinnern. Sie wirkte blass danach, etwas verschüchtert. Er hatte damals geglaubt, dass sie sich

übernommen hätte und hinterher erschreckt gewesen wäre von ihrem eigenen Übermut – es einfach so drei Büsche weiter zu treiben! – ja, sie hatte verschämt auf ihn gewirkt. Und die Jungs hatten aus Anstand nichts gesagt. Mehr nicht.
„Sie wollte es nicht", meinte David nun. „Sie war so abgefüllt und überfordert von der ganzen Situation, dass sie nicht mal schreien konnte. Sie kam gegen Christopher nicht an – und starrte nur immer wieder zu euch rüber, ob nicht mal wer was machen wollte. Aber ihr saßt da nur und habt gefeiert", fügte er verächtlich hinzu. „Ihr habt euch einen Scheiß um sie geschert."
Thamm schüttelte den Kopf. „Weil wir keine Ahnung hatten. Für uns ging da ein Pärchen in die Büsche, das eine Woche lang nur am Rumknutschen und Fummeln gewesen war. Was sollten wir da denken?"
„Ihr habt ihr nicht geholfen!" David war in ein seltsames Wimmern gefallen. Er schniefte Rotz hoch und blinzelte sich die feuchten Augen weg. Echte Rührung, brach sich da was los? Vielleicht war das Thamms einzige Chance. Er sah sich flüchtig um. Der einzige Ast in Reichweite seines gesunden Arms wirkte nicht gerade sehr vertrauenserregend, eher morsch und lavede. Der würde es nicht gerade bringen. Dann lieber David weichkochen.
„Wie denn auch, du Depp!", stieß Thamm entnervt aus. „Christopher ist ein Drecksack, okay. Und echt scheiße, dass Lena zu geschockt war, um uns ranzurufen. Aber dafür kannst du uns doch nicht alle verantwortlich machen, verdammt! Hätten wir uns sicherheitshalber um den Busch stellen und spannen sollen, wie deine Schwester da eine Nummer schob?"
„Du wagst es nicht …" David, wutentbrannt, stockte. Auch Thamm glaubte, etwas gehört zu haben. Ein Rascheln, irgendein … Er sah nach Alex, aber von dem kam schon lange nichts mehr. Auch schien es, als wäre das Geräusch von viel weiter hergekommen, von weiter tiefer aus dem Wald …

„Hier!“, schrie Thamm mit aller Kraft, dann schnallte auch David, was los war. Mit panischem Blick starrte er Thamm an.
„Komm, lass es gut sein“, wies der ihn halb beruhigend, halb fordernd an. „Es ist vorbei, die Sache ist gelaufen.“
Da huschten schon die ersten blauen Männchen zwischen den Bäumen herum. David bemerkte sie auch – „Waffe runter!“, klang es zu ihnen rüber. Jetzt wurde es eng, schoss es Thamm durch den Kopf. Würde David klein beigeben oder ein letztes Manöver …
Da warf er sich auch schon mit einem ohnmächtigen Schrei nach vorn, das Messer auf Thamm gerichtet. Der wich zur Seite aus, hob abwehrend den verletzten Arm und packte mit dem anderen den Knüppel, den er auf Davids Kopf zerdepperte. Im gleichen Moment, in dem er die zerbrechenden Holzstücke registrierte, die sich über David, über ihn verteilten, spürte er einen reißenden Schmerz in seinem Arm. Sein Kopf dröhnte, als er unter Davids beschleunigten Gewicht nach hinten fiel.
Eins dieser Männchen huschte an ihm vorbei, wie durch grau melierten Dunst, dann noch eins. Dann zog sich der Nebelschleier um Thamm völlig zu.
Sonnabend

„Wie geht's dir?“
„Na, wie schon! Es gibt ja wohl keinen beschisseneren Ort in ganz Merseburg als das Klinikum. Ich habe achtzehn Fäden im Unterarm und Dank Chefchen darf ich hier noch so lange alle möglichen Krankenhauskeime einatmen, bis zweifelsfrei geklärt ist, ob da noch eine Blutvergiftung dazukommt oder nicht.“
Wolff lächelte. „Also bestens“, stellte er fest. Dann fiel ihm nichts mehr ein.
„Und was ist mit Alex?“, fragte Thamm in das Schweigen hinein.
„Den haben sie gleich nach Halle ins Bergmannstrost geflogen“, beeilte sich Wolff zu sagen. Auch ihm war die Stille im Raum wohl

unangenehm. „Hat ziemlich viel Blut verloren. Und irgendwelche Organe sind angekratzt – naja, die Ärzte sind trotzdem optimistisch, dass er durchkommt.“
„Das ist gut“, meinte Thamm langsam und dann war da wieder diese beklemmende Stille. Typisch Krankenhaus, dachte er und fühlte sich an Besuche bei den Großeltern erinnert. Da hatte es auch immer dieses ausdauernde Schweigen gegeben. Nie durfte gefragt werden, was die Oma eigentlich hatte – das wäre viel zu privat gewesen. Und nichts durfte angefasst werden, wegen übertriebener elterlicher Panik vor Ansteckungen und damit bloß nichts kaputt ginge. Die Zeit floss zähflüssig dahin zwischen dem Überreichen der obligatorischen Schokolade und den verhaltenen Gesprächen, unterbrochen von unzähligen Aussetzern. Und immer stand diese peinliche Frage im Raum: Wann durfte wieder gegangen werden, ohne dass der Besuch zu halbherzig aussähe? Wie oft musste der Oma noch zugelächelt werden – und kam es falsch rüber, spontan ihre Hand halten zu wollen? Im Krankenhaus waren die einfachsten Umgangsformen mit den vertrautesten Leuten plötzlich an eine desinfizierte Öffentlichkeit gezerrt und neonbleich ausgeleuchtet. Man genierte sich und wusste trotzdem nicht, wieso eigentlich.
Ähnlich, aber irgendwie auch völlig anders war es jetzt mit Wolff. Der drückte an dem Kurzgebundenen rum, was einfach nur lächerlich aussah – ein Kerl mit Blumen vor einem anderen Kerl, der noch dazu auch nur so ein Flatterhemdchen anhatte –, aber Thamm forderte ihn nicht auf, das Ding einfach ins Waschbecken zu stellen, um die Stimmung aufzulockern.
„Und David …?“, fragte er schließlich. Wieder schien Wolff froh zu sein, sich auf irgendwelche Ermittlungsergebnisse retten zu können, die er einfach nur runterzuspulen brauchte. „Das ist echt krass“, sagte er beinah mit einem Lächeln auf den Lippen. „Der hängt sich an diesen Alex ran und hat so voll im Blick, wer zu dem

Männertagtreffen kommt und wer nicht. Dass Christopher Straub nicht gerade scharf war, euch wiederzusehen, konnte er sich denken. Also hat er ihn an einen scheinbar harmlosen Ort gelockt. Straub dürfte ziemlich überrascht gewesen sein, dass man auch in so einer belebten Stadt wie Halle ein ruhiges Fleckchen für einen Mord findet. Und wenn es gleich hinterm Hallmarkt ist, direkt in der Innenstadt.

Aber die anderen wollte David alle vor Ort haben. Er hatte aus irgendeinem Grund die Hoffnung, dass euch da eher die Erinnerung hochkommen und sich der Kreis irgendwie schließen würde … Naja, und weil du nicht mitwolltest, hat er eben nachgeholfen."

„Der Einbruch – der wollte mich ausräuchern."

„Was ihm ja auch gelungen ist", fügte Wolff hinzu. Thamm nickte gedankenverloren, dann aber verfinsterte sich sein Gesicht plötzlich.

„Und was ist mit Florian? Der war auch nicht dabei. Florian Dressler – habt ihr den schon gecheckt?"

Wolff hob beschwichtigend die Hände. „Bauchspeicheldrüsenkrebs, vor vier Jahren. Da kam Straub eindeutig zu spät."

Thamm ließ sich auf das Kissen zurückfallen. Wieder nickte er vor sich hin. Und schwieg. Was sollte er davon halten? Wahrscheinlich müsste er irgendwie betroffen sein, aber trotzdem fühlte er sich nicht sonderlich deprimiert. Immerhin einer mehr, den David nicht gekriegt hatte auf seinem irren Rachefeldzug … Der war nun gegessen, die ganze Sache hatte sich inzwischen für Thamm erledigt, der Fall konnte zu den Akten. Nur der Gedanke an Lena trieb ihn noch unterschwellig um. Sie hatten damals nichts falsch gemacht, das stand für Thamm außer Frage. Aber dass es sich so direkt neben ihnen ereignet hatte, machte Thamm doch mehr zu schaffen, als er wahrhaben wollte. Kaum zu glauben – Lena, David hatten es nicht kapiert, sie waren nicht damit

klargekommen und hatten sich regelrecht in einen Wahn gesteigert, erst Lena, dann über ihren Tod David –, aber manchmal, so schwer zu akzeptieren es auch sein mochte, ereigneten sich die Verbrechen genau da, wo es keiner vermutete: direkt unter uns … Lieber nicht dran denken, befahl sich Thamm, und es änderte insgesamt ja auch nichts mehr an der Sache: Der Fall konnte geschlossen werden. Wolff sah das anscheinend nicht viel anders, denn jetzt räusperte er sich und deutete mit einem gedehnten „Tja …" seinen Rückzug an.
„Warte mal kurz", warf Thamm schnell ein, eh das, was er noch loswerden wollte, zwischen Tür und Angel verloren gehen konnte. Wolff sah ihn erwartungsvoll an – und Thamm hielt den Blick, obwohl ihm die Angelegenheit hier denkbar unangenehm war. „Danke, dass du mir da draußen im Harz den Arsch gerettet hast." Wolff deutete ein Grinsen an, sagte nichts dazu – was gut war. Sie hatten diesen nötigen, aber grundpeinlichen Moment hinter sich gebracht, ohne großartig Aufheben um die Sache zu machen. „Ich werd dann mal", meinte Wolff und ging auf die Tür zu. Machte auf Thamm irgendwie einen ziemlich fertigen Eindruck. Lag das an den letzten Tagen, die ja auch für Wolff aufreibend genug gewesen waren? Oder hatte er sonst noch was auf der Brust?
„Du, eins noch", rief ihm Thamm hinterher, als Wolff fast schon zur Tür raus war. „Wegen Anja …"
Wieder dieses müde Grinsen. „Keine Sorge, ich hab ihr noch nicht Bescheid gesagt."
Thamm nickte stumm. Zum zweiten Mal so kurz hintereinander hatten sie sein Privatestes geschrammt, wenn auch nur an der Oberfläche. Vielleicht gab das Wolff Auftrieb genug, um in der Tür stehen zu bleiben. Was noch, dachte Thamm, kommt jetzt seinerseits die große Offenbarung? Aber nichts dergleichen. Stattdessen nur so ein angedeutetes Grinsen, das alles Mögliche bedeuten konnte.

„Ach nichts“, brach Wolff ab, bevor er überhaupt angefangen hatte. Aber Thamm wollte es wissen.
„Was?“, kam er ihm entgegen.
Wolff zögerte. „Das geht mich ja auch alles nichts an“, murmelte er dann ausflüchtig. „Und … du wirst ja sehen, ob du zu Elvi … also nach Halle wechseln wirst oder … was auch immer!“
Er hatte es eilig, zu gehen, verschwand einfach aus der Tür.
Und Thamm blieb verdattert zurück. Was hatte Elvi da in die Welt gesetzt? Er konnte sich nicht erinnern, dass da irgendwas von wegen Wechsel spruchreif gewesen wäre. Hatte sie da schon vorgelegt und Wolff irgendwelche Sachen an den Latz geknallt, die noch längst nicht in Sack und Tüten waren?
Was für eine miese kleine Zicke, ihn derart vor vollendete Tatsachen stellen zu wollen, dachte Thamm auch irgendwie geschmeichelt.

Er sah verdutzt auf die Uhr.
„Wieso *schon*? Wir sind so gegen zehn los, viertel eins ging der Zug, dann Umsteigen in Halberstadt und jetzt bin ich eben in Halle – und so kurz nach halb drei müsste ich dann in Merseburg sein.“
Stille.
„Das hast du dir ja gut gemerkt.“
Was war das jetzt, glaubte sie ihm etwa nicht?
„Naja, ich hab ja auch lange genug in Halberstadt auf dem Bahnhof gehockt, um mir das zu merken“, schob er zur Sicherheit nach. „Und so schwer ist der Zugfahrplan nun auch wieder nicht …“
Schluckte sie das?
Stille.
„Ich dachte, ihr seid da bis Sonntag.“
„Nee“, versuchte er zu scherzen, „das wär ein bisschen zu viel des

Guten. Die paar Tage haben schon gereicht. Ich meine, nach all den Jahren. Wollen wir's mal nicht übertreiben."
„Und jetzt …?"
„… häng ich hier rum und warte, dass der Zug nach Merseburg kommt. Und da dachte ich, ich ruf dich mal an." Das sollte möglichst leichtfertig klingen, trotzdem kam er sich völlig angespannt vor. Nahm sie ihm das ab?
Stille.
Er wollte das Thema wechseln. „Und du so", setzte er etwas zu linkisch an, „wie geht es dir so in Naumburg?"
„Gut", sagte sie. Mehr nicht.
„Und Benni?", startete er einen zweiten Versuch, mit ihr ins Gespräch zu kommen.
„Dem geht's auch gut", schmetterte sie auch hier seine Bemühungen ab.
Und ihm fiel nicht mehr viel ein.
„Till", sagte sie mit Nachdruck, „jetzt mal ohne Mist: Stefan ist sich wirklich sicher, dass alles wieder in Ordnung ist?"
Er seufzte tief. „Das Chefchen hat mich gestern höchstpersönlich angerufen und mir grünes Licht gegeben. Sie haben den Kerl. Und es ist so, wie Wolff es vermutet hatte. Derselbe Kerl, den ich damals eingebuchtet habe. Der wollte uns ein bisschen Angst machen, mehr nicht. War auf Bewährung draußen und ist schon wieder schnurstracks in den Bau zurück. Ich hätte dir ja schon gestern gleich Bescheid gegeben, aber mein Akku war runter. Deshalb rufe ich dich jetzt ja auch aus einer Telefonzelle an." Er grinste leise vor sich hin. Gut den Bogen gekriegt! Später müsste er allerdings daran denken, sein Handy irgendwo verloren zu haben, damit die Geschichte glaubwürdig blieb. Es könnte ihm im Zug aus der Hosentasche gerutscht sein … Blöde Lügengeschichten!

„Aha", machte sie, klang aber nicht gerade überzeugt. Aber das reichte ihm schon. Hauptsache, die grobe Richtung stimmte. Denn sie musste ja nun wirklich nicht alle Details wissen, im Gegenteil. Für ihn waren die Attacken auf sein Haus erst mit dem Einbruch so richtig persönlich geworden. Aber sie musste ja zwangsläufig den Eindruck haben, er hätte sie mit seiner Abwiegelei allesamt mutwillig in Gefahr gebracht: sie, Benni, Heike – sich selbst. Weil er ihr das mit den Blumen im Vorgarten verschwiegen hatte. Weil er diese dubiosen nächtlichen Anrufe nicht ernst genommen hatte. Und weil da dieser Killer rumlief in der Stadt, den er nicht mit all diesen Vorfällen in Verbindung bringen wollte. Zwar hatte er damit letztendlich ja auch recht gehabt, aber sollte er ihr das jetzt extra unter die Nase reiben? Er konnte ihr doch wohl schlecht mit David ankommen, wenn sie schon wegen der Sache mit Dehmel fix und fertig war! Also musste er lügen, sie in falscher Sicherheit wiegen. Gerade jetzt, wo es sowieso nicht so gut lief zwischen ihnen.

„Kommst du Morgen?", fragte er leise in den Hörer.

Stille.

Verärgert schob er eine Münze nach.

„Weißt du …"

„Ach komm", bemühte er sich wieder um eine launige Stimmung. „Heike geht dir doch schon längst auf die Nerven mit ihrer … tja, Art …, oder?" Sie sprang nicht sofort darauf an, protestierte nicht – er hatte recht. Aber trotzdem zögerte sie.

„Ich wollte hier noch ein paar Leute von früher besuchen", sagte sie ohne jede Spur von Enthusiasmus. Er sackte innerlich ein Stück weit zusammen. Sie log ihm doch glatt die Hucke voll! Was sollten denn das für Leute sein, wen kannte sie denn da schon noch in Naumburg? Billiger Vorwand! Etwas anderes hielt sie zurück: Traute sie sich nicht heim – oder traute sie am Ende ihm nicht?

„Und du?", fragte sie leise.

Er nahm sich zusammen. „Ich werde jetzt gleich auf Gleis neun hoch gehen und dann nach Hause fahren", erklärte er lustlos. „Dann werd ich erst mal eine Wanne nehmen und mir den Wald von der Haut waschen." Er sah von seinem Bett aus durch das Fenster, über den Krankenhausvorplatz, auf den Weinberg. Da hinten war alles grün, bis zum Altenburger Friedhof hin. Ein idyllisches Bild. „Dann werde ich wohl Kaffee trinken. Im Garten wahrscheinlich."

Die Fäden in seinem Unterarm würden seine ganze Geschichte noch einmal empfindlich auf die Probe stellen. Ein kleiner Unfall, würde er die Stichwunden runterspielen. Gewagt, immerhin war sie Krankenschwester, aber was soll's! Vielleicht wäre er gleich am Männertag dumm gefallen, im Suff. Hatte ja überall Holz rumgelegen. Er hätte sich da irgendwo aufgeritzt, nicht weiter tragisch. Die Jungs hätten ihn auch gleich nach Thale runter in die Klinik gebracht – und die vom Notdienst dort hatten sich fast scheckiggelacht wegen dem kleinen Kratzer. Das sähe wirklich schlimmer aus, als es wirklich wäre …

„Und dann warte ich auf dich", schloss er seinen Bericht.

„Mach das", stimmte sie ihm zu. War das ein erstes Entgegenkommen? Er schöpfte vage Hoffnung. „Und wie lange muss ich warten?", schob er vorsichtig nach.

„Ach Till", zerstörte sie gleich wieder alles. „Keine Ahnung. Ich hab das Gefühl, dass da zwischen uns … ich weiß nicht … irgendwie das Vertrauen weg ist. Oder vielleicht ist das zu viel gesagt. Aber irgendwie … ja, hat mich der ganze Trubel in der letzten Zeit ziemlich überfordert – *du* hast mich überfordert. Deine Arbeit Tag und Nacht und dazu – wir standen doch vor nicht mal einem Jahr genau an derselben Stelle! Dass du Privates und Beruf durcheinanderwirfst. Und jetzt sitzt Stefan wieder bei uns am Frühstückstisch und diese Elvi … und ich weiß nicht, ob ich jetzt schon …"

„Lass uns in den Urlaub fahren!", stieß er aus. Was hatte ihn da geritten, schoss es ihm im gleichen Augenblick durch den Kopf. Nichts schlimmer als das! Stunden, ganze Tage mit nichts zu tun. Aber wenn das der einzige Weg war, sie endlich wieder zurückzubekommen …

„Ach Till", meinte sie wieder in einem beinah mitleidigen Ton, „und dann? Was wäre dann anders?"

Sofort brachte er sich in Stellung.

„Dann haben wir mal Zeit nur für uns drei. Du, ich und Benni", zählte er auf. „Wohin du willst. Und in aller Ruhe, kein Stress, nur wir …"

„Ich weiß nicht."

Stille.

„Musst du nicht zu deinem Zug?" Sie wich aus. Und er hatte nicht mehr die Kraft, sich gegen sie zu stellen. „Ja", murmelte er halblaut. Es musste ja leider auch zu seiner Geschichte passen, dass er jetzt nicht endlos telefonieren konnte.

„Na, dann geh mal …", meinte sie abschließend. Nichts, was er aus ihrer Stimme hätte heraushören können – einfach nichts. Sie ließ ihn völlig im Unklaren.

„Tschüss", sagte er zum Abschied.

„Ja", sagte sie nur und legte auf.

Auch er legte den Hörer beiseite. Warum hatte sie ihn so zappeln lassen – warum konnte er nicht mit dem Eigentlichen mehr rauskommen? Ein mulmiges Gefühl schnürte ihm die Kehle zu.

Er hätte kotzen können.

„AUTHENTISCH, RAFFINIERT UND ÄUSSERST NACHDENKLICH STIMMEND."

Ostthüringer Zeitung

Fliederbordell
Ein Till-Thamm-Krimi
200 S., Br., 9,95 Euro
ISBN 978-3-95462-019-7

Eigentlich hat Kommissar Thamm schon genug Probleme: Ihm wird ein neuer Partner zugeteilt, seine Freundin hat im Streit die gemeinsame Wohnung verlassen – da erschüttert eine brutale Mordserie sein verträumtes Revier: Ein erschlagener Asiat wird aus der Saale gefischt, eine zweite Leiche findet sich kurz darauf in einem Wildschweingehege. Thamm muss mit seinem Kollegen in die rechte Szene eintauchen, einen übereifrigen Staatsanwalt abwehren und nebenbei auch noch seine Beziehungskiste retten. Ein furioser Krimi, der zeigt, dass in der Provinz nicht nur der Sonnenuntergang blutrot leuchtet.